文春文庫

闇の傀儡師

上

藤沢周平

文藝春秋

目次

編集部より

本書に収録した作品のなかには、差別的表現あるいは差別的表現ととられかねない箇所が含まれています。が、著者は既に故人であり、作品が時代的な背景を踏まえていること、作品自体は差別を助長するようなものではないことなどに鑑み、原文のままとしました。

尚、本文中で、厳密には訂正も検討できる部分については、基本的に原文を尊重し、最低限の訂正にとどめました。明らかな誤植等につきましては、著作権者の了解のもと、改稿いたしました。

闇の傀《かい》儡《らい》師《し》 上

八《はち》嶽《がく》党《とう》

一

〈江戸城二ノ曲輪《くるわ》内、一橋邸における或る夜の対話〉

—上総介《かずさのすけ》（松平定信）の様子は、近ごろどうかの？　越中の姫と婚して、いくらかおとなしくなったか。

—そうでもござりますまい。相変らず水野為長を相手に勉学にはげみ、興至ればしばしば暁におよぶと聞いておりますし、また近くは日置《へき》流の弓に凝って、上達著しいという噂でござります。

—激しい男じゃの。それでは姫と寝るひまもあるまい。

—……。

—何事にもやり過ぎるのが、かの男の欠点じゃな。ほどほどということを知らん。

人はその刻苦ぶりを美点とみるかも知らんが、わしは欠点とみる。

—さようにも言えましょうか。

—さようにも？　何を恐れておる。かの男はもはや牙を抜かれた獅子だ。恐れることは何もない。

—しかし上総介どのは、田安家から白河の松平家に養子に出されたことを、いまだにそれがしと民部卿《みんぶきょう》の画策だと、怨《うら》みに思われている様子でございますな。

—勝手に思わせておけばよい。言い出しっぺがわしで、それにそこもとが乗ったことは確かだが、あの話には誰も反対しなかったではないか。老中、大奥みな双手をあげて賛成した。

—さようでございましたな。

—わしの意見は、はっきりしておる。田安、一橋、清水の家は、将軍家の継嗣《けいし》に問題が起きたとき、ただちに後嗣を差し出すべき立場にある。だが筆頭の田安には、問題がある、というのがわしの考えだ。

—故将軍家（家重）と田安中納言（宗武）が継嗣を争われた一件でございますな。しかしあれは時の老中、松平左近将監《しょうげん》の画策とうかがっておりますが。

—表むきはそうなっているが、なに、田安もそのときは色気を出したのだ。わしの父がそう申した。それが田安の瑕瑾《かきん》よ。格式は筆頭でよろしい。わしはべつに文句は言わん。しかし田安は、将軍家継嗣の問題では、一歩ひかえてしかるべきだと、わしは思う。

——……。

——むろん当の田安はそう思っておらんのだから、まわりから圧力をかけて、かの家の勢いを削《そ》いでやったのだ。そのぐらいで、ちょうどよい。

——かも、知れませんな。

——歯切れが悪いの。そこもとも、上総介に将軍家後嗣の資格があるのは、ぞっとせぬと申したではないか。

——は、は。は、は。ただあまりに英才に過ぎる方もどうかと申しあげただけで。

——その通りだ。将軍家などというものは、いまのお上（将軍家治）のように絵を描きちらしたり、将棋に凝ったりして、あとは例のとおり、そうせいで済ませるぐらいでよいのだ。なまじやる気を出されては、そこもともやり辛くてならぬだろう。

——それがし？　それがしなどはまだ老中としては新参者。すべて館林侯（松平右近将監武元）のお指図のままに勤めているだけでござる。ま、それはそれとして、どこから洩れるものやら、下じもでは上様をそうせい将軍などと、渾名《あだな》つかまつっている由ですな。

——ふ、ふ。うまいことを申すものだ。下じもの連中は、まったく油断がならん。

そこもとやりすぎて揚げ足をとられぬよう、気をつけることだな。心配せねばならんのはそういうことで、上総介のことは気にすることはない。

——……。

——将軍家後嗣の問題で、筋を通したというだけの話だ。そうしていざという場合にそなえておく。これがわれらの家の勤めだからな、もっとも……。

——何をお考えでござりますかな？

——いや、いまのお上もまだまだご壮健、大納言（世子家基）どのもお元気の方ゆえ、そなえと申しても形だけのこと。上総介がいきり立つことは、何もない。

——しかしそこのところは、何とも言えますまい。

——なに？

——いや、お世継ぎと申される方は、大納言さまおひとりという話でござる。もしかのお方に万一のことがあれば、早速にも……。

——待て。めったなことを申してはならんぞ。うむ、そういうことは考えるだに恐れ多いことだ。口に出してはならん。

——では、別の面白いお話をいたしましょうか。先日、それがしの家を、奇妙な男がたずねて参りました。

——さっきの話とはかかわりがあるまいな。

——いえ、それがござりますので。民部卿は八嶽党《はちがくとう》と申す徒党が、この江戸に棲《す》むことをご存じでござりますかな？

——知らんなあ。聞いたこともないぞ。何者だ、いったい？

——ひと口に申せば、とほうもない夢想家の徒党とでも申しますかな。実体のほどは、じつはそれがしもつかんでおりませぬが、存在することは、承知しており申した。と申しますのは、連中はさきほど話に出ました、前将軍家と田安中納言どのの継嗣争いにも、ひと口嚙んだという記録がござります。

——面白そうだな。待て、少し冷えて来た。酒を招《よ》んで、飲みながら聞くか。これよ、誰かある……。

二

版元永寿堂の主人西村屋与八は、源次郎が風呂敷から出した筆耕仕事の版下を、眼鏡をかけ直して、一枚一枚なめるように見た。こわい眼つきで見ているが、速度は早い。ほどなく見終ると、与八はもう一度枚数を数え直した。そして後の金箱を引きよせて、無造作に金を包むと、源次郎の前に置いた。

「今日お持ち頂いたしまいの分は、七十二丁ございますから、お約束の工賃で一分と百文お包みしました。二十文おまけしてあります」

「かたじけない」

源次郎は、押し頂いて金を懐にしまった。そのまま与八が、さっき源次郎を迎えたときに見ていた帳面に眼をもどしたのは、それで取引きが終ったということらしかった。

それはそれでよいが、それが今日の取引きの終りなのか、それともひと月ほどかかった漢詩文の筆耕が一段落して、西村屋の仕事がこれで終ったということなのかがわからなかった。

不安に駆られて、源次郎は言った。

「ご主人、それがしの筆はいかがでござるかな。使いものになりますかな」

「筆？」

与八は眼鏡の上から、じろりと源次郎を見た。与八は小柄で白髪、おまけに痩《や》せているので、眼窩《がんか》がくぼんだ顔でそういう眼つきをすると、ひどく意地悪げな親爺に見える。

「筆は、大へん結構ですよ。やはりお武家さまだから品があんなさる。むろん使えますから、おしまいまで書いて頂きました」

「………」

「ははあ、次のお仕事のことですか」

与八は表情も変えずにそう言ったが、源次郎は顔が赤くなった。

「それでしたら、二、三日してまたおいでなさい。今度は洒落本《しやれ》の仕事でもそろえておきましょう。あんたさん、仮名はいけますか、仮名」

「ま、ひととおりは書けるつもりじゃが」

「結構」

与八は顎をひいて、にらむように源次郎を見た。そしてさとすような口調で言った。

「仕事が欲しいなら欲しいで、遠慮なくおっしゃらなくちゃいけませんよ。こういう仕事をしているひとは、江戸にごまんといますからな。あんたさんのように遠慮しいしい物を言ってたんじゃ、その間にケツの毛をひんむかれ……。おや、お武家さまに失礼を申しましたかな」

「相わかった。要すれば、ひとの仕事もひったくるくらいの気組みでないと、仕事はもらえんということじゃな」

「そうそ」

与八はうなずいた。

「うちのほかに、出入りしているところは？」

「ほかにはない。ここだけじゃ」

「それは、また」

与八はあきれたようにつぶやき、眼鏡をはずして、しみじみと源次郎を眺めた。

「お一人で」

「さよう。一人暮らしじゃ」

「それなら、ま、なんとか喰ってはいけますかな。しかしそのうちにご新造さんも欲しくなる。お子も欲しくなる。そうなるとあたしの店の仕事だけじゃ、追っつきませんよ」

「……」

「手代の弥助の口ききでおいでになったのでしたな」

与八は改めて興味を持ったというように、源次郎を正面から見上げ見おろした。

「失礼ですが、お名前は？　鶴見さまでしたか？」

「さよう。鶴見源次郎と申す。よろしく頼みたい」

「そうですなあ」

与八は小机に肱《ひじ》をついて、手のひらで顎をささえた。そうすると、土台寸づまりの顔が、上下に押しつぶしたような珍妙な面相になったが、本人は気づかないらしく、勿体ぶった口調で言った。

「ま、それではうちからせいぜい仕事を出すようにいたしましょう。しかし、来ればいつも仕事が待っているというわけにも行きませんから、そのうち懇意にしている版元を二、三軒、引きあわせてさしあげます」

「ご主人、親切のほどまことにかたじけない。なにぶん頼み入る」

さもしいような気もしたが、胸がはずんで来るのを押さえられなかった。これで禄をはなれても喰っていけるめどがついたと思ったのである。

礼の言葉は自然に出て、源次郎は与八に丁寧に辞儀をすると立ち上がった。部屋を出ようとしたとき、うしろから与八が呼んだ。

「だんだんに思い出した。あんたさん、お旗本の細田さまとご昵懇《じっこん》だと、この前にうかがいましたな」

「さよう。民之丞《たみのじょう》とは、ともに狩野派の絵を習ったのが縁で、いまもつきあっておる」

「それなら、いま、いいものをお見せしましょう」

与八は坐り直した源次郎の前に、一枚の版下絵を出して見せた。それは一人の女を描いた絵だった。

女は横坐りに膝をくずし、手にうちわを持って斜め上の方を見上げている。細面の美人で、視線がそこに固定しているのは、軒につるした風鈴《ふうりん》か、それとも空にうかぶ雲でも見ているかと思われる風情だった。

くずした脚の裾《すそ》から、女の足の指が出ている。そして大胆にはだけた襟の間から、女の肩の一部と白い胸がのぞいていた。どことなく、淫《みだ》らな雰囲気がただよう画面だった。

——筆のせいだな。線が流麗にすぎる。

と源次郎は思った。淫らだと感じるのは、必ずしも女の足の指や胸が出ているためではなかった。絵師の筆づかいの中にそれがあった。肩や腰を描いた線が、まぶしいほど丸い。

だがその筆づかいのために、絵の中の女は生身の女に近かった。取り澄ましたところがなく、表情が生きている。女の細い眼は、いまにも笑い出そうとし、わずかに開いた唇は背後にいる誰かに、話しかけようとしているようだった。

「いかがですかな、この絵は」

与八は、熱心に眺めている源次郎を、窺《うかが》うような眼で見た。

「題は湯上がりとついていますが、まだ習作でございましてな。二、三欠点がありまして、錦絵にするにはいまひと息のものです」

「ははあ、これが錦絵か」

源次郎は、あらためて墨一色の絵を見た。

「さようでございます。これが版下絵。いかがです？　絵の出来は」

「うまい絵だの。女子《おなご》が生きておる」

と源次郎は言った。習った狩野派の絵からみると、ずいぶん崩しているが、この絵には狩野派にはない、生気がある。

淫らな感じのことは言わなかった。それは自分だけの感想かも知れなかったし、また錦絵というものは、むしろひそかにそういう感じを持味としているらしい、というぐらいの知識はあったからである。

七、八年前に死んだが、鈴木春信という絵師がいて、きらびやかに彩色した錦絵なるものを創《はじ》め、好事家《こうずか》の熱狂にむかえられた。しかし春信は女絵に執着したわけではなく、ひろく人事を描いた。

だが花鳥や風景でなく、人事を描いたところに、最近の女絵ばやりの下地があった。誰だって、はなやかな色絵で、むくつけき男を見たいとは思わんからな。女だよ。錦絵に描かれるには、女子こそふさわしい、というような知識をおれに吹きこんだのは、はて、細田民之丞だったか。

源次郎がそう思ったとき、不意打ちを喰わせるように、与八が言った。

「これ、細田さまの絵ですよ」

「……………」

源次郎は、ぎょっとして与八を見た。とっさに胸にうかんだのは、大胆なことをするという感想だった。

細田民之丞は、源次郎と同年の二十三だが、浜町に住む五百石の旗本の当主である。細田家は曾祖父、祖父と二代にわたって、勘定奉行を勤め、家柄は軽くない。武家が狂歌だ、読本《よみほん》だと軟弱な文芸物に手を出すのは、当代の通弊ともいえる流行だが、それにしても旗本の当主が、こんなやわらかい絵を描いていいのかと思わせたのは、やはり、ひと月前まで源次郎を縛っていた、直参の常識というものだったろう。

しかも与八の口ぶりを聞くと、二、三の欠点とやらがなくなれば、民之丞の絵をすぐにも錦絵に仕立てて、板行《はんこう》しそうな気配でもある。源次郎は、いかがわしいものを遠ざける手つきで、版下絵をそっと与八の前にもどした。

「それで、民之丞は錦絵の絵師にでもなるつもりかの？」

「ご本人はやる気十分のようでござりますな。ごらんのとおり、才能が見えておりますから、いずれ芽を吹くかも知れませんよ」

「しかし、身分というものがあろう」

「ああ、それはお名前を隠します。それで当分はごまかせますからな」

与八は無責任にそう言い、うしろに手をのばして手箱をひきよせると、中から四、五枚の錦絵を出して、源次郎に渡した。

「ご存じでしたかな、磯田湖竜斎。このひとも素姓はお武家です」

源次郎は、絵に眼を落とした。雛形《ひながた》若菜の初模様と大題をふって、一枚一枚は、吉原で名のある遊女を描いたものだった。

与八は、商人が商いの秘密を打ち明ける、ささやき声になって言った。

「このつづきものの錦絵があたりましてな。よそさまには黙っててくださいよ。なにしろこれが、いまうちで一番もうかっています。本などはあなた、たかが知れてますよ」

「そういうものかの」

「そういうものですよ。見てごらんなさい。いまに錦絵全盛の世が来ますよ。だから細田さまにも、描きなさいとけしかけているわけです」

西村屋を出ると、源次郎はどちらへ行こうかと少し迷った。源次郎はいま松枝町の裏店《うらだな》に住んでいて、馬喰町の西村屋から帰るには造作もないが、これから細田民之丞をたずねてみるかと思ったのである。

この春、源次郎は幕府御家人で百俵取りの家を、捨てた。その事情は民之丞にも打ち明けていて、家を出る前後に金を借りたりして迷惑をかけている。

しばらくぶりに会って、どうにか喰って行けるめどがついたと知らせるべきだった。それに西村屋に聞いた、錦絵のことが気になる。源次郎は浜町堀の河岸に出ると、自分の家とは反対の方角にある、民之丞の家にむかった。時刻は五ツ（午後八時）を回ったばかりで、木の芽が匂う闇が河岸を包んでいる。

久松町を過ぎて、左側が武家屋敷に変るところに来たとき、うしろから突風のようなものが来た。反射的に、源次郎が身体《からだ》をひねってよけると、黒い影がひとつ、わきを駆けぬけて行った。それを追うように、別の人影が三、四人駆けぬけて行ったと思うと、前方にただならない物音が起きた。

三

斬り合いがはじまっていた。はじめに源次郎の横を駆けぬけて行った黒い人影に、後から行った者が数間先で追いついた。そして二人が前に回りこみ、一人が包むように退路を断ったと見る間もなく、うむを言わせぬ斬り合いがはじまったのである。半丁ほど先の河岸に辻番所の灯があって、彼らの動きのあらましが見てとれた。

しかし斬り合いは、かなり一方的なものに見えた。襲われたのは、着流し姿の町人ふうの男である。そして襲いかかった方は、頭から足の先まで、黒ずくめの衣裳に身を包んでいる。彼らの動きには、ある熟練した身軽さがあって、あたかも網に追いこんだ魚を仕とめようとしているかのような、連繫《れんけい》したむだのない攻撃を仕かけていた。

町人姿の男は、けなげに匕首《あいくち》を使っていた。攻撃をかわし、白刃をはね上げる体のこなしに、ただの町人でない素姓があらわれていたが、しかし網を喰い破ることは出来なかった。男はとらえられた魚だった。虐殺がはじまった。左横からの一撃に肩を斬られ、振りむいたときに右から脾腹《ひばら》をつらぬかれた。町人がよろめいた。

そこまで見て、源次郎は前に出た。

「ちょっと待て」

源次郎が声をかけたとき、河岸の柳の陰から、一人の男がついと道に出て来た。四人目の男だった。

その男だけが、覆面せずに蓬髪《ほうはつ》の素顔をさらしていた。身なりもほかの三人とは違い、素袷《すあわせ》に袴《はかま》をつけた浪人姿だった。だが男は彼らの仲間だった。軽く両手をひろげて源次郎をはばんだ。

「お手出し、無用」

低い陰気な声だったが、敵意は感じられなかった。ひろげた手は、見のがしてくれと言っているようでもある。

「しかし、たった一人を相手の、なぶり殺しは見のがせん」

「お手出し、ご無用になされ」

男はもう一度、もの憂げに繰り返した。じっと源次郎を見まもっている。

だがその問答の間に、町人姿の男が倒れた。それまで無言で斬りむすんでいた男が、はじめて呻《うめ》き声を立てたようである。倒れて、なおも立ち上がろうとしている。その姿に、三つの黒い影が、とどめを刺すように殺到した。

源次郎は思わず一歩前に出た。すると眼の前の男が、すべるようにうしろにさがった。男の腰が沈み、瘦せて尖《とが》った左肩がわずかに上がった。抜く構えを示したのである。それまで静かだった男の五体が、一挙に殺気で膨れ上がったように見えた。

男は、いま背後で行なわれている虐殺に手出しする者は、相手が誰であれ斬ると、むき出しの殺気で示していた。その非情な役目が、この男の仕事のようだった。

源次郎の胸に、怒りが動いた。

「じゃまするな、素浪人」

自分も浪人だったことを忘れた、源次郎の怒声がきっかけになった。二人はほとんど同時に刀を抜いた。

だが次の瞬間、源次郎は焼けたものを踏んだように二歩さがった。相手の構えは、源次郎がまったく予期しないものだったのである。

――なんと、柳生流か。

男は左足をやや長めに踏み出し、刀身を頭の右脇に高く直立させる、柳生流でいう霞《かすみ》ノ太刀に構えている。その構えから、花車《かしゃ》という執拗に攻撃的な刀法が繰り出される。男の構えは自信に溢れ、一分の隙もなかった。

源次郎は、一瞬の驚きからさめると、心気を静めながら、剣を青眼から下段に移した。花車は、踏み出した左足から仕かけて来る。その攻撃にそなえたのである。

そのとき、ヒューイという鳥の啼《な》くような音がした。指笛のようだった。その音を聞くと、男は霞ノ太刀を微動もさせないで、そのまますると後にさがった。そして眼にもとまらぬ速業で刀を鞘《さや》に納めた。

まず三人が、次に浪人者があっという間に、武家屋敷の角を曲って、姿を消した。源次郎は一瞬の通り魔を見送った気がした。

走り寄ってみると、町人姿の男は、まだ生きていた。だが男は血溜りの中で辛うじて息をしているだけのように見えた。それでも源次郎の足音を聞きつけたのか、なおもどこへかのがれようとするように、ふるえる手を前にのばした。爪がわずかに地面を掻きむしっただけだった。

「しっかりしろ」

源次郎は、血の匂いにむせながら男を抱き起こした。そしてあっと眼を瞠《みは》った。男は帯を解かれ、腹巻きを解かれていた。下帯までさぐられた形跡があって、男のふぐりがはみ出していた。無残な姿だった。気がつくと元結《もとゆい》も切られていて、さんばら髪になっている。

黒ずくめの男たちが、この男に加えて行なった仕打ちの意味がわからなかった。

男は眼を閉じてぐったりしている。呼吸が細くなったようだった。

源次郎は男を抱え直すと、鳩尾《みぞおち》を拳で殴った。すると男が薄く眼を開いた。その耳に、源次郎は声を吹きこんだ。

「おれは敵ではない。聞こえるか」

男は微かにうなずいた。

「通りがかりの者だ。御家人鶴見源次郎。おれに、なにか言うことはないか」

すると男の口がわななないた。何か言うのかと思ったら、そうではなかった。異常な努力で、男は口中から何かを吐き出そうとしていた。源次郎が口に指を入れてやると、男の上体が躍りあがるように動いて、黒く固いものを吐き出した。指でつまみあげると、それは小さな革袋のようなものだった。

男が唇を動かした。今度は源次郎に何かを伝えようとしていた。微かな声が唇を洩れる。源次郎は耳を寄せた。

「これを……」

「うむ。これを？」

「老中、まつだいら、さまに」

言い終ると、男はがくりと首を垂れた。何者かが、まだ物言いたげな男を制して、世界をへだてる暗黒のなかに、すばやく拉致《らち》して行ったようだった。男の身体が、ずっしりと重くなった。

源次郎は鼻腔をさぐり、裸の胸をさぐった。そして男がもう死んでいるのを確かめると、死体をそっと地面に横たえた。

男に託された形になった、親指の先ほどの小さな革袋を手に握って立ち上がったとき、源次郎は、いま死体になって地面に横たわっている男に対するさっきからの疑惑が、ようやくひとつの形にまとまろうとしているのを感じた。

町人のなりをしているが、男は武士だった。しかも、じかに老中につながっていて、さっき目撃したところによれば、きわめて危険な仕事に従っていたのだ。そして死の手に把《とら》えられたとさとっても、家のことを言わず、妻子のことを言わず、身分を明かすこともなく、最後の呼吸にまで仕事の成就《じょうじゅ》を賭ける。そういう男たちに心あたりがあった。

——公儀隠密か。

多分そうだろうと思ったとき、男を襲った黒衣の者たちが、瀕死の男の上に残して去った、奇怪な仕打ちの意味が読めた。襲撃者たちは、男を打ち倒し、抵抗する力を失った五体から何かをさがしたのだ。

その捜し物はここにある、と源次郎は思った。厄介な事件に巻きこまれた気がしたが、男の最期に立ち合った人間として、頼まれたことを果たすしかないようだった。

もう一度死体を一瞥《いちべつ》して、源次郎は足早にそこを離れた。死体を置き去りにすることが少し気になったが、考えてみれば、初夏の静かな闇に包まれた地面は、男のような仕事に従う者の死の床として、似つかわしくないとも言えなかった。辻番所の前を通ったが、源次郎は死人のことを届け出なかった。

四

浜町堀の河岸から左に入ったところに、山伏井戸の名で知られる名水がある。それが、あたり一帯の邸町の通り名になっていて、細田民之丞の邸はその一角にあった。

訪《おとな》いを入れると、顔見知りの女中が出て来た。遅い訪問にびっくりした様子だったが、すぐに民之丞に通じて、勝手に上がってくれと言っていると告げた。

民之丞は、母屋とは棟が別になっている奥の二間を居間に使っている。茶の間に顔を出さずに、その部屋に行くことが出来た。襖《ふすま》の外で、入っていいかと言うと、中から民之丞が、いいぞと言った。

「おッ」

襖をあけたとたん、源次郎は棒立ちになり、これは失礼、出直そうかと言った。部屋の中に若い女がいた。髪で、町家の娘だとわかった。女は、民之丞から少し離れた場所に、やや横むきに膝を崩して坐っていた。

「いや、構わん。すぐに済む」

背をむけたまま、民之丞が言った。民之丞は畳の上に毛氈《もうせん》を敷き、その上にひろげた画紙にせっせと筆を走らせていた。女を描いているのだ、とすぐにわかった。

女は十六、七だろう。瓜実《うりざね》顔のおとなしそうな顔をうつむけて、手に持ったギヤマンの盃に眼を落としている。顔を傾けているので、表情はよく見えなかったが、白い頬のあたりに、若い女の匂い立つような色香がただよっている。

はじめて見る女で、細田家の女中とも見えなかった。どういう素姓の者かと、源次郎は民之丞のうしろからぼんやり娘を眺めたが、ふとあることに気づいて、顔が赤らむのを感じた。

着ている物の前が割れて、そこからかがやくばかりに白い、膝がしらと脛《すね》の一部がのぞいている。むろん、民之丞がそういう注文をつけたのだろう。源次郎は眼をそむけた。

——何ということだ。

源次郎はなんとなく義憤のようなものを感じた。金のためか、義理からかは知らないが、人前に膝をさらす娘の身にもなってみたらいい、と思ったが、民之丞は平気そうだった。そして娘も、べつにそのことを羞《は》じているようには見えなかった。ただ、一心にギヤマンの盃を見つめている。

——すると何か。あの絵の女もこの娘か。

源次郎は、さっき永寿堂で見て来た、民之丞の習作を思いうかべた。印象は多少異なるが、重苦しくないすらりとした身体つきに、似通うところがある。源次郎はそっと視線をもどした。

膝を出している女があわれだと言っても、眼の前に若い女がいれば、眼はついそこに行く。

そのとき、民之丞が筆を措《お》いた。

「よし、これまでじゃ。ゆき、ごくろうだったな」

民之丞がやさしい声で言った。源次郎がこれまで耳にしたこともない、やさしい声音だった。すると女は盃を下に置いて、いそいで居住まいを直した。

「疲れたか」

「………」

「部屋へもどって休め。家の者に挨拶はいらんぞ」

「はい」

ゆきと呼ばれた女は、一瞬ひたと民之丞を見つめるような眼をしたが、民之丞と源次郎に無言の辞儀を残すと、部屋を出て行った。黒目がちの眼のあたりに、どことなく暗い情熱のようなものを感じさせる美貌が、源次郎の印象に残った。

「あれは、無口な女でな」

民之丞が、言いわけがましく言った。娘が挨拶らしい言葉もなく出て行ったのを、かばう口ぶりだった。

「どういうひとかね？　いまの女子は」

「妹だ」

と民之丞は言った。そして、源次郎が驚いた顔をすると、仕方なさそうにつけ足した。

「妹と申しても、つまり、父親が違う、ナニだ」

民之丞はそう言ったが、それ以上のことには触れてもらいたくないという顔をした。白皙《はくせき》という言い方が似つかわしい、面長で品がいい民之丞の顔は、そういうとき幾分冷たい、他人を拒む翳《かげ》りのようないろを帯びる。

民之丞は五百石の旗本の伜《せがれ》、源次郎は百俵取りの御家人の子と、身分にはへだたりがあったが、二人は数年、木挽町狩野と呼ばれる奥絵師狩野栄川の画塾で机をならべるうちに、昵懇の友達づきあいをするようになった。

民之丞は情熱をこめて絵を語り、源次郎はそのころすでに、無眼流の塚本喜惣の道場で剣才を認められていたので、より多く剣について語るというふうだったが、そういう興味のありどころの多少の喰い違いが、むしろ二人を一層親密にしたようだった。

二人は、それぞれの家の事情も、隠すところなく話し合った。民之丞が、先代弾正時行の妾腹の子で、外から入って細田家を継いだことなども、民之丞自身の口から聞いたことである。

そういうことまで打ち明けながら、民之丞は家のことを話している最中に、源次郎の前にふっと戸を閉めるような表情をすることがあった。細田家の事情が、それだけ複雑なのだろうと思い、源次郎はそういうとき強いて相手の内側に踏みこむようなことはしなかった。

もっとも源次郎は、民之丞は妾腹ということに、必要以上にこだわり過ぎはしないかと思っていたが、いまも民之丞の顔にその表情が出たのをみると、さりげなく口をつぐんだ。

民之丞の美しい異父妹に、興味がないことはないが、くわしくは語りたがらない様子なのを、無理に聞きただすこともないと思った。

すると、どことなくバツ悪い顔になって、民之丞が言った。

「片づけて、酒でも飲むか」

その言葉で、源次郎ははっとここへ来た用件を思い返した。永寿堂を出てこちらにむかったときは、用事といえば用事、ひさしぶりに民之丞の顔を見るぐらいのつもりだったのだが、その用件は途中で急変した。

「いや、そうしてはおられん。至急に相談したいことが出来た」

と源次郎は言った。

「何の相談だ？」

「来る途中で、奇怪なものを見た」

源次郎は、河岸であった出来事を、残らず話した。民之丞は熱心に聞いている。

「そういうわけで……」

源次郎は袂《たもと》をさぐって、死者から預かって来た、小さな革袋のようなものを取り出した。

「これをご老中まで、とどけねばならん。それもひそかにだ。どうやったらとどけられるか、聞きたい」

「どれどれ」

民之丞が手を出し、二人は灯火の下でしげしげとその袋を見つめた。葡萄色《ぶどういろ》をし、表面がなめしたようにつるりとした丈夫な袋だが、手にした感じに弾力がある。そして仔細に調べると、麻糸のような細いもので、口をしばってあるのが見えて来た。

「魚の胃袋に似とるな」

「まさか。獣の皮だろう」

「口に含んでいたとな？　その男は貴公の言うとおり公儀隠密らしいが、奇妙な道具を使うものだの」

民之丞は、すっかり興味をそそられた様子で、袋を指先でひねくり回した。

「中に何か入っている。さて、何が入っているか、お楽しみだ」

「おい、おい」

源次郎は、民之丞を制した。

「袋をひらいてかまわんのか。このままお渡しするのが無難ではないか」

「ご老中の松平さまに、か」

民之丞はじっと源次郎を見た。

「どの松平さまだ？　老中の松平は三人いるぞ。右近将監武元、周防守康福、右京大夫輝高」

「そうか、そうだったな」

「ひらいて見ぬことにはわからんさ」

民之丞は、どうしても中のものを見たいらしかった。源次郎も同意した。

縫うようにして袋の口を締めている糸を、民之丞は鋏《はさみ》で切った。そして指を突っこむと、中から四角に畳んだ紙をつまみ出した。紙はひろげても一寸四方に満たなかった。その小さな紙に、次のような文字が読みとれた。

八は田と会す　ご用心

それだけだった。二人は顔を見あわせた。

「何のことか、わからんな」

失望したように、民之丞が言った。

五

「八とか田とかいうのは、人の名かの」

と源次郎が言った。

「だと思うが、八が田に会ったというだけでは洒落にもならん」

民之丞は笑いもせずに言った。

「相手の、その胡乱《うろん》な連中の方だが、そっちには手がかりがないか」

「何にもないなあ。刀を抜き合わせたのも、あっという間の出来ごとだった」

「浪人者が柳生流を使ったのが、めずらしいような言い方だったが、それはどういう意味かな」

「いや、めずらしいわけでもないが……」

源次郎は口ごもった。素姓も知れない浪人者と見た男が、柳生流の見事な構えを示したとき、思わず意外な感じにうたれたことは事実だが、考えてみれば、男はもとはしかるべき身分の人間で、そのころにみっちり柳生流の修行を積んだのかも知れない。

だがどこかに、それだけの解釈では落ちつかない、ひっかかるものがある気がしたが、それが何かわからないまま、源次郎は口をつぐんだ。

「殺された男は、たしかに老中の松平さまにと言ったのだな?」

「それは、間違いない」

「ほかには、何か言わなかったのか」

「いや、それだけだったな」

答えながら源次郎は、公儀隠密らしい男の最期の頼みを、何とかして叶えてやりたいものだと思った。

民之丞は沈黙している。匙《さじ》を投げたのかと思ったら、そうではないらしかった。腕組みを解いて、鶴見と呼びかけた。

「……」

「貴公は知っているかどうかわからんが、公儀隠密は、つながりから言うと御側御用取次の命令で動くのだ」

「ほう」

「つまり、御側御用取次を通して、将軍家の密命を受けるという形になる」

将軍に近侍して、公用を助ける御側衆というのが八人いて、家禄は五千石前後の旗本だが、老中の待遇を受ける。この中から三名が御側御用取次を勤め、城中における勢威は時に老中を圧する、というぐらいの知識は源次郎にもあった。

「すると老中の命令で動くということは、あり得ないわけか」

「いや、そうともいえない。老中がどうしてもひそかに調べたいということがあれば、御側御用取次を通して、公儀隠密を動かすことがあるらしい」

「なるほど。その場合は老中にじかに復命するということもあるわけだな」

「まあな」

うなずいて、民之丞は源次郎をじっと見つめた。

「どうだ、鶴見。男が言った老中の松平が誰か。その調べはおれにまかせないか」

「よかろう」

源次郎は、むしろほっとして言った。

「もともとおれの手にあまるから、相談に来ている。貴公にまかせた。相手がわかったら、それを渡してくれればいい」

「よし」

 民之丞は、小さな紙片を、もとどおり丁寧にたたんで、革袋に納めると、手箱の中にしまった。

その民之丞に、源次郎はふと気づいたことを言った。

「その調べだが、用心してやってくれ」

「わかっておる」

「気のせいか知らんが、キナ臭い匂いがする。われわれは、厄介なことにかかわりあったかも知れん」

「わかった。用心しよう」

細田民之丞の屋敷を出ると、源次郎は足早に河岸の道に出た。

辻番所の灯が、ぽつりと前方を照らしているだけで、相変らず暗い夜だった。暗いが、四月の夜気は快く肌を包んでくる。どこからか、やはり木の芽の香が匂って来て、その道で、さっきあんな惨劇があったとは思えないほど、穏やかな夜だった。

源次郎は辻番所の前を通りすぎた。番所の戸は半分ほどひらいて、中で人声がしたが、外からは人の姿は見えなかった。さっきの場所まで来ると、まだ死体が転がっていた。民之丞と会っているうちに、誰かが届け出てくれたかと思ったが、その間通りかかった人間もいなかったらしい。

源次郎はちょっと足をとめたが、すぐに思い直してその前を通りすぎた。届け出て、いろいろと問いただされたりするのも面倒だったが、死人から秘事を受けついだことが、源次郎を用心深くさせていた。

今夜、いま地面に横たわっている死人にかかわりあったことは、細田民之丞以外の誰にも知られない方がいい。そうすれば、あの秘密めかした文字を記した紙切れを手に入れたことも、誰にもさとられないで済むし、その紙切れは民之丞に引きついだ。民之丞が、男が言う老中をうまく探しあてれば、それで万事終りになる、と源次郎は思った。

死体は、いまに火の用心の夜番でも回って来て見つけるだろう。おれはやっと筆耕仕事にありついたばかりの裏店住まいの浪人者で、これ以上妙なことに首を突っこんで、柳生流の剣を遣う浪人と、また斬り合ったりするような羽目にはなりたくない。

――柳生流?

源次郎は、はっとして足どりをゆるめた。さっき民之丞に聞かれて答えられなかったことが、突然に霧が霽《は》れるようにはっきりしたのを感じたのである。

柳生流は累代、将軍家の剣法師範を勤め、いまもその家格と流儀はつづいていたが、誇り高いその剣は、事実は飛驒守宗冬の死後、急速に衰微したと言われていた。

躓《つまず》きは宗冬の嫡男、大膳宗春が父に先立って病死したことにあった。宗春はすぐれた剣士で、父とともに将軍家綱に兵法を指南するとともに、父とは別に虎ノ門に邸をもらって門弟を養った。若くして長者の風格があると評され、柳生流と江戸柳生家をつぐには、もっともふさわしい人物と思われていた。

しかし宗春は、二十七の若さで他界し、同じ年の秋、つづいて飛騨守宗冬が病死すると、そのあとは次男の又右衛門宗在《むねあり》がつぎ、対馬守を名乗った。

宗在は、死にのぞんだ兄の宗春が、「わが家世世兵法をもって業《わざ》とし、将軍家のご師範となさる。さればこの業未練の者の、わが家をつぐこと叶うべからず」。自分が死んだあとは、弟の宗在がつぐようにと言いのこし、また宗冬の遺言書も、兵法の儀は、一生絶えず心懸くべきことを指示しただけで、とくに宗在の技倆を懸念した様子がないことでもわかるように、柳生流をつぐに値《あたい》しないほど凡庸な人物だったわけではない。一応の力をそなえた剣士だった。

しかし対馬守宗在にとって、石舟斎宗厳《むねよし》以下三代にわたる江戸柳生家の栄光は、いかにも重すぎるものだった。宗在は家綱、綱吉と二代にわたる将軍家の剣法師範の役目を果たし、つつましく家と剣を守っただけで、流派に花をそえるような出来事もないままに歿した。

宗在の跡は甥の備前守俊方がついだが、このころから、将軍家が誓紙を入れて柳生流を習うというしきたりもなくなり、将軍家指南役の資格で、時おり柳生流の型を上覧に入れる程度のことしか行なわれなくなった。

時勢が変ってきていた。そして時勢の変化にともなって、柳生家は徳川の家人としての役職に力を入れるようになり、時おり将軍家に伝来の剣をお目にかける、特異な大名といった存在でしかなくなった。

血筋も、備前守俊方に子がなく、松平越中守定重の子俊平が、養子として柳生家をついだので、俊方が死ぬと、柳生の血も絶えた。形骸だけが残った。

源次郎の無眼流の師、塚本喜惣に、柳生流をつかう知人がいた。塚本はある日、いまの柳生道場に昔日《せきじつ》の面影はないが、柳生流をあいうものだと高をくってはならん、一度本物の柳生流を見せてやろうと言った。

塚本がその日、源次郎を連れて行ったのは、青山の北、穏田《おんでん》村にあるその知人の家だった。家は清らかな川のそばに建つ百姓家だった。そして塚本の知人というのは、七十前後と思える、腰が曲りかけた老爺《ろうや》だった。

源次郎に柳生流の型を見せたいという塚本の頼みを、老人は迷惑そうにしりぞけた。髪もひげも真白な、寡黙な老人だった。老人は塚本の頼みは聞かなかったが、昼どきになったから粥《かゆ》を喰って行けとすすめた。

十五、六と見える百姓娘のような若い女が、老人の世話をやいていて、老人がそういうと、手早く三人のために粥を用意した。

その質素なもてなしが終って、なお一刻ほど剣談に時をつぶしたあと、塚本はあきらめて暇《いとま》をつげようとした。そのとき老人が不意に思いついたように、無言のまま木刀を握って庭に降りた。老人が呼ぶと、それまで姿を見せなかった娘が、木刀を持って現われた。その娘が打太刀《うちだち》を勤めた。

そのときに見た光景は、いまも源次郎の眼底にくっきりと焼きついている。それは型を演じるというよりは、真剣を手にした撃ち合いに似た、壮絶なものだったのである。

はじめ、一、二の型を演じる間、老人はいかにも年寄りくさくみえた。動きは鈍く、ただ正確に型を演じて見せようとしているようにみえた。若い源次郎は、見ていていささか気の毒になったぐらいである。

樋口という旗本の次男坊がいて、無眼流から柳生道場に転じた。その樋口の手引きで、源次郎はこれまで、数度柳生道場の稽古をのぞいている。偶然に、当代の柳生家の主、但馬守俊則が丁寧に稽古をつけるのを見る幸運にも恵まれていた。老人の動きは、柳生道場で見たものと、さほど変りないものに思えた。

だが途中から、様相が一変した。いつの間にか、老人の背はしなやかにのび、足は壮者のような軽快な動きを示しはじめていた。と同時に、老人と娘の動きは、型を演じるだけのものとは思えないほど、荒あらしい迫力に満ちたものとなったのである。

木刀がうなりを生む音を、源次郎は聞いた。二人ははげしく声をかけ合い、踏みこんでは飛びすさり、また飛びこんでは、一閃《いっせん》の木刀を撃ち合ってすれ違った。ことにほっそりした娘が、飛燕《ひえん》のような動きを示すのに、源次郎は眼を瞠《みは》った。

十月のひややかな日射しが染める庭で、木刀を撃ち合う二人が、しとどに汗に濡れているのが見えたが、見ている源次郎も、肌にびっしょりと汗をかいた。

幾つかの型が演じられる間に、源次郎は、息づまるようなはげしい動きとは対照的に、構えに入ったときの一瞬と、型を演じ終ったときの残心の形に、どことなく古めかしい、えもいわれぬ気品のようなものがただようのに気づいていた。

そして、そのことに気づいたときはじめて、源次郎は、塚本が本物の柳生流を見せるといった意味を理解したようだった。眼の前で演じられている荒あらしい中に気品がただよう剣技こそ、柳生の里から崛起《くっき》して天下人の剣となった柳生流本来の姿を、いまに伝えるものだと、得心が行ったのである。

見たのは五年前、源次郎が十八の年のことである。

――ひっかかったのは、それだ。

と源次郎は、暗い町を歩きながら思った。束の間の対決だったが、源次郎は正体不明の浪人者の剣から、五年前に穏田村で見た、本物の柳生流の匂いを嗅いだのである。どこか古めかしく、しかし堂堂と自信に溢れた花車の構え。

——何者か、あの男。

新しい疑問が湧いた。民之丞には、相手方の素姓を知る手がかりはないと答えたが、男がつかった柳生流はあるいは手がかりになるかも知れなかった。

男の剣から穏田村の老人を思い出したのは偶然である。この両者を結びつけるのは無理な気がしたが、そのあたりのことはしかし、一度塚本に確かめてみてもよさそうだ、と源次郎は思った。

裏店の路地は真暗だった。寝てしまったのか、灯をともしている家は一軒もなかった。もっとも裏店の連中は、よほどいそがしい夜なべ仕事でもないかぎり、たとえ起きていても夜遅くまで灯を使ったりはしない。

源次郎は手さぐりして、家の戸をあけた。用心しないとすぐにどこかに躓きそうな、狭い土間から、やはり手さぐりして上にあがり、茶の間に入った。

行燈《あんどん》をさがしあてて火打石を使おうとしたとき、源次郎はふとあることに気づいて手の動きをとめた。そのまま身じろぎもせず、神経をとぎ澄ました。闇のなかに、かすかに化粧の香がただよっている。

「ふむ」

源次郎は鼻を鳴らした。今度は荒あらしく火打石を打って灯をともした。部屋の中には、誰もいなかった。化粧の香は、留守の間にこの部屋に来て去った者が、残したのである。

――織江だ。

離縁した妻の織江が、ここを訪ねあてて来たらしい。化粧の匂いに記憶があった。だがその記憶は、即座にべつのある忌《いま》わしい記憶を喚《よ》びおこし、源次郎を耐えがたくする。

源次郎は窓障子を開いた。そして流れこむ夜気を大きく吸いこんだとき、遠慮がちに表の戸を叩《たた》く音がした。

「旦那、お帰りですかね」

そう言った声は、隣家のおまつという女房だった。出てみると、おまつは一たん横になったらしい恰好で、着物の襟《えり》もとを掻きあわせ掻きあわせ、立っていた。

隣は夫婦共稼ぎの日雇いで、おまつの胸は厚く、腕は亭主の助作より太い。男のようながらがら声だった。

「旦那の留守の間によ。きれいなご新造さんがたずねて来たんだけど」

「おお、さようか」

「旦那のお名前を言うから、中へ入ってお待ちなせえましって言ってやったんだけど、悪かったかね」

裏店の住人とは、大概顔なじみになったが、みんなは、まだ浪人馴れしていない様子の源次郎に気がおけるらしく、丁寧な言葉を使おうとする。おまつも、どことなくもじもじしながらそう言った。

「いや、構わん。造作をかけたな」

源次郎が言うと、おまつはそれで気が済んだらしく帰って行った。部屋にもどると、夜気に洗われて、化粧の香はさっぱりと消え失せていた。

「愚かな女だ」

源次郎はつぶやいた。織江は不倫を犯して離別された女だった。いまさら訪ねて来たところで、どうにもなるものではない。源次郎は、人には見せない苦渋のいろを顔にうかべたまま、黙黙と夜具をのべ、窓をしめて灯を消すと、横になった。

眠りに落ちる一瞬前に、民之丞の前に、つややかな膝がしらを出していたゆきという女の姿と、小暗い納戸部屋で、叔父の由之助に組みしかれていた、織江の姿が重なって見えたように思った。

六

五日後。源次郎は首尾よく永寿堂から注文をもらった筆耕仕事に、せっせと励んでいた。文章は仮名まじりで、前の漢詩文の仕事よりもやりにくかった。

筆耕が、かならずしも身に合った仕事とは思えなかった。手間も安い。しかしほかに内職の手段も思いつかない以上は仕方なかった。絵の方が、まだ自信があるが、狩野派の絵では、内職というわけにもいくまい。

そう思いながら、源次郎は行燈を机のそばにひきよせて、書き上げた分をもとの文章と丁寧に照らし合わせた。

静かな夜で、源次郎は五日前にあった出来ごとをほとんど忘れていた。織江も、そのあと訪ねて来た様子はない。

すると、表の戸がことわりもなしにがたぴしと開いて、民之丞の声が、鶴見、いるかと言った。

「おう、上がれ」

源次郎が言うと、頭巾を脱いだ民之丞がずかずか上がってきて、ほう、夜なべかと言った。そして不意にうずくまると、源次郎の耳にささやいた。

「おい、松平が見つかったぞ」

「見つかったか？」

源次郎は、筆を投げ出して、民之丞に向き直った。民之丞は、古びた畳の上にむずとあぐらをかくと、無言でうなずいた。

ふだんは青白いほどの民之丞の顔に、うっすらと赤味がさしている。いまの知らせを、一刻も早く知らせたくて、夜分にもかかわらず飛んで来たというふうにみえた。

「相手は？　どなただったかね」

「館林の松平侯だ。いや、突きとめるのに苦労したぞ」

「そうだろうな。よく調べた」

源次郎はねぎらった。館林藩主は、松平右近将監武元。延享四年九月、前将軍家重の時に老中職にのぼってから、すでに三十年という長い間老中の座にいて、いまも老中首座として、ぴったりと幕閣を押さえている人物だった。

右近将監自身は、水戸家の庶流松平播磨守頼明の子息だが、継いだ家の祖は六代将軍家宣の弟右近将監清武で、家柄の重さも閣内を圧する。側用人から老中にのぼり、日の出の勢いと言われる田沼主殿頭《とのものかみ》意次《おきつぐ》が、右近将監には一目おくという噂も当然だった。

「大物だったな」

と源次郎は言った。すると、民之丞もうなずいて、大物だったと言った。

「で、あれは渡してくれたか」

「うむ、間違いなく渡した」

「そうか。これで万事片づいたわけだ」

と源次郎は言った。非命に斃《たお》れた、公儀隠密らしい男の姿が浮かんで来た。松平老中の命令で、男が何を探っていたのかは知る由もないが、これで死者は使命を了《お》えたことになるだろう、と思った。ほっとする思いがあった。

「ところが、まだ片づいてはおらんのだ」

不意に民之丞が、そう言った。源次郎は眼を上げて民之丞を見た。

「それはどういう意味だ？」

「ご老中が、貴公に会いたいと申されておる」

「……」

「内密に、しかも緊急にだ。どうだ、今夜これからご老中の役宅まで行けるか。むろん、おれが一緒に行くが」

「おいおい」

源次郎は、机の上の洒落《しやれ》本の清書きに眼をやった。今夜は、せめてあと三枚仕上げないと、永寿堂と約束した期日に間にあわぬ。そう考えると、民之丞の言葉がひどく一方的で、押しつけがましく聞こえた。

「そう急なことを言われても困るぞ。おれには仕事がある」

「仕事か」

民之丞はちらと机の上を見た。だが、どこか上の空な感じで言った。

「仕事は明日にのばせばよかろう」

「そうはいかん。版元との約束というものがある」

源次郎は少し腹を立てた。筆耕仕事は、これからの大事な飯の種である。軽くみてもらっては困ると思った。民之丞は畢竟《ひつきよう》暮らしに心配のないひま人で、こういう暮らしの上の機微はわからないのだ。

「わけを聞こう。行くか行かんかは、聞いておれが決める」

「わけか。さて、と」

「しかし、今度の事件とのかかわりあいなら、これ以上のつきあいはご免こうむるぞ」

源次郎は釘を刺した。

「貴公が、ご老中にあれをお渡しして、それであのことは終りよ。これ以上、上つ方のごたごたにつきあうほど、こっちはひま人じゃない」

「怒ったか」

民之丞はにやりと笑った。ふむ、ひとり合点で、ちとはやまったかな。民之丞は呟くと、うつむいて膝を抱え、ひとしきり貧乏ゆすりをしたが、顔をあげるとまた声をひそめた。

「しかしその上つ方が将軍家だとしたら、見すごしも出来まい。ん？」

「将軍家だと？」

源次郎は、あっけにとられた顔になった。

「そうだ。ことは将軍家の安危にかかわりがある。いや、そうなるかも知れんということらしい。壁に耳ありだから、ここではそれ以上のことは言えんがの」

民之丞は、みすぼらしい壁を見回しながら言った。真顔だった。

「……」

「貴公も、家を捨てたとはいえ、この間までは徳川の禄を喰《は》んできた人間だ。ご老中に会って、話を聞くぐらいの義理はあろうが」

半刻後、二人は神田橋御門から二ノ曲輪に入って、松平右近将監の役宅にむかっていた。

玄関で訪《おとな》いを入れると、若い武士が出て来て、民之丞が何かささやくと、すぐに二人を上に上げ、きびきびと先に立った。

二人が通されたのは、薄ぐらい廊下をいくつか曲り、奥まった場所にあるひと間だった。十二畳ほどのその部屋には、あかあかと行燈の灯がともり、客を迎える支度が出来ていた。行燈のそばに脇息が出ている。そこにこの屋敷の主《あるじ》が坐るのだろう。

「しばらくお待ちくだされ」

二人を案内した二十前後の若い武士は、やはりきびきびした口調でそう言うと、礼儀正しく襖《ふすま》を閉めて去った。

「うむ。貴公を連れてきてよかった。ご老中はお待ちかねだ」

民之丞は、正面の席を眼で示して言った。だが、源次郎は答えなかった。

夜目にも宏壮な、この屋敷の門をくぐったあたりから、源次郎は少し重苦しい気分に把《とら》えられていた。民之丞の口車に乗せられて、とんでもない場所に踏みこんでしまった後悔が、少しずつ胸に芽ばえてくる。しかしここまで来てしまっては、もはや引き返すこともなるまい。それにしても……。

――一介のもと御家人に、天下のご老中が何の用がある？

源次郎がひそかに首をかしげたとき、廊下側の襖が開いて、さっき二人を案内した人間とは違う、やはり若い武士が二人お茶を運んできた。二人は民之丞と源次郎に、丁重な物腰で茶をすすめ、正面の主の席にもひとつ茶器を置くと、無言で出て行った。

そのまま、あたりはひっそりと静まりかえって、時が過ぎた。静かすぎるほどの屋敷だった。源次郎は、この部屋に来る途中、明りがともっている部屋があっても、人声がしなかったことを思い出していた。

七

　不意に、その沈黙を破って、男の笑い声がひびいた。遠い笑い声だったが、若わかしく闊達《かったつ》な声に聞こえた。つづいて、重おもしいしわぶきの声がした。笑い声がやみ、そのしわぶきの声が、少しずつこちらに近づいてくる気配だった。

　廊下と反対側の襖が開いて、しわぶきの音の主が姿を現わした。丈高く肥満した老人だった。二人を案内した、さっきの武士が、老人の脇の下に肩を入れて、歩行を助けている。

「さがってよいぞ」

　老人は席に坐ると、そう言って武士をさがらせ、軽く咳込んだあと、お茶を口に含んだ。源次郎は、民之丞にならって平伏した。

「そう堅苦しくするな」

　と老人は言った。その大柄な老人が、松平右近将監らしかった。

「こちらが、鶴見かの？」

　老人は、顔をあげた民之丞にそう言い、眼を源次郎に移した。鉛いろにむくんだ顔をした老人は、あきらかにどこかを病んでいるようにみえたが、垂れさがった瞼《まぶた》の下から源次郎を見た眼には、人を射抜くひかりがあった。

「は。仰せのごとく同道つかまつりましたが、ご気分はいかがでございますか」

民之丞が言うと、老人は軽くうなずいた。

「なに、床を離れるときに少うし眼が回るが、起き上がってしまえばどうということはない」

老人は、源次郎の方に膝をむけるように、大きな身体を身じろぎさせた。

「鶴見と申すそうだの？」

「は」

「松平じゃ。先だっては、わしの使いの者が、いかいそなたの世話になった由じゃ。礼を言うぞ」

「恐れいりまする」

呼んだのは、その礼を言うためかと、源次郎がちらと考えたとき、右近将監が突然に言った。

「そなた、八嶽党と申す徒党があることを、耳にしたことがあるかの？」

「いえ、いっこうに」

「わしは耳にはしていたが、見たことはない」

右近将監は微笑して、脇息によりかかった。

「先夜、そなたが出会ったと申す、その者たちが、おそらくは八嶽党じゃな」

「………」

「耳にしたものはいても、その党の者を眼で見た者は稀有《けう》とされておる。そなたは、めずらしい者たちを眼にしたことになる」

「それは、いかなる徒党でござりますか」

源次郎は言った。思わず右近将監の言い方に引きこまれ、闇の中に跳躍した黒ずくめの人影、古風な柳生流を遣った、痩身蓬髪の浪人の姿を、生なましく思い返していた。

「うむ。今夜そなたに来てもらったのは、そのことを話し、出来るなら力を借りたいと考えたためじゃが」

八嶽党とは、と右近将監は言った。

「正体はいまだに明確でないが、ひと口に申せば、およそ百五十年の昔から、折あるごとに徳川将軍家の座を窺《うかが》ってきた、奇怪な徒党じゃな」

慶安四年四月に三代将軍家光が歿し、八月に世子家綱が後を襲って四代将軍となった。将軍家交代のこの空白期に、由比正雪を首謀者とする徒党の、天下顚覆《てんぷく》の企てが発覚して世を驚かせたが、その時由比の党の背後に八嶽党が暗躍したと言われたのが、幕閣が八嶽党という名を耳にした最初だった。

八嶽党は、由比の党に多額の資金を援助したと伝えられただけで、表に出ることはなく、由比の党の潰滅とともに、杳《よう》として消息を絶った。

次に八嶽党の名がささやかれたのは、およそ三十年後の延宝八年のことだった。その年の五月、将軍家綱は死に瀕《ひん》していた。家綱は病弱で子がなかったので、幕閣では急遽《きゆうきよ》養君を定めるべく協議した。

席上、当時下馬将軍と呼ばれ、比類のない権勢をふるっていた大老酒井雅楽頭《うたのかみ》忠清が発言して、鎌倉幕府の例にならって、京都朝廷から有栖川《ありすがわ》宮を迎えたてまつり、将軍世継ぎとしてはいかがかと言った。

酒井の意見に反駁《はんばく》できるほどの者は、幕閣にはいない。大勢がその意見に決まりかけたとき、堀田備中守正俊が猛然と反対意見をのべた。

御血脈絶えたらんには、さることもやある、と堀田は言った。しかしご承知のとおり、将軍家には、館林宰相綱吉という英明の弟君がおられる。れっきとしたお血筋の方をさしおいて、宮家を将軍に迎えるのは承服出来ることではない。

堀田は前年に老中にのぼったばかりで、閣内では新参者だったが、綱吉を推す堀田の意見には道理があった。酒井大老以下の重臣は、堀田のはげしい反発の前に沈黙し、やがて堀田一人を残して退城して行った。

そのあと、堀田はただ一人で病床の家綱に会い、また綱吉をいそぎ城中に呼んで、その夜のうちに次期将軍を決定したのであった。酒井忠清は、その年十二月に至って失脚した。

酒井と八嶽党との間に密約があり、裏に多額の金子が動いたという、奇妙な噂がささやかれたのは、酒井が失脚したあとである。しかしその密約とは何か、動いた金子がどれほどのものか、一切は不明のまま、やがて噂は闇に埋もれた。

そのあと三十五年の間に、綱吉から家宣へ、家宣から世子家継へと、二度にわたる将軍家代がわりがあったが、その間に八嶽党の暗躍は認められなかった。

しかし三十六年目。正徳六年四月に将軍家継が歿し、紀州家から入って、徳川吉宗が将軍家を継いだ時期に、三たび八嶽党の名がささやかれたのである。

吉宗の将軍職継承は、家宣夫人天英院が、家宣の遺託であるとして強く命じ、また御三家の尾張継友、水戸綱條《つなえだ》もこもごもすすめたが、吉宗は固辞し、また幕閣は沈黙して成行きを眺めるという情勢の中ですすめられた。

家宣の遺言は、家継に万一のことがある場合として、第一に尾張の徳川吉通を挙げていた。しかし吉通は正徳三年に歿したので、次善策として吉宗を挙げたのである。吉宗に受諾をすすめながら、吉通の跡をついだ尾張継友としては心境複雑だったかも知れない。幕閣の沈黙は、そういう微妙な事情を反映したものでもあった。

その幕閣の中で、ただ一人、態度を明らかにして強く吉宗に受諾をすすめたのが間部《まなべ》越前守詮房《あきふさ》だった。間部は、天英院とともに家宣の遺言を直接に聞いた人物であり、強力に推したのは当然と思われたが、のちに間部が幕閣からしりぞいたころ、奇妙な噂が流れた。

間部は八嶽党の接触をうけ、その介入を恐れて一挙に吉宗擁立をいそいだというのである。

吉宗は、四月二十九日赤坂の藩邸で弓を試みているところを江戸城に呼び出され、そのまま、天英院、尾張、水戸の両家、間部の膝づめの強要をうけ、最後には受諾した。そして翌日、八歳の幼将軍家継が死去した。一たんは固辞し、最後に受けたといっても、ただ一日のあわただしい決断だったのである。

「そのあとまた三十年ほど、八嶽党はひそと鳴りを静めておった。ところが有徳院さま（吉宗）は惇信院さま（家重）に将軍職をお譲りなさるとき、少しくお迷いなされた。惇信院さまはご病弱であらせられたが、弟の小次郎君（田安宗武）、小五郎君（一橋宗尹《むねただ》）はお健《すこや》かでもあり、ことに小次郎君は英明の質であられたせいじゃな」

「……………」

「その間隙を衝いて、またも八嶽党が暗躍した。踊らされたのは松平左近将監だと申す。わしはその話を幕閣に入って、はじめて耳打ちされて知った」

奇怪な話だった。八嶽党は、将軍家代がわりの時期をねらって、連綿何ごとかを画策してきた徒党らしい。

だが、実際には何を画策したのか、と源次郎は不審だった。将軍家の座を窺ってきた、と老中は言ったが、それはどういう意味なのか。

「彼らの狙いは、何でござりますか」

「さきほど申したとおりじゃ。はじめは将軍家にとって代るつもりがあったらしい」

右近将監はあっさり言った。

「もっとも八嶽党の名がささやかれてから、百五十年。天下も定まったいまは、どう考えておるかの。あるいは将軍の座は望めなくとも、あくまで将軍職の円満な受け渡しに邪魔をいれ、あわよくば将軍家を危難に追いこむ。そういうものに変ったかも知れん」

次の右近将監の言葉は、源次郎を驚かせた。

「彼《か》の党は、将軍家に深い怨《うら》みを抱いておる。そのぐらいのことはやって当然、大義名分もあると考えておる」

「すると正体は?」

「いや、まだ明らかになったとは言えん。しかし幕閣も、指をくわえて彼の党の暗躍を眺めて参ったわけではなくての。ずーっと探ってきた。その結果、近ごろになってようやく、おぼろげながら彼の党の素姓が浮かんで参った」

ひと息ついて、お茶で喉《のど》をしめしてから、右近将監が言った。

「八嶽党とは、駿河大納言の一族らしい」

「駿河大納言？」

源次郎は息をのんで民之丞を振りむいた。すると民之丞が黙ってうなずいた。

「寛永のむかしに、自裁なされた忠長卿のことでござりますか」

「さよう」

右近将監は答えて、ちょっと眼をつぶった。遠い昔を思いやるような表情だった。

「その一族というか、遺臣というか。忠長卿の血筋の者をいただく、旧家臣の一部が、世にかくれて百数十年、ひそかに将軍家の座に怨みの眼をそそぎながら、今日に至ったということのようだ」

「……………」

「これまでの公儀の探索によって、不十分ながら、そう推測するに足るだけの証拠があがっておる」

八

三代将軍家光の弟で甲・駿・遠・信のうち五十五万石を領した駿河大納言忠長は、

寛永九年改易され、翌年十二月配所の高崎で自裁した。二十八だった。

忠長は元和四年に甲斐一国をあたえられたとき、五十四人の大番士に、甲州の土着武士団の精鋭、武川衆、津金《つがね》衆、七九衆を配して、甲州藩軍制の中心とした。これらの武士団は、武田信玄時代の寄親《よりおや》、寄子の制からも除外されて、独自の結束を誇ったほど、土着性の強い集団だったので、忠長が改易されたとき、重臣は配流され、五十五万石の家臣が四散するなかで、彼らだけは、駿府から陸続と甲州の故郷に引き揚げて行った。

しかしこの時期に、村に帰らずに逆に江戸に出た者がいた。大納言忠長は、改易幽閉される前年、咎《とが》めをうけて甲州に蟄居《ちっきょ》している。江戸に出たのは、そのときに忠長に近侍した津金衆の一部で、彼らは忠長の高崎幽閉が決まると、ひそかに甲州を出て江戸に潜入した。指揮した者は、忠長の幼時から傅役《もりやく》を勤めた伊奈牛之助、佐野三四郎だといわれている、と右近将監は言った。

「公儀探索の報告にはそうある。彼らは、忠長卿が幽閉されている間、じっと江戸にひそんで、卿の行く末を見まもっていたらしい」

「……………」

「江戸に潜入したとき、この党は忠長卿の御子を妊《みごも》った女子をかくまい奉じていたとも言う。そういう者たちが、忠長卿の自裁を聞いて、何を考えたかはおよそ推察出来る。まず怨恨じゃな」

「………」

「忠長卿に近侍した彼らは、恐れ多い言い方だが、卿が大猷院《だいゆういん》さま（家光）にまさる英邁《えいまい》の器だったと、固く信じておった。かつて大猷院さまとの間にご家督の争いがあったのもそのためであり、その英邁の質のために、今度は虐殺されたと受けとったかも知れない」

「………」

「見当がついておるのはこのぐらいのものでな。彼の者たちがどこに棲《す》み、人数は何ほどか。またしばしば多額の金子を動かすが、その金はどこから得たものか。そうしたことは、いまだにまったく不明じゃ」

「八嶽党と申しますのは？」

「津金衆は、元来が八ヶ嶽山麓の村村に住まう土着の者でな。八嶽党はその謂《いい》だと申す」

右近将監はとりあげた茶をひと口すると、茶碗を手の中で回した。顔に疲れが見えた。

「わしが、この党を探る気になったのは、田安家の賢丸どの、いまの上総介《かずさのすけ》どののだが、このおひとが田安家から白河の松平家に養子に入られたとき、大奥の方からちら八嶽党の名が洩れて来た。彼の党は、どのような場所にも出没するらしい」

右近将監は苦笑した。

「わしは取りあえず、一橋民部卿と、他言は無用ぞ、いまひとり田沼どののまわりに、探索の者を貼りつけた。このお二人が、上総介どのの養子縁組に、もっとも熱心だったのは、誰知らぬ者がないことでの」

源次郎は顔をあげた。公儀隠密が残した、八は田と会す、ご用心の意味が解けたのである。源次郎の表情を見て、右近将監もうなずいた。

「探索の者は、八嶽党が田沼どのと接触したことを摑《つか》んだのじゃな。これで、何ごとか起こるというわしの感触はいよいよ強くなった。しかし、何が起こるかは、まだわからぬ」

右近将監は、じっと源次郎を見た。そして不意に言った。

「そなた、無眼流の達人だそうじゃな。細田がそう申した」

「いえ、達人などとは……」

源次郎は赤面した。無眼流の剣ではいささか悟得したところもあり、剣はわが命と思うこともある。だが、剣はつねに修行途上のものであり、達人とはこそばゆい。

源次郎は民之丞をにらんだが、民之丞は知らぬ顔をしていた。

「八嶽党の蠢動《しゅんどう》は、捨ておきがたいことゆえ、ここで探索を強めねばならんのだが、公儀の者は、わが家臣ではない。手足のように使うというわけにもいかぬ。さればと申して、わが藩は小藩ゆえ、そなたのような剣の達者も見あたらんという次第での」

「……」

「ここはどうしても、頼める味方が欲しいところじゃ。彼の党は、そなたが見たとおり、秘事を摑まれたと知ると、早速にその者の一命を奪った。行なうところは速かで兇悪じゃ。公儀隠密も遁《のが》れ得なんだ狡智《こうち》をあわせ持っておる。これに対抗して探索をすすめるには、こちらも相当の人物を備えねばならぬ」

「……」

「どうじゃな、今度はあからさまに誘った。

老中は、鶴見」

「わしに味方せぬか。一人で、彼の党を探れと申すわけではない。数人の公儀隠密が、手引きもし、助けもする。また、のちほど引き合わせるが、火急の際に頼める剣士が一人おる」

「……」

「細田に聞いたところでは、そなたはいま、浪人しておるそうじゃな。まさにうってつけじゃと、わしは申した。市井にいて、自在に動ける者でなくては、八嶽党に対抗することはむつかしい」

源次郎はまだ沈黙していた。老中の焦燥もよくわかり、自分を味方にもとめる理由も、右近将監は懇切すぎるほど説明している。

それでも返事をためらうのは、ひとつは探索すべき事柄があまりに底深く、あやめもわかぬ闇に包まれているように見えるためだった。背景の暗さは、ほとんど無気味ですらある。一介のもと御家人がそこに首を突っこんで、何ほどのことを探り得るとも思えなかった。老中の考えには、焦りからくる買いかぶりがある。

いまひとつは、もっと個人的な勘定からくるためらいだった。家を捨てて市井にのがれたとき、源次郎は一抹の寂寥《せきりよう》感とともに、肩にかぶさってくる何物もない、さばさばした心境も味わっている。

やがて市井の暮らしにも馴れ、忌わしい記憶もうすれ、町の中に暮らしの根をおろす日も来るだろうと思っていた。そういう心境から言えば、いま老中が持ち出していることには、深入りするのをためらわせるものが含まれている。引きうければ、いずれは人と人、権力と権力の生ぐさい葛藤の中に巻きこまれることになるだろう。のみならず、そこにはすでに血の匂いが立ちのぼっている。

しかし源次郎は、そのことは言わずに、老中の求めに対する懸念だけを述べた。

「しかし、それがしに、そのように重い役目が勤まるとは思えませぬ。むしろ探索の邪魔になるのではござるまいか」

「いや、そうではない」

老中の態度はあくまでも柔らかかった。じっくりと説得する口調で言った。

「じつを申すと、わしの指図で動いておる公儀の手の者に、いささか八嶽党に対する恐れが生じておる。いまは、彼の党に臆せずに立ちむかえる者が必要なのじゃ。もしそなたが引きうければ、彼らは息を吹きかえし、そなたの手足となって働こう」

「……」

「何事が起こるかは、まだわからぬ。しかし連綿、彼の党が何をやって来たかを考えれば、起こってからでは間にあわぬ。事は必ず将軍家の安危にかかわりがあろう。味方せよというのはここのことじゃ」

結局、源次郎は承諾した。根負けして、右近将監に押し切られた感じだった。懸命に勤めますが、過分にはお望みなされませぬように、と源次郎は言った。

右近将監は、ほっとした顔になった。そして手を叩いて家臣を呼びながら言った。

「ただし、わしは見るとおりの病人での。近ごろはほとんど寝ておる。そなたの火急の連絡にも、あるいは顔を合わせかねる場合があろう。そこでいま、いざというときにわしの代りを勤めるものを引きあわせておく」

膝行《しっこう》してそばに来た家臣に、右近将監は何かささやいた。そしてそのあと、脇息によりかかると眼をつぶった。眼をつぶると、いかめしいその顔に、いたいたしいほどの衰えが現われた。

長話に疲れもしただろうが、異様なほどの衰えが見えるその顔貌は、老中の体内に棲みついている病いが尋常のものでないことも示していた。源次郎と民之丞が、言葉もなくその顔を見守っていると、襖が開いて人が二人入って来た。

一人は、まだ二十前後と思われる若い武士だった。いくらか下ぶくれの顔は、貴公子という形容がふさわしい輪郭をそなえていたが、その印象を裏切るように、その若い武士は鋭い眼と、意志の強そうな引きしまった口を持っていた。立派な身なりをしている。

その武士はずかずかと入って来て、右近将監の隣に坐った。そして前にいる源次郎と民之丞を見据えるように一瞥《いちべつ》した。

もう一人は、その若い武士の扈従《こしょう》の者らしかった。顔も身体つきもまるい、四十近い武士だった。眼が笑っているように細い。袴《はかま》をさばいて、入って来た襖ぎわに坐った。背が低いうえに、あきらかに腹が出ているので、つくねんと坐ったところは布袋《ほてい》に似ている。

眼をひらいて二人を見た右近将監が、源次郎と民之丞に言った。

「引きあわせよう。さきほど話に出た、白河侯の嫡子松平上総介どのじゃ。わしが病い重くて、面談もかなわぬときは、こちらにお会いして指図を頂くように。そのことは上総介どのと談合ずみじゃ。また、そちらは……」

右近将監がふりむくと、襖ぎわの武士は、狼狽《ろうばい》して右近将監の言葉を手でさえぎるようなしぐさをした。

「白河侯の家中で、白井半兵衛と申すご仁だが、鶴見に話した剣士というのは、この男じゃ。一刀流をよく遣う」

白井は身体を縮め、意味不明な声を洩らした。ひどいテレ性らしい。

右近将監は、上総介にも、源次郎と民之丞を引きあわせた。

「これが鶴見でな。あの件は承知した」

「それは重畳《ちょうじょう》にござりました」

上総介は優雅に一礼した。むろん右近将監に対する身ぶりだった。

「これでわが方も、人数がそろいましたな」

「十分とは言えぬが、当面の探索には、むしろ小人数の方がよろしかろう」

「鶴見と申すか」

上総介が、源次郎を見た。鋭く、吟味するような視線だった。

「ご老中が申されるとおりじゃ。急ぐときは、いつでもわが屋敷に来い。相談に乗ろう。また突然のことで、探索の方角もわからぬかも知れぬが、眼目は田沼じゃ」

上総介は、田沼主殿頭《とのものかみ》を呼び捨てにした。

「ぴったりと貼りついておれば、かの怪しからぬ徒党のことも、おのずと知れて来よう。また、白井の腕が必要のときは、いつでも申せ。ずいぶん役に立つはずだ」

「承知つかまつりました」

「田沼を、ご老中はどう申されたか知らぬが、彼は腹黒い男じゃ。お小姓から老中にまで成り上がった男の腹の中は……」

「恐れながら……」

突然に、細田民之丞が口をはさんだ。

「ご老中には、よほどお疲れのように拝見いたしますが、ひとまずお引き取り頂いては、いかがでございましょうか」

話の腰を折られて、上総介は不快そうに民之丞をにらんだが、ぐったりと脇息によりかかっている右近将監を見ると、すぐに話を打ち切る気になったらしかった。

あわただしく手を叩いて、家臣を呼んだ。

源次郎と民之丞が、二ノ曲輪から市中に出たとき、時刻は五ツ半（午後九時）を回っていた。西空に細い月が浮かんでいて、人形町通りに出るあたりまでは、道に提灯《ちょうちん》をさげた人影が動いていたが、そこを過ぎると、やがて人通りはばったり途絶えた。

「おい、おれを屋敷まで送って行け」

と民之丞が言った。民之丞がそう言った場所から、源次郎の家はすぐだが、民之丞が住む町までは、まだかなりの距離がある。

「どうした？　夜道がこわいか？」

「うむ。こわいわけじゃないが……」

民之丞は煮え切らない返事をした。

「八嶽党とやらの話を聞いたせいか、若干気味が悪い」

源次郎は舌打ちした。幕閣の手助けをする羽目になった今夜の始末は、もとをただせば、民之丞の軽率な言動がもたらしたものだ。右近将監にあの品を渡し、よけいなことを言わずにさっさと帰れば、いまごろおれは、筆耕三枚を仕上げて、心静かに床についているところだ、と思ったが、打ち捨てて帰るわけにもいかなかった。

源次郎は、わが家に曲る道を横目に視て、先に立った。

「八嶽党が、貴公を狙ったりはせん」

「そうとも言えないだろう」

民之丞はまじめな口調で言った。

「今夜、八嶽党は鶴見という手ごわい剣客を敵に回したことになるが、その橋渡しをしたのはおれだからな」

「連中は、まだそんなことを知りはせんよ」

「はたしてそうかな。ご老中は、連中はどこにでも出没すると言ったぞ」

源次郎は口をつぐんだ。民之丞の臆病は笑うべきだが、その言葉の中に、いくらかうす気味悪いものが含まれていることも確かだった。

「さっき、なぜあんなふうに言ったのだ？」

と源次郎は聞いた。

「何のことかね？」

「白河侯の御曹司がしゃべっている途中で、横槍を入れたろうが」

「御曹司と言ったって、あれは田安から行った婿だぞ」

と民之丞は言った。民之丞の言い方には棘《とげ》があったが、そのわけが次の言葉ではっきりした。

「おれは、ああいう権高な物言いをする男は好かぬ」

「しかし切れ者で、意志も強いという人物に見えたがな。上つ方の若者にはめずらしい」

「頭は切れるだろうが、中身は経書で固まってしまって、錦絵の女を眺めるゆとりなどないというやつだ」

源次郎は失笑した。民之丞は我が田に水を引いていた。どうやら民之丞は、今夜性格が合いそうにもない人物に出会ったらしい。

「何を笑う」

夜道を送らせながら、民之丞は源次郎が笑ったことに腹を立てていた。

「ああいう人物が、幕閣で権力を握ったりすると、そりゃひどいことになるのだぞ。おぼえておくことだな」

「そういうものかの」

源次郎の眼には、上総介の颯爽《さつそう》とした貴公子ぶりが残っているだけである。民之丞の深読みではないかという気もした。

「そういうものさ。切れ者で、つねに自信に満ちて、いつの日か権力をわが手に握る時を夢みて、精進怠りないという型だ。おれは病気のご老中につい肩入れして、貴公を周旋してしまったが、あの人物が一枚嚙むと知って、いまは少少後悔している。言っておくが、ありゃァ、人使いが荒いぞ」

「いまごろそう言っても遅い」

源次郎はむっつりした口調で言った。

民之丞を送って、裏店の家にもどると、源次郎は台所で水を一杯飲み、行燈に灯を入れて、袴を脱いだ。

袴を脱ぎながら、机の上を一瞥した。散らばっている筆耕の清書きが、にわかに源次郎を現実に引きもどしたが、すぐに仕事にかかる気にはなれなかった。疲れていた。

源次郎は古畳の上にごろりと寝ころがった。しばらくそうしていたが、不意に源次郎は、がばと起き上がると机ににじり寄った。清書きにまじって、達筆の文字を記した紙が載っている。こう読めた。

お手出しご無用　八
源次郎は、静かに部屋の中を見回し、また恫喝《どうかつ》の文字に眼を落とした。民之丞の臆病さを笑うべきではなかったと思った。同時に、好むと好まざるとにかかわらず、八獄党との闘争に踏みこんでしまったのを、源次郎は感じた。

追跡

一

昼近い裏店《うらだな》の路地は、かなり騒騒しい。子供たちが走り回り、その子供を叱りつける母親の甲高い声がひびく。

かと思うと、ときどき大勢の女の声がどっと笑うのは、亭主を仕事に送り出した女たちが、例によって井戸端に集まっているのだろう。天気がいいので、今日はことに集まりがいいようだった。

物売りが路地に入りこんでいるらしい。苗売りだった。

「あさがーおの苗や、へちまの苗」という声が、さっきから行きつもどりつしている。女たちはおしゃべりに身が入って、苗売りどころではないらしく、触れ売りの声は、けたたましい女たちの笑い声に、しばしば掻き消されそうになる。

「……？」

源次郎は、はっとした顔になって、筆を措《お》いた。そしていそいで土間に降りた。戸をあけると、前を行きすぎた苗売りがゆっくりもどって来た。まる顔に無精ひげをはやした親爺だった。

「橘《たちばな》の苗はあるかの？」

と、源次郎は言った。一昨日の夜、右近将監に会ったとき、いずれ苗売りがたずねて行くが、その時はそう問え、あると答えれば、それが公儀探索の者だと言われている。

男は源次郎の眼を受けとめて、答えた。

「へえ、ございますとも」

「では、それをひとつもらおうか。それにしても……」

源次郎は外に半身をつき出して、空を眺めながら大声で言った。

「今日は暑かろう。茶など一杯どうじゃな」

「こりゃあ、旦那。おそれいります」

男も負けずに大きな声で言った。男は担っている、苗を詰めた俵を地面におろすと、家の中に入って来た。足音を立てなかった。大きな猫でも入って来たようだった。

坐るとすぐに、男は言った。四十前後の、まさに物売りとしかみえない男だった。

「鶴見さまですな」

「さよう。お手前は？」

「佐五と呼んでくだされ」

男はへりくだった口調で言った。

そして前置きなしにいきなり、われわれはここ三年ほど、老中田沼主殿頭《とのものかみ》の役宅と青山の下屋敷、それに一橋民部卿の屋敷を見張って来た、と言った。

「何ごともござりませなんだ。それが今年に入ってから、と申すより、ここ二月ほどの間に、わが仲間の者が三人、たてつづけに命を奪われ申した。三人目が、こなたさまに最期を看取って頂いた男でござる。いずれも青山の田沼屋敷に配った者たちでござった」

「ほう」

「一人は田沼屋敷の塀わきで、一人は青山を南にはずれた渋谷近くの田圃《たんぼ》道で、絶命して見つかり申した。三人目の男は、ごらんになられたとおりでござる」

「………」

「いずれも、田沼屋敷に不審な者が近づくのを見て、中に忍び入って確かめたか、その者の後をつけたかして、逆に襲われた様子でござる。最後の一人は、何ごとかを確かめて、ご老中かそれがしに急報しようとした。しかしすでに後をつけられておることを悟って、途中われらが使っておる隠れ家に立ち寄り、とりあえずあれだけの細工をしたが、襲われて絶命したという次第でござろう」

「…………」

「事情は、かくのごとくでござりましてな」

まる顔の男は、淡淡とした口調で言った。

「いわばたったいま、われらの探索の相手がまさしく八嶽党で、おそらくはご老中の田沼さまと、何ごとか談合いたしておると判明したばかりでござる。しかしながら松平さまはいそぐと仰せられる。彼の党の棲家、田沼さまとの談合の中身を、一刻も早く探れというご下命でござる」

男が顔をあげて、はじめて渋い笑顔を見せた。

「いそぐと申されても、手《て》強《ごわ》い相手でござってな。正直に申すと、彼の党には、われら探索の者も、かつて歯が立たなんだというのが実情でござる」

「厄介な相手じゃな」

「そこで今日お訪ねして来たのは、何かこれぞというお考えがあれば、早速にお指図を賜りたいと」

「指図？」

源次郎はあわてて言った。

「ご老中がどう申されたか知らんが、それがしはただの助勢役。そこもとたちの探索の手助けしか出来ん」

「はて」

男は腕を組んだ。その表情を見て、源次郎は、右近将監が、公儀探索の者は八嶽党を恐れていると言ったことを思い出した。

眼の前の男は、話の様子から、右近将監が動かしている探索の人数をまとめる人間かと思われたが、その男にしても、面上にいま暗い色がある。探る相手の手強さを知悉《ちしつ》しているがための、恐れがあるのだ。

源次郎は、相手をひたと見て言った。

「お話の模様では、青山の田沼屋敷こそ、探るべき場所のようでござるな。ともあれそこからはじめるより、手はありますまい」

「さよう」

「手助けの労は惜しみませんぞ、佐五どの」

男はじっと源次郎を見返した。そしてふっと眼をそらすと、ほかに手はないかと呟《つぶや》いた。しかし、もう一度源次郎を見たときには、さっき影のように男の顔を覆っていた、重苦しい感じが消えて、入って来たときのただの物売りの顔になっていた。

「では、ご足労でも今夜から、青山の田沼屋敷裏まで、おいで頂きますかな」

「心得た。落ちあう時刻は？」

「六ツ半（午後七時）といたそう」

佐五という男は、てきぱきと言った。そして軽く一礼して立とうとしたのを、源次郎はふと思いついて手でとめた。

「お見せしたいものがある」

源次郎はそう言って、机の下の手箱から、八嶽党が置いて行った、恫《おど》しの文字を記した紙を出して見せた。

ほう、と言ったが、男はそれほど驚いたようでもなかった。こういうことには慣れているという感じがあった。折りたたんで源次郎に返しながら、これを受け取ったのは、いつのことかと聞いた。

「それがすばやい」

源次郎は苦笑した。

「それがしが、ご老中の屋敷に呼ばれ、そこもとたちの助勢役を引きうけて戻ったら、机の上にこれがあった」

「………」

「それがしが、ご老中に味方すると、連中がどこで探り知ったかが不審じゃ。まさかあの屋敷の中まで入りこんでいるとは思えんが」

「それは、そうではありますまい」

佐五という男は、玄人が素人に、物の道理を解きあかすといった、淀みのない口調でつづけた。

「おそらくはあの夜、浜町堀の河岸から一たん立ち去ったと見せて、じつはそのあと、一人二人はひそかに鶴見さまがなさることを見張り、細田さまでござるか、あの方のお屋敷までつけて行ったものでござろうな。そのあとのお二人の動き、あるいは鶴見さまが無眼流の名手であることなどは、逐一彼の党の者に知られたと考えて、差しつかえござりますまい」

源次郎はぞっとした。さっき佐五の顔を覆った、ほとんど苦悩の色に近い暗い影の意味を、はじめて悟った気がした。

「お二人が二ノ曲輪に入り、ご老中の屋敷に入ったのを見とどけたとき、むこうはもはや鶴見さまがこちらに味方すると読んだはずでござる」

「そういう隙のない相手だということだの?」

「さようなことでござる」

二人は顔を見合わせ、やがて軽くうなずき合った。恐るべき相手だが、もはやあとにひくことは出来ないと、お互いに確かめ合った具合だった。

二

佐五が帰ってから、源次郎は朝炊いた残り飯で、昼を済ませた。そして外に出た。四月半ばの空は、雲ひとつなく晴れて、真青な空からさんさんと日がふりそそいでいた。花が匂い、どこかで遠音に閑古鳥が啼《な》いている。佐五が言い残していったようなことが、この町のどこかで起きているとは、信じ難いほど、町は明るい光に包まれ、何ごともなげに、混みあって人が歩いている。

だが公儀探索の者が、三人もつづけざまに命を落としたのも事実で、いまこのときにも、八嶽党の者が、何ごとか画策しながら、この町のどこかに身をひそめているのも事実なのだと、源次郎は思った。

表町の紙屋で、筆耕の清書きに使う紙を買って裏店にもどると、井戸端で洗濯をしていたお清という女房が顔をあげた。

「旦那のとこに、お客さんだよ」

「おう」

「娘さんだよ」

お清はぶっきらぼうにそう言うと、黒い顔をうつむけて洗濯にもどった。お清は働き者で、みんなと一緒に井戸端で半日つぶすようなことはめったにしない。

いまも、ほかの女房連中が、昼どきで家に入ったのを見はからって洗濯に出て来た様子だった。それでもやっぱり女で、女客が源次郎の家に入ったのは、ちゃんと見ていたのだ。

——また、織江か。

源次郎は、胸が重くなるのを感じながら、家の方に歩いた。お清が見ていなければ、木戸をくぐって外に逃げ出したいほど億劫《おつくう》な気分に襲われていた。会っても無駄だ。そう思いながら土間に入ると、赤い緒の下駄が目についた。

微かな不審が、頭をかすめた。

「や、津留どのか」

茶の間に入った源次郎は、上がったところの障子ぎわに、ひっそりとうつむいている娘を見て、思わず驚いた声を出した。娘は織江の妹津留だった。

津留はだまって頭をさげると、またうつむいた。その前に、源次郎はどっかりとあぐらをかいた。一ぺんに気持が楽になっていた。織江から、何か言いふくめられて来たのかも知れないが、津留は子供っぽい娘だ。齢は十六だったか。

「ようみえられた。親御たちは達者か」

織江と津留の父親江口新兵衛は、小普請方吟味役を勤める御家人で、源次郎の父源左衛門とは古くから親しかった。新兵衛は小普請方、源左衛門は徒目付《かち》と役目も違い、組屋敷も別だったが、両家では折があれば人が往き来した。源次郎も、子供のころよく父について江口家に行ったし、逆に新兵衛の妻女が、娘二人を連れて、源次郎の家をたずねてくることもあった。

源次郎と織江の婚儀は、両家のそういうつきあいの中で、ごく自然にまとまったことだった。周囲にも、似合いの夫婦だと言われた。その若夫婦に、わずか三年後に破局が訪れるとは、誰ひとり思わなかったに違いない。しかも破局のもとが、織江の不倫にあるなどと知ったら、人びとは驚倒するに違いなかった。

源次郎自身にさえ、いまだにどこか信じ難い気持がある。だがそれは疑う余地がないことだった。織江の不倫を、源次郎は自分の眼で見た。

そのことを、源次郎はまだ誰にも話していなかった。誰かに語るべきことでもなかった。知っているのは叔父の由之助と織江、源次郎の三人だけである。

だが織江を離別したあと、源次郎は織江の親たちの心情を思うことがあった。江口新兵衛は、これには必ず仔細があろう、打ち明けた話を聞きたいと、最後まで言いつづけた。娘を離縁された親の不安と無念さがにじみ出ている顔だった。

そのときの新兵衛の顔を思い出すと、源次郎は罪は織江にあると思いながら、あたかも自分が罪を犯したような、辛い気持に苛《さいな》まれた。津留の顔を見て、とっさに親のことを言ったのも、日ごろのそういう気持が、つい言葉に出たようだった。

津留は黙ってうつむいている。はて、この娘は何を言いに来たのだろう。

「まてまて。いま、お茶を進ぜよう」

「いえ、おかまいなく」

津留は、はじめて顔をあげて、正面から源次郎を見た。その顔の青白さに、源次郎はたじろいだ。津留の顔は、ほとんど血の色がなく、頰も少し痩せている。眼ばかり何かを思いつめているように光って、じっと源次郎を見つめた。

「何としたな？　津留どの」

源次郎は声をひそめた。何ごとかが起きたのだ。ときには、はしたなく思われるほど気性の明るいこの娘が、面変りするほどのことが。源次郎は胸が騒いだ。

「何があった？」

「姉が、自害しました」

重苦しいものが、源次郎の身体《からだ》をしめつけた。しばらくその重味に耐えてから、源次郎は低い声で聞いた。

「それは、いつのことかの？」

「四日前の朝。昨日葬儀を済ませたばかりです」

四日前というと、織江がここへ来た日から三日後の朝ということか。茫然と、源次郎は腕をこまねいた。津留はうつむいて泣いている。声は立てなかった。細い肩が顫《ふる》えるのを、源次郎は黙って見まもった。

やがて泣きやむと、津留は手早く涙を拭いた。そしてきっと源次郎を見た。

「姉にかわって、これだけはお知らせしたくて参りました」

「………」

「鶴見のお家を去られて戻って来てから、姉はずっとふさいでおりました。一度も姉の笑顔を見たことがございません」

「………」

「源次郎さま」

津留はさっと立ち上がると、斬りつけるような声で言った。

「あなたさまを、お怨み申しあげます」

源次郎は黙然と坐っていたが、ふと思いついて後を追った。

「そなた、七日前にここへ来はせなんだろうな」

「いいえ」

戸口から、津留は怒りに燃えた眼でふり返った。

「おたずねしておりません。これからもおたずねするつもりはございません」

そうか。あれはやはり織江だったのだな、と源次郎は思った。細田民之丞の屋敷から戻った夜、部屋の中に残っていた化粧の香を思い出していた。

——化粧に身を飾って、織江はあの夜、何を言いに来たのか。机の前にもどると、源次郎はしばらくその考えに縛られた。織江は、何かを話したくて来たのだ。だが、もう一度来ることはせずに、黙って死んだ。

そう思ったとき、源次郎ははじめて、離別した妻を憐れんだ。かけ違って、言いたかったことを聞いてやれなかった不運を悔んだ。

源次郎は、立ち上がって外に出ると、隣の助作の家の戸をあけた。女房のおまつは自分も日雇いに出るが、毎日というわけではない。

「おまつどの。おられるか」

へえ、という声がして、おまつが手を拭きながら出て来た。おや、旦那と言って、おまつはいそいで乱れた髪を撫でつけた。

「つかぬことをうかがう」

「はい。何でしょ？」

「七日ほど前に、わしをたずねて来た女子だが……」

「はい、はい」

おまつは笑いかけたが、源次郎のまじめな顔を見て、あわてて表情をひきしめた。

「およそ何刻ぐらい、わしを待ったかの？」

「そうさねえ、来たのが七ツ（午後四時）過ぎだから……」

おまつは指を折った。そして顔をあげた。

「二刻半（五時間）も待ちなさったんだわ」

源次郎は家へもどった。憤怒が胸の中に荒れ狂っていた。一族のもてあまし者、叔父の由之助に会わねばならないと思った。だが今日は日暮れから青山まで行かねばならない。

源次郎は、静かに身体を倒すと、日暮れまで身じろぎもせず仰臥《ぎようが》して、時を過ごした。

三

鶴見源次郎が青山に着いたのは、たそがれ刻だった。空には、わずかに日没の余光が残っていたが、町は闇に紛れようとしていた。

薄ぐらい道に、幾つか黒い人影が動いていたが、遠くに灯をともした商家が見えるだけのそのあたりでは、空の明るみを頼りに歩いている人影は、男とも女とも見定め難かった。間もなく六ツ半（午後七時）になる。

――うまい時刻をえらぶものだ。

田沼主殿頭《とのものかみ》下屋敷の塀ぞいに、裏通りに回りながら、源次郎は今日の昼たずねて来た、苗売りに身をやつした男の顔を思いうかべた。

田沼屋敷の裏通りは狭く、青山の表通りよりも暗かった。だが、まだ真の闇ではない。おぼろに白く、道がうかび上がっていた。

足音はしなかったが、その気配はうしろから来た。源次郎がそのまま歩きつづけていると、苗売りの佐五の声がうしろからささやいた。

「この先に林がござる。そこに入ってくだされ」

田沼屋敷の塀裏の道は、途中まで武家屋敷との間にはさまれていたが、歩いて行くと、男が言ったように、武家屋敷の塀がとぎれて、その先は雑木の林になった。林の中に踏みこむとすぐに、佐五は「ここで」とささやいた。二人は道のすぐそばにある、灌木の茂みの陰にうずくまった。

林はきれいに手入れされているらしく、踏みこんだとき身体にさわる下枝もなく、足もとに音をたてる古い落葉もなかった。ただ草の匂いと雑木の新葉《にいは》の匂いが、生ぐさく林の中を満たしているだけだった。

二人が林に入ったあと、道は人通りがとだえた。その道も、田沼屋敷の塀もやがてとっぷりと濃い闇の中に沈んだ。横手の武家屋敷の塀の内から、時おり女の話し声が洩れてくる。かすかな話し声にまじって、瀬戸ものの触れ合う音がするのは、そのあたりに台所があるらしかった。

そのまま、およそ半刻（一時間）が過ぎた。すぐそばにいる佐五は、身じろぎもせず、呼吸の音も聞かせなかった。佐五は黒衣をつけ、黒い布で面を隠していた。その姿のまま、石に変ったようだった。

源次郎は佐五のようなぐあいにはいかない。うずくまっている脚に血が凝って、我慢していると痛くなった。時どき源次郎はもそりと身動きして、足を動かした。

「このまま、まだ待つのかの？」

源次郎は、佐五の方に顔を寄せてささやいた。

「いま少し」

「いっそ、中へ忍びこんだらどうかの？」

源次郎は田沼屋敷の塀の方へ、顎をしゃくったが、佐五はいや、と言った。

「誰か来るかと、見張っているのだが……」

佐五ははじめて身動きして、源次郎の方に向き直ると、なぐさめるような口ぶりで言った。

「この分では、今夜は来そうもありませんな。いましばらく待って参らなんだら、このまま引き揚げるといたそうか」

だが、佐五が源次郎にそうささやいたとき、その男は、もう田沼屋敷の中にいたのである。

四

屋敷の主《あるじ》、主殿頭意次《とのものかみおきつぐ》は、屋敷の一室で調べものをしていた。黒檀の大机の上に図面をひろげ、手もとの綴じこみの文書を読んでは、半身を乗り出すようにして図面に眼をこらした。時には天眼鏡をあてて、指で図面をなぞり、そうかと思うと机から身体を離して天井をにらみ、こつこつと指で机を叩いた。

図面は下総国《しもうさのくに》千葉郡内に横たわる巨大な水湖、印旛《いんば》沼とその周辺の村村を記したもので、主殿頭が読みふけっているのは、およそ五十数年前の享保九年、時の将軍吉宗が企てた、印旛沼干拓工事の推移を記録した文書だった。

創業当時の幕府の金蔵には、金、銀が溢れていたといってもよい。豊かだった。だが、三代将軍家光治世下の寛永末になると、幕府の財力には翳《かげ》りが出た。寛永十二年の鎖国令によって、海外との貿易がもたらす利益は大幅に減り、諸国の金山、銀山はあらかた掘りつくしてしまっていた。幕府財政をささえるものは、天領からあがる年貢だけになった。

それでも金蔵には、まだ貯えがあった。明暦の大火前の幕府金蔵には、金、銀三百八十六万両、ほかに非常の貯えとして、重さ四十四貫の分銅金二十個、分銅銀二百六個がしまわれていたという。

しかし明暦三年正月十八日、本郷丸山町の本妙寺から出た火は、二日にわたって燃えつづけて、江戸の町を焼きつくした。のちに振袖火事と呼ばれたこの大火で、江戸城も、西丸をのぞく本丸、二ノ丸、三ノ丸、天守閣のことごとくが焼けた。

この大火の後始末と復興に、おびただしい額の貯えの金、銀が費消された。そしてその時の将軍、四代家綱の治世末期には、幕府の金蔵はほとんど空になった。幕府の財政はにわかに苦しくなり、八代将軍吉宗が将軍職を継いだころには、旗本八万騎を養いかねるほど窮乏していたのである。

吉宗は将軍になると同時に、この幕府財政の窮迫と顔をつき合わせることになった。吉宗は倹約令を出す一方で、新田開発の奨励など、幾つかの財政建て直し策を精力的にすすめた。印旛沼の干拓もそのひとつだった。

吉宗の建て直し策は実を結んだ。一時は諸国大名から高一万石につき米百石を納めさせ、そのかわりに参覲《さんきん》交替を半年に縮めるという、上げ米令を発したほどだったが、享保十五年には、この上げ米令を廃止し、金蔵に百万両の貯えを積み上げることが出来たのである。

だが、印旛沼の干拓は、実を結ぶことがなく途中で挫折している。

――うまく運ばなかったが、しかし有徳院さま（吉宗）は、達識のお方であられたな。

主殿頭は図面の上から顔を起こし、はるかな闇の中に横たわる巨大な沼を思いやるように、眼を細めた。主殿頭意次は六十だった。若いころの秀麗な容貌をしのばせる、細面の品のいい顔には、おびただしい皺《しわ》がきざまれている。その顔に、主殿頭はいま六十の老人に似つかわしくない、心の昂《たかぶ》りをのぞかせていた。

千葉郡平戸村から検見川村の海まで掘割を開き、印旛沼の水を海に落とす。この工事がうまくいけば、連年、利根川の洪水に作物を荒らされて来た湖岸の村村の悩みは消え、常総二国の物品は、新しい舟便で、一日か二日で江戸に運べることになる。そして干拓の跡地には、およそ四千町歩の新田が拓《ひら》かれることになろう。吉宗がもくろんだ印旛沼干拓の中身は、そういうものだった。

——四千町歩の新田。

これは幕府にとって大きい、と主殿頭は思う。

吉宗の時期に、一応の建て直しをみた幕府の財政は、近年ふたたび行きづまりを来たしていた。天領から吸いあげる年貢に、限りがあるのだった。早急に、どこかに新しく金を生み出す施策をもとめるほかはない、と主殿頭は考えていた。

右近将監のように、じっと先例を固守し、かたわら費《つい》えを抑えるだけのやり方では、いずれ間にあわなくなる。綻《ほころ》びはもう見えている。

右近将監が、時どき身体の疲れを訴えるようになった今年から、主殿頭は、かつて吉宗が行なった施策を、丹念に調べ直していた。顔色はひどく悪かったが、土台頑健なあの老人が、すぐに幕政から身をひくようなことはあるまい。そう思う一方で、主殿頭は、心のどこかに、いずれはこのわしが、名実ともに幕政の中枢に坐って、思うままの手腕をふるう日が来るに違いないという予感が、しきりに動くのを感じた。

わしはさいわいに、身体に疲れもおぼえず、これぞといった病いも持たない。そう思いながら、主殿頭はひそかに、いつか来るその日にそなえていた。

思うとおりにやるということは、自分の考え方を、幕政の上に打ち出すということだった。たとえば印旛沼干拓にしても、吉宗は幕府の費用で賄おうとして失敗した。わしはそうはせぬ、と主殿頭は思う。

――金のあるやつに、請負わせる。

商人の中には、金の使い途に困っている者もいるのだ。それだけの貯えがあっても、彼らは眼の前に儲けがあればやはり手を出す。利を喰わせれば、工事を請負う者はいくらもあろう、と思った。四千町歩の土地を、捨てておく法はない。

主殿頭は、ようやく図面を折りたたみ、文書を手文庫の中にもどした。そしてくつろいだ顔になって、手をのばすと机の上の土圭《とけい》を取り、捻子《ねじ》を巻いた。捻子さえ怠らずに巻けば、休むことなく時を知らせるその土圭は、彩色した異国の少女の人形の腋《わき》の下に抱えられている。この春ご機嫌伺いに来た、長崎のオランダ商館の者が呉れた品だ。こつこつとかすかな音をたてるその美しい置物土圭を、主殿頭は気に入っていた。

次の土圭のそばに置いてある、銅板の中に細長いビードロの棒を埋めこんだものを、主殿頭は手に取った。テルモメートルというその棒は、下の丸い球からのぼって来る水銀の高さで、暑さ寒さの度合いを示すものだという。そう言われて、注意してみていると、暑い時期には水銀柱は高くのぼり、寒い季節には低いところにとどまった。一日の間にも、寒暖のわずかな差をとらえて、水銀は動く。

――精巧なものだ。

と主殿頭は思う。これも蘭人にもらった品だった。人に物をもらうことが主殿頭は嫌いではない。贈り物は、いつでも心をなごませる。

ひんぱんに下屋敷に来る主殿頭を、人は去年新しく下屋敷に入れた、お小濃《この》という若い妾のせいだと思っている。

事実はいましているように、ひそかに幕政を案じ、疲れれば蘭人にもらった奇妙な品を眺めて時を過ごす夜の方が多いのだが、主殿頭は人の噂をそのままにしておいた。人には、女色に耽溺《たんでき》していると思わせておく方が無難だと思っていた。

だが正直なことを言えば、といまも主殿頭は思った。女子《おなご》には倦《あ》きが来るが、こういうものは見ていて倦かぬ。そう思いながら、海を越えて、船で運ばれて来た品を眺めた。紅毛碧眼の蘭人や、テルモメートルやこつこつと鳴る土圭には、不思議に主殿頭の心をはずませるものがあった。話に聞くだけで見たことはない、異国の町や山河のたたずまいが、こういう品を眺めていると、おぼろな遠景になって見えて来るようでもあった。

主殿頭は、テルモメートルを机にもどした。そのときはじめて、背後に人の気配を感じた。

五

主殿頭がゆっくり膝を回すと、部屋の隅に坐っていた黒い人影が、顔をあげた。いつもの男だった。

日焼けした顔はわずかに皺をきざみ、齢は五十近くに思える。だが肩幅の広い黒衣の下には、なみなみならぬ俊敏な動きを隠しているようにみえる男だった。鼻下と顎に、きれいに刈りこんだひげをたくわえたその男は、八嶽党の八木典膳と名乗っていた。

「相変らずじゃな」

主殿頭は微笑した。

「猫のようで、物音も立てぬ。また塀を越えて来たか」

「いえ」

典膳も微笑を返した。

「近ごろは、公儀の者がうるそうござりましてな。今日はお帰りのお供の人数にまぎれて、表から入りました」

「ほう、器用なことをいたす」

「そのかわりに、こなたさまのお供の方を一人、途中に置いて参りました。この先の四辻にある空家で、いまごろは眼ざめておりましょうゆえ、どなたかをお差しむけ願いまする」

主殿頭は、機嫌よく笑った。

「これでは、わしなども、言うことをきかぬといつ寝首を掻かれるか、知れたものではないの」

「なかなか。大切のお方にむかって、そのようなことはいたしませぬ」

典膳は無表情に言い、じっと主殿頭に眼を据えた。

「いかがでござりますか。申しあげましたことにつき、ご決心は定まりましたか」

「まあ、そうせかすな」

と主殿頭は言った。

「そなたたちがのぞむように事を運ぶには、わし一人では出来ぬ」

「それは、この前もうかがい申した」

「いま、その味方をもとめておるが、なにせ事はいかにも秘事。打ち明ける相手に迷う」

「ごもっともでございます」

「日ごろ昵懇《じっこん》の者といえども、油断は出来ぬ。口にのぼせて、その者が否と申せば、即座にこの身に破滅が来る。そういう次第ゆえ、うかとは味方に誘えぬ」

「………」

「いまは、これぞと思う人間に、少しずつ探りを入れておるところじゃ。いそぐな」

「相わかりました」

典膳は、膝わきに置いてある刀と、黒い布をつかみ上げ、腰を浮かせた。そのままの姿勢で、主殿頭にちらと冷たい視線を投げた。

「しかし、いたずらに逡巡《しゅんじゅん》しても、事は運びませんぞ。次には、いま少しよい首尾をお聞かせくだされ」

思いきりよく一礼して立ったと思うと、典膳の黒い姿は、ほとんど一挙動で部屋の外に出、襖《ふすま》を閉めて去った。一陣の風が動いたとしか見えなかった。

主殿頭は、しばらく男が立ち去った襖を眺めていたが、急に不快そうな顔になると、手を打って家臣を呼んだ。典膳が言った空家に、縛られて転がされてでもいるに違いない供の者の始末を言いつけると、主殿頭は、机の前にもどった。

――少し深入りしすぎたかな。

頬杖をついて、主殿頭はそう思った。

はじめて来た時も、八木典膳はさっきのように音もなくこの部屋に現われた。そしてのっけに、八嶽党の名はお聞きおよびでござろう。われらは連綿将軍家に怨みを抱いて来たものだと言った。そして淡淡とした口調で、恐るべき誘いを持ちかけて来たのである。

将軍世子の暗殺。そしてそのあとに来る将軍家後嗣を論議するにあたって、主殿頭意次が、駿河大納言忠長卿の血筋の者がいる旨を、席上で披露する。誘いの中身は、そういうものだった。

むろん世子暗殺は、当方で請負う、と典膳は言った。そして主殿頭がこの企てを黙認し、八嶽党ののぞみどおり、後嗣を決める席上でひと言忠長卿の血筋の者に触れてくれれば、相応の礼はすると言葉をつづけた。そのときの問答を、主殿頭はおぼえている。

「その礼は、いかほどかの？」

と、そのとき主殿頭は言ったのだ。この者狂人かとも思い、また奇体な話を持ちこんで来るものだと、面白がってもいた。

すると、八木典膳と名乗ったその男は、無造作に言った。

「ざっと二十万両」

「……」

主殿頭は言葉を失って男の顔を見つめた。男は、その金をどう使われようと勝手だが、いずれ幕政はこなたさまが采配することになろう、そのときに役立ちはしないかと言った。

翌日、主殿頭は登城するとすぐ、八嶽党の記録を取り寄せて調べた。そして八嶽党が、将軍継嗣に絡んで連綿暗躍して来た、狂信的とも言える反徳川の徒党であること、しばしば多額の金を動かしたことなどを知ったのであった。

むろん、とほうもない誘いだった。一笑に付してもよかった。だがそのことを民部卿一橋治済《はるさだ》に洩らしたとき、主殿頭の心は誘いにむかって少し動いていたのである。

いまも深入りし過ぎたか、と思い、わがもの顔に屋敷に出入りする八嶽党の男を不快に思ったが、心のどこかで、いまの幕府にとって、一人の将軍世子は、ほとんど益する何ものもないが、二十万両の金はかなり役立とうと思っていた。その話には、深いところで、主殿頭の野心をくすぐってくるものが含まれていた。

だが、決心がついたわけではなかった。主殿頭は、ほの暗い長押《なげし》のあたりに眼を投げながら、ものを思案するときのくせで、指頭でこつこつと机を打った。

六

田沼主殿頭意次が、まだ指先で机を叩いているころ、田沼屋敷の裏の雑木林で、佐五がようやくもそりと動いて、ふだんの声を出した。

「これまでにいたそう」

「さようか」

源次郎はほっとして腰をのばした。佐五も立ち上がった。いつの間にか林の中に射しこんでいた遅い月の光が、二人の姿を照らし出した。

源次郎は、手をさしあげてのびをした。足腰が、痛みを通りこして痺《しび》れたようになっている。その姿を、黒い布の中からじっと見つめながら、佐五が気づかうように声をかけた。

「明晩もよろしいか」

「むろん、参る」

源次郎が答えたとき、遠くでかすかな物音がひびいた。つづいて、人声とも夜の鳥とも聞きわけがたい声がし、途中で消えた。

その声が聞こえたとき、佐五はもう道まで跳んでいた。源次郎も後を追った。佐五の黒い姿は、雑木の影に覆われてまばらな光が落ちるだけの道を、風のように走って行く。

田沼屋敷の塀が尽き、左手の雑木林も終ると、今度は道の両側は左手が武家屋敷に、右手が浅い雑木林に変る。佐五はためらわずに右手の雑木林にとびこんで行った。かなり遅れて、源次郎も林に走りこんだ。

源次郎がさがしあてたときには、佐五は倒れている男のそばにひざまずき、そのうしろに、やはり黒ずくめのなりをした人間が二人立って、佐五と倒れた男を見おろしていた。二人とも佐五と同じように、柄《つか》も鞘《さや》も黒い、脇差ほどの直刀を腰に差していた。あたりに血が匂っている。

源次郎がうずくまると、佐五は顔をあげて立っている男に何か言った。するとその男は、顔を包んだ黒い布を押しさげると、空にむかって二度細く長く口笛を吹いた。

その音を聞き取るようにしてから、佐五は膝の上にのせていた、倒れている男の頭をそっと地面にもどした。そしてつぶやいた。

「おかしい」

「死んだか」

源次郎が言うと、佐五は軽くうなずいた。

「さよう」

「おかしいというのは？」

「うしろから襲われておる」

そう言うと佐五は立ち上がって、そこから見える田沼屋敷の横塀の方に歩いて行った。樹の枝を洩れる月の光が、塀に沿ってゆっくり歩いて遠ざかる佐五の姿を照らし出した。佐五は時どき立ちどまって、塀を見上げたり、地面にうずくまったりした。

佐五がそうしている間に、どこからともなく黒ずくめのなりの男たちが集まってきて、立っている男たちの数は七人になった。男たちは無言で、佐五の動きを眼で追っているだけで、倒れている男の顔をのぞく者もいなかった。

もどって来ると、佐五は男たちを見据えるようにして言った。

「そちらは、入るのを見たか？」

「いや」

「そちらは？」

次の男は無言で首を振った。佐五は源次郎にむき直った。

「お聞きのとおりで、どうやら裏をかかれたようでござる。この男には、この場所から道を見張らせた」

佐五は倒れていた男を指さし、その指を、道の斜め前方に見える、さっきまで源次郎と佐五自身がひそんでいた林のはずれにむけた。

「あそこに二人、ほかに屋敷の門前、この林の奥と、忍びこめる手掛りのあるところには、残らず人数を伏せたつもりだが、敵は屋敷から出て来て、これを刺して逃げたようだ。いま塀を調べたが、出た跡は見つけた。しかし入った跡はない」

「どうもわからんな」

と源次郎は言った。

「入らずに、どうして中から出てくる?」

「いや、おそらく明るいうちに入ったものでござろう」

佐五はあっさりと謎ときをした。

「物売りにでも化ければ、門内に入れる」

「ひと筋縄ではいかん連中らしいな」

源次郎はつぶやいた。ひと一人の命を絶って、影もなく消え失せた敵を、手にあまるもののように感じていた。

「これでは、敵はなかなかつかまるまい」

「いや、そうでもござらん」

佐五は、そう言ってから、そばの黒衣の男に顔を寄せて何かささやいた。するとその男はすぐに地面にひざまずき、ほかの者がその背に死人を背負わせた。そして男たちは佐五にむかって軽く一礼すると、足早に林の奥に消えて行った。

「こちらにござれ」

源次郎と二人きりになると、佐五はそう言って、仲間が去った方角とは逆に、さっき走って来た道の方に足を運んだ。

「一人目の男はそこに……」

佐五は田沼屋敷の塀の角を指さした。次のその指を、武家屋敷といま出て来た林にはさまれた道が、ゆるく曲って消えているあたりに向けた。

「渋谷村はあの方角にござるが、二人目の男はそこで見つかっており申す。今夜はこの林の中でござる。つまりこの道が、敵の退《の》き口でござろう」

源次郎は月明りに浮かんでいる夜の道を見た。月はまだ林の陰にかくれていたが、いまはよほど高いところまでのぼったとみえて、道は半ば武家屋敷の塀の影に覆われているものの、半ばはぼんやりと月の光を照り返していた。

動くものの見えないその道の上に、源次郎は一瞬、風のように走り去る黒い影を見たように思った。

七

十日ほど経って、源次郎は山伏井戸の細田の屋敷をたずねた。版元の永寿堂に行った帰りだった。

松平右近将監に頼まれて、八嶽党という、奇怪な動きをしている徒党の探索に首を突っこむようになったものの、その働きに対して右近将監が手当てをくれようと言ったわけではなかった。また源次郎自身も、それを望んだわけではない。

八嶽党にかかわりあったのは、あくまでも成行きで、心痛を隠さない右近将監に、いわば一臂《いっぴ》の力を貸す気になっただけのことだと思っていた。

自分の口は自分で糊《のり》するほかはない。佐五と一緒に、連夜田沼屋敷を見張りながら、源次郎は家にもどればせっせと筆耕仕事にはげんでいた。

今日は、かなりまとまって仕上がった仕事を永寿堂に持参して、手間賃をもらってきたのである。筆耕仕事も、はじめたころにくらべるといくらか馴れ、書く手も早くなったようだった。永寿堂がくれた金は、精出してまとめた仕事に見合うだけの重みを感じさせて、懐の中におさまっている。

――これで、当分喰うほうの心配はない。

その安堵《あんど》が、源次郎の足を民之丞の屋敷に向けさせたようだった。二人で松平右近将監の屋敷をたずねてから、民之丞には会っていない。

日が暮れるまで、まだ一刻ほど間があった。永寿堂を出たとき、源次郎は、ちらと叔父の由之助を探しに行くことも考えたのだが、気がすすまなかった。足は、むしろ叔父がうろついているはずの本所、深川とは逆の方角に向いたのである。

津留から、離別した妻が自裁したと聞いたときには、明日にも叔父に会って織江の死を知らせ、面罵してやろうと猛りたつ思いだったが、夜の見張りと、昼の間の筆耕仕事に追われている間に、怒りは少しずつ冷めた。

鶴見由之助は、源次郎の父の末弟で、三十にもなるのに妻子も持たず、婿にもいかず遊び暮らしている人間だった。家の物を持ち出し、親族という親族から残らず金を借りて回り、めったに家にももどって来なかった。そうやって本所や深川の岡場所を徘徊《はいかい》し、女たちの間をわたり歩いているのだと、源次郎は親族の一人から聞いているだけである。

家の中で顔を合わせることも、ほとんどなかった。由之助が家にもどって来るのは、金に窮したときだけのようだった。

源次郎は、由之助が源次郎の母に金をねだっているのを見たことがある。由之助は、畳を叩いて意見する嫂《あによめ》の前で、へらへら笑っていた。そのときは笑っていたが、人眼がなければ泣いてもみせて、つまるところ何がしかの金をせしめて帰って行くのだ、と台所で働いているおつね婆さんに聞いたこともある。

由之助は兄、つまり源次郎の父源左衛門を恐れているらしく、源左衛門が家にいるときはほとんど姿を見せなかった。犬のように嗅覚が働くかと思うほど、巧みに兄の眼を避けていた。徒目付という役目にふさわしく、家にいても極端に無口な源左衛門が、弟の非行をどの程度まで知り、どう考えているのかは、源次郎にはわからなかった。だが源次郎には、はっきりした考えがある。

――あの男に、人間らしいことを言ってもはじまらん。

源次郎は、若い叔父を早くからそう見ていた。織江の一件があって家を捨てる気になったのも、せんじつめればその無力感があったからだとも言える。

妻の不倫の相手は肉親で、しかも斬るにも値しない男だった。誰に打ち明けることも出来なかった。かりに父母に打ち明けたところで、父母と自分が傷つき、織江を自裁に追いこむことにはなっても、由之助本人が、いささかでも傷つくわけではあるまい。そう思ったとき源次郎は、不意に家から逃げ出したくなったのである。

それでも織江は自裁した。一度は叔父に会って、思うさま面の皮を剝《は》いでやるべきだという気持は、澱《おり》のように胸の底に沈んでいたが、津留から話を聞いたあとの、噴き上げるようだった怒りは、ここ二、三日おさまっていた。

叔父のことを考えるとき、源次郎はしまいに、きまってある種の無力な思いにたどりつく。由之助は、表を通れば女たちが思わず振りむくほど、水ぎわだった男ぶりをしている。だが中身は人間の屑だった。その男の身体を流れる血は恥ずべきものだったが、それは紛れもない鶴見家の血でもあった。叔父を恥じるとき、源次郎の胸の中に、さながら自分自身を恥じるような気持も働くのである。

恥ずべき叔父から、いつも顔をそむけてきた、と源次郎は思う。ここまできて、まだ顔をそむけようとしている自分を感じながら、源次郎は憂鬱な顔で細田家の門をくぐった。

訪《おとな》いをいれたが、誰も出て来なかった。遠いところで人声がしているのに、源次郎の声には気づかないらしい。

二度、三度と源次郎は、奥をのぞきこむようにして声をかけた。すると右手の部屋から、矢部という年寄りの家士が出てきた。それも源次郎の声に気づいて出てきたというふうではなく、胸に数本の軸物を大事そうに抱えている。

「おや、鶴見さま」

矢部老人は、立ちどまって源次郎を見ると、小腰をかがめて笑いかけた。

「お久しぶりでござります」

「おられるかの？」

「はい。いつものとおり、離れで絵をおかきになっておいでで。どうぞ、お上がりくだされ」

「構わんのか」

「どうぞ」

矢部老人は言って、手前はちょっと急な用がござりまして、ごめんこうむりますというと、母屋の廊下をあたふたと奥のほうに去った。

源次郎は式台から離れに向かった。源次郎は十年あまりもの間、しじゅう細田の屋敷に出入りしているので、矢部は源次郎を、まだどこか子供のようにも思うらしかった。応対する物腰に、それが現われていた。源次郎は苦笑した。

別棟の民之丞の部屋の前に立つと、源次郎は中に声をかけた。

「鶴見だが、入っていいか」

「や、鶴見」

民之丞の狼狽《ろうばい》した声がした。つづいて、ちょっと待てと言った声は、もっとうろたえていた。

何か部屋の中がざわめく気配に、源次郎は襖から身体を引いた。わけは知れないが、まずいところに来合わせた感じがあった。源次郎は気まずい顔になった。

出直そうか、と口に出しかけたとき、民之丞の声が、いいぞと言った。源次郎が襖に手をかけると、襖は内側からも開いて、部屋の中から女が出て来た。

「ごめんなされませ」

そう言って、源次郎のそばをすりぬけて行ったのは、この前きたときにはじめて会ったゆきという女だった。民之丞が、異父妹だと言って、あとは口を濁した女子だ。

小走りに廊下の角を曲って消えたうしろ姿を見送ってから、源次郎は部屋に入った。気まずい感じがつづいている。はっきりと、悪いところにきたという気がした。しかし民之丞は、異父妹と部屋に閉じこもって、何をしていたというのか。

「出直してもよかったのだぞ」

と源次郎は言った。すると民之丞が、薄笑いをうかべて、まあ突っ立っていないで坐れと言った。

「なに、ちょうど用が済んだところだ」

民之丞は言い、源次郎が、毛氈《もうせん》の上にちらばっている絵に眼をうばわれているのをみると、これさ、用というのはと言って、画紙をつまんで源次郎の前に置いた。

裸の女が描かれていた。顔はゆきという女である。源次郎は顔を赤くした。織江の身体でさえ、裸で見たことはなかったと思った。

「……」

源次郎が言葉もなくうなっていると、民之丞はからかうように言った。

「鶴見は堅物だから、女子の裸など見たことはあるまい」

「……………」

「だが女の身体は、着ている物の上から眺めるだけじゃわからんのだ。見ろ」

民之丞は、ゆきのさまざまの裸形を描いた画紙を、次つぎと源次郎の前にひろげて見せた。

「きれいだと思わんか。女は裸のときが一番うつくしい。きれいな生き物よ。これが着物やら何やらを、ごてごてと身にまとって着飾るわけだが、大ていの女は、おのれの見るところ、着ている物でおのれのうつくしさを台なしにしておる」

だからといって、裸で暮らすこともなるまいと思ったが、源次郎は黙って絵を見つめた。

たしかに民之丞の言うとおりだった。画紙の一枚一枚に、この世のものともおもえない、美しいものが描き出されていた。誇らしく突き出した乳房、くびれた腹、豊かな肉が盈《み》ちている腰、そして嫩草《わかくさ》のような恥毛。絵は淫らで神秘的な女体の美しさを、あますところなく写し取っていた。

眺めながら源次郎は、民之丞の絵が、狩野派から遠くへだたった場所で、端倪《たんげい》すべからざる開花をむかえようとしているのを感じた。民之丞の筆の、その進歩をうながしたのが、さっきの娘なのか。

源次郎は小声で聞いた。

「あのひとが、裸を見せたのか」

「うむ」

「不思議だな。いやがらんのか」

「あれは、おれがいずれ、錦絵で高名の絵師になると信じて疑わんからな。そういう兄をうやまっておるから、いやだとは言わぬ」

「……………」

「この屋敷で、おれの画才を信用しておるのはあれ一人でな。前に、女中に裸を見せろと申したら、ことわられた。気が狂ったと思われたらしい」

民之丞は笑いながら、画紙をあつめて背中の方に押しやった。手の中の美しいものを、源次郎の眼から隠したようにも見えた。

「ところで、そちらの方はどうだ？」

民之丞は改めて向き直ると、源次郎に聞いた。絵師ではなく、旗本の眼になっていた。

八

「それが、さっぱり埒《らち》あかん」

源次郎は、のびたさかやきを掻いた。

「手がかり無しか？」

「一度だけ網にかかったが、姿も見せずに逃げ失せた」

「姿も見せずか。ほう」

民之丞は感心したように言った。右近将監の屋敷からの帰りに、おびえて家まで送らせたことはすっかり忘れたらしく、民之丞の顔には、そこらのやじ馬と変りない好奇心のようなものがちらついている。

源次郎の腹の中に、苦笑が動いた。連夜、佐五につき合って、遅くまで田沼屋敷を見張って家にもどると、ぐったりと疲れている。そういう仕事に源次郎を追いこんで、自分は若い女の裸を描いている民之丞を、いい気なものだとちらと思ったのだが、しかし源次郎は、すぐにその気持を恥じた。

多少なりとも絵を学んだものが、そういう軽率な考えを抱くべきではなかったと、思い返したのである。日暮れから、およそ二刻（四時間）近くも、暗い林の中にうずくまっていると、たしかに五体は綿のように疲れる。だがその苦行に似た仕事が、画紙の上に、一本の納得出来る線を生み出すための、民之丞の苦しみより辛いとは言えぬ。

民之丞の精進ぶりは疑い得ないものだった。そのことを源次郎は、さっき見た絵の上に確かめたばかりである。民之丞には民之丞の道があり、おれにはまた、じっと辛抱して敵を待ち伏せする日日が、似合っているようでもある。しかし、少しぐらいは愚痴をのべてもよかろう。

「いつくるともわからん者を待っておるのだから、疲れる。じっさい、ひどいものだ」

源次郎は敵が、張りめぐらした網を破って逃げ去った夜のこと、そのあとの待ち伏せするだけの夜のことを話した。

「むむ、思ったよりも骨の折れる仕事だの」

民之丞は小声で言った。当惑したような顔になっている。

「貴公の無眼流をもってすれば、たちまち埒あくかと思ったが、そううまくは運ばんらしいの」

「そんなわけにはいかぬ」

源次郎は笑った。

「剣のふるいようもない、といったあんばいだ」

「貴公をひっぱりこんだのは、はやまったか。しかしご老中もあのとおり、ほかに手段《てだて》もなく心痛しておられたからの」

「その後、ご老中にお会いしたか」

「一度呼び出しがあった。探索の連中からはそのつど、何がしかの報告がとどくらしいが、貴公から、何か便りはないかというおたずねだった。何事か起こる、というお見込みは、いよいよ固まったらしく、いささか焦っておいでのようでもあったな」

「いまのところ、申しあげるほどのこともないからの」

源次郎はそう言ったが、そのとき穏田村の老剣客のことがちらと頭をかすめた。佐五と一緒に、ただ田沼屋敷を見張るだけでなく、手がかりのありそうなところは、自分で当ってみるべきだと思ったのである。

もっとも、その考えは前からあったのだが、これまでは夜の見張りと、昼の筆耕仕事に追われて、師の塚本に会うゆとりもなかったのである。

「ご老中のお身体ぐあいは、どうじゃった？　この前と変らずか」

「いや、それがここのところ、かなり元気になられた。お城にもどうにか障りなく登られておるということだ。案外鶴見が探索に加わって、心丈夫になられたということかも知れんぞ。ご老中と申しても、まわりには内密の探索で、ご自分でも言われたごとく、いかにもやりにくそうだ」

「そう頼りにされても困る」

源次郎は顔をしかめた。つかまえどころのない相手の動きを考えていた。

「むろん事の重大さは承知しておるゆえ、懸命につとめておるつもりだが、なにせ相手は奇妙な連中で、いまのところ闇を手さぐりしているようで心もとない」

「なにか、おれに手伝えることはないか」

真剣な顔でいう民之丞に、源次郎は微笑をむけた。

「いや、おれにまかせておけ。貴公は絵を描いておれ」

「さようか」

「それに、おれはこういう仕事が嫌いではない。ご老中に頼まれたこともあるが、二人もひとが死ぬのを見ては、後にひけなくなったという気がしておる」

「ふむ」

民之丞は、源次郎をじっと見つめたが、黙って二、三度うなずいた。

――一たんかかわりあったからには、あの連中を見捨てるというわけにもいかぬ。

細田民之丞の屋敷を出て、浜町堀の河岸の道に出ながら、源次郎はそう思った。

佐五とその配下の男たちのことを考えていた。

相手の八嶽党が、尋常の徒党でないことを、佐五たちは知り過ぎるほど知っているに違いなかった。すでに組の者は四人失っている。だが探索は、この男たちののがれ得ない勤めだった。黙黙と勤めにしたがっていた。

忍従としか呼びようのない、毎晩の見張りをともにしている間に、源次郎の気持の中に、男たちに対する共感のようなものが芽生えはじめていることは確かだった。民之丞に、後にひけなくなったと言ったのも、そういう意味にほかならない。

源次郎は家にはもどらず、途中でそば屋に入って腹ごしらえをすると、真直ぐ青山の町にむかった。

九

途中で日が暮れて、田沼屋敷の裏についたときは、足もとが暗くなっていた。源次郎は塀裏の道を歩きつづけ、屋敷の塀が尽きるところで左手の雑木林に踏みこんだ。

道から一間ほどのところに、灌木の茂みがあり、その陰にもう佐五がきていた。佐五は無言で、源次郎を振りむいただけだった。源次郎も黙ってそのそばにうずくまった。

そこは田沼屋敷の角を鼻の先にみる場所で、源次郎がいま歩いて来た道に沿う裏塀と、道をへだてて左前方にひろがる林に接した横塀が、ぼんやりと見える。空から日の明るみがまったく失せると、かわって星がかがやきを増す。幾晩か同じことを繰り返しているうちに、源次郎は星明りでかなりのものが見えることを知った。

佐五は片膝をついた姿勢で、身じろぎもせず前を見ていた。その姿勢のまま、四半刻（三十分）ほどたつと、音もなく足を踏みかえるだけである。源次郎には佐五の真似は出来ないので、いつものように地面に腰をおろして膝を抱いた。尻の下から、わずかに冷えがのぼってくるが、その冷たさは間もなく薄れる。そうしておよそ二刻の間、いつ現われるとも知れない敵を待つわけだった。

佐五は、配下の男たちを近くにも隠しているはずだったが、その男たちがどこにいるかはわからなかった。塀裏の道を通る者もなく、林につづく武家屋敷から物音が洩れることもないままに、刻が過ぎた。

不意に佐五の指が、源次郎の腕をついた。およそ四ツ（午後十時）にかかったかと思われるころだった。

顔を寄せて、源次郎は佐五の指がさしている場所に眼をこらした。佐五の指は、田沼屋敷の角から横に曲った塀の上のあたりをさしている。

はじめは何も見えなかった。だが見つめているうちに、源次郎の眼にも、塀の上にさっきまでは見えなかった黒っぽいものが乗っているのが見えてきた。それが黒ずくめのなりの人間が、塀の上に腹這っているのだとわかるまで、まだしばらく間があった。

足を引いて腰を浮かせかけた源次郎を、佐五の手が押さえた。佐五の手は、動くなと言っていた。源次郎は息をひそめたまま、塀の上の黒い影を見つめた。

黒い影は、ずいぶん長く塀の上に腹這ったままでいた。そして不意に地面にとびおりた。かさと草の葉が擦《こす》れあう音がしただけである。とびおりた場所に、黒い人影はそのままじっと立っていた。それから足音もなく林のはずれまで出てくると、そこでもう一度立ちどまった。

手がとどくほどの距離に黒い影が立っていた。源次郎の眼に、あたりの気配を聞くように、黒い影がわずかに首を傾けたのまで見えた。黒い布に包まれた顔が、探るようにこちらをむいたとき、源次郎は息をつめた。

黒い影は、二人に気づかなかった。今度は無造作な足どりで道に出てくると、すたすたと闇に消えた。去ったのは、佐五が八嶽党の者の退き口だと言った道の方角である。

源次郎は刀をつかみ上げて立ち上がろうとした。その動きを、佐五の手がもう一度押さえた。佐五は膝をつき、小首をかしげるようにしてしばらく動かなかったが、ようやく立ち上がると、源次郎にささやいた。

「それがしの後に、ついてござれ」

「いそがぬと間にあわんぞ」

源次郎が言ったが、佐五は軽く首を振っただけで、身軽に道に出た。源次郎も後につづいた。

星明りの下に、ほの白い道がのびているだけで、人影らしいものは見えなかった。だが佐五はそれほどいそぐ様子もなく、さっきの黒い影が消えた方角に、黙黙と歩いて行く。

その道はほんとうの裏通りで、灯の色ひとつ見えなかった。道の両側には、しばらく武家屋敷の裏塀がつづいたり、まばらな雑木林と屋敷塀が交互に現われたりするだけだった。

道が二股にわかれる場所にきた。すると、そばの塀わきから、音もなく黒い人影が道に出てきて、佐五に寄りそった。源次郎は、はっとして刀の柄《つか》に手をかけたが、その男は佐五の配下だった。顔を寄せて佐五に何かささやくと、すっともとの場所に隠れた。佐五は左手に曲る道をすすんだ。

歩いている間に、人家はまばらになり、道は雑木林の間を縫うようにすすんでいる。そして不意に林が切れて、百姓家があらわれたりした。その百姓家の横から、また佐五の配下があらわれた。その男とささやき合ったあとで、佐五の足は急に飛ぶように速くなった。源次郎も足音を殺しながら走った。

林が尽きた。そこで佐五は立ちどまると、地面に膝をついて、後からくる源次郎に手をあげた。追いついた源次郎も佐五のそばにうずくまった。眼の前に、ゆるやかに傾いて畑がひらけている。そしてその先に、村落とも言えないほど、まばらに散る百姓家らしい人家があるのも見えた。

東の空に、薄雲がひろがっていて、そこににじむような明るい色があるのは、これから月がのぼるところらしかった。そのおぼろな光の反射で、地上は、遠いところは闇に包まれたままだったが、人家のある先から、ゆるい下りになっている畑の斜面にかけて、わずかな明るみがただよいはじめていた。

その薄明りの中に、黒い人影が動いていた。黒い影は、それほどいそぐ様子もなく、村落の方に近づいて行く。そして突然に、ふっと消えたように見えた。

「消えたぞ」

源次郎がささやくと、佐五が振りむいた。その眼が笑ったように見えた。

佐五が立ち上がって歩き出した。源次郎も後につづいた。畑の中の道は曲りくねっていて、人家までかなり遠かった。

佐五が立ちどまったのは、ただの百姓家とは思えない大きな家の、長い塀の横だった。畑を降りてくるときは、萱《かや》ぶきの屋根が見えたが、そばまでくると、視界は塀の内を埋めている樹木にさえぎられている。厚い土塀の土が、ところどころ剝落《はくらく》しているのが、夜目にも見えた。

佐五と源次郎は、足音をしのばせて門の方に回った。門のすぐそばまで行ったところで、佐五は足をとめて、源次郎を振りむくと、見ろというふうに顎をしゃくった。

大きな門扉《もんぴ》をはめこんだ門があったが、武家屋敷の門の造りではない。扉は朽ちてあちこち破れ、縦横に、がんじょうな板を打ちつけてある。ここからしのびこむのは無理だと、源次郎は思った。

佐五もそう思ったらしかった。無言でもとの場所までもどった。道をはさんで片側には、一列に人の胸丈ほどの柊《ひいらぎ》が植えてある。うしろは畑だった。佐五は柊のうしろにもぐりこんで、そこにうずくまると、源次郎を見た。

「さて、どうしたものかの」

佐五は小声で言った。源次郎は即座にささやき返した。

「しのびこもう。それがしも入る」

「しかし、無理することもござらんのだ」

佐五は振りむいて、遠い空を見た。薄雲ににじむ明るみは、いまははっきり月がのぼったことを示している。闇の仕事に馴れたこの男は、もぐらが日の光を恐れるように、背後の明るみを気にしていた。

「場所はつきとめたことゆえ、明晩出直してもいい」

「たしかに、この家に入ったのか」

「さよう」

「ならば入るべきだ」

と源次郎は言った。

「やつらは、田沼の屋敷で談合してきたことで、何か話しておるかも知れん」

「……」

佐五は、しばらく黙って柊の枝の間から土塀を見つめたが、やがて源次郎にむかってこくりとうなずいた。

十

決心したあとの佐五の動きには渋滞がなかった。柊の陰から道に出ると、そこから少し左手の塀下に歩み寄った。そのときには、懐からつかみ出した、細い綱を両手でさばいていた。

さっき塀わきにたどりついたとき、佐五はぬかりなくしのびこむ道を確かめていたらしい。ほとんど無造作な動きで、綱の端を宙に投げあげた。

綱は落ちて来ないで、かちりと小さい音がした。塀の中の、見さだめてある樹の枝にからみついた様子だった。佐五は、二、三度その綱をひいてみた。次の瞬間、佐五の身体はまるくなって塀の上まで跳ねあがっていた。

塀の上に、板のようにひらたく腹這った佐五の姿を見上げながら、源次郎はさっき田沼屋敷の塀の上に見た黒い人影を思い出した。

何ごともない、と見たらしかった。佐五は垂れている綱をゆすって、上がってこいと源次郎に合図した。佐五のように身軽にはいかなかったが、源次郎は綱をたよりに、土塀に足をかけながら、どうにか塀の上に乗った。

すると、佐五はその綱をたぐって、今度は塀の内側に垂らした。佐五はそのままとび降り、源次郎は綱をつたって、二人は塀の内側に立った。そこは広い庭の隅だった。草木の生い茂るのにまかせた、荒れた庭だった。そして大きな建物があった。

それがさっき、村落に近づく途中でみた、萱の屋根の家だった。

木立が尽きたところから建物の縁の下まで、佐五は広い庭を走り抜けた。夜行の獣のようにすばやい動きだった。ひと呼吸おいて、佐五は源次郎を手招きした。源次郎はゆっくり歩いた。ただし、足音を立てないように気を遣った。

建物は森閑としている。灯の色も見えず、人の気配もなかった。一見して無人の廃屋のように見えた。

佐五の後から、源次郎は床下に入って奥にすすんだ。床は高く土は乾いていて、這い歩くのに障りはなかったが、時どき顔に蜘蛛《くも》の巣がかかり、腐臭に似た匂いが鼻をついて、源次郎は息がつまるような気がした。床下は暗かったが、外の明るみがぼんやりとさしこみ、柱や土台石を見わけるほどの光はある。

地面についた膝がだるくなったころ、佐五の動きがとまった。どこからか人声らしいものが洩れてくるのを、源次郎も耳にした。佐五は、今度は横の方に這いすすんだ。そこまで行ったとき、床上の人声は、はっきり誰かが話しているとわかるほどの声になった。

――やはり、ここが八嶽党の巣か。

源次郎は強い緊張にとらえられるのを感じた。だが、話の中身はほとんど聞きとれない。少なくとも数人はいる気配が伝わってくるだけである。佐五はじっと動かず、声を聞いている。

話し声がやんだ。と思った瞬間、源次郎の眼の前に、床をつらぬいて上から白刃が突き出されてきた。

十一

床下に突き出された白刃は、一瞬おぼろな光を残しただけで、すっと上に引き上げられたが、すぐに頭上に乱れた足音が起こった。床下にひそんだのを察知されたことは、疑う余地がない。猶予は出来なかった。源次郎と佐五は、さっき入って来たあたりの縁先を目ざして、いそいで床下を這った。

縁先まで出て、源次郎が外に飛び出そうとしたとき、佐五がうしろから源次郎の帯をつかんで引きとめた。

佐五は横に出て源次郎とならぶと、うずくまったままじっと外に目を配った。佐五が恐れた月の光が庭の土を照らしている。そして鳥の鳴き声が、耳を搏《う》った。ヒューイ、ヒューイと長い声と、それに答えるようなクイ、クイ、クイという短い鳴き声。二つの鳴き声が、呼びかわすように、あわただしく夜の庭に交錯している。

源次郎は、左手の親指で静かに刀の鯉口を切った。浜町堀の河岸《かし》で、柳生流を遣う浪人を呼んだ、鳥の声のような合図を思い出していた。

すると佐五が、源次郎の袖を引いた。眼をむけると、佐五は黙って塀ぎわの立木のあたりを指さした。土が露出している手前の庭は、明るい月の光にさらされているが、その背後の樹間は暗い。その暗がりの中を、何かがすばやく走り抜けた気配がした。そして、また何かが走る。

「囲まれましたな」

と佐五が言った。源次郎は佐五に眼を移した。

「どうする？」

「塀までたどりつけば、何とかなるが、さて、それがうまく行くか」

「しかし、このままいつまでも隠れておるわけにもいくまい」

源次郎は、ささやきながら縁先から樹林までの距離を目で測った。そこを走り抜けることは、まわりに潜んでいる敵の眼に、素裸をさらすようなものだった。そう考えると、距離は意外にある。

鳥の声はやみ、地面は月明りの下にひっそりと静まりかえっている。静けさの中に、死の気配がただよっていた。

「よし。おれが先に出る」

と源次郎は言った。

「貴公は、あとにつづいてくれ」

「やってみますか。奴ら、木の間に鉄蒺藜《ひし》をまいたかも知れぬゆえ、気をつけなされ」

佐五は臆しているふうには見えなかった。刀を腰から抜き上げると、鐺《こじり》をはずして、中から取り出したものを懐に押しこんだ。

佐五が刀を帯び直すのを見とどけてから、源次郎は行くぞ、とささやいた。

縁の下から飛び出すと、源次郎は背を曲げて走った。佐五が後につづいた。走りながら二人とも刀を抜いた。だが庭の半ばを駆け抜けたとき、前方の暗い樹間から、音もなく数本の手裏剣が襲ってきた。

「気をつけろ」

とっさに踏みとどまって、佐五にどなりながら、源次郎は、かわさずに手裏剣を前で打ち落とした。目にもとまらぬ速業で、手裏剣はわずかに一本だけ、源次郎の左腕を浅く傷つけただけである。

そのまま木立に走りこむのは危険が多すぎた。源次郎は二、三歩しりぞいて軽く足を開くと、刀身を垂直に胸の前に構えた。無眼流で天心と呼ぶ構えである。刃先は見えざる敵にむけられ、心気は獣の鋭さを宿してまわりの気配を聞き取ろうとする。

佐五には見えていないが、源次郎の表情が一変していた。眼は半眼に細められ、口もとはわずかに開いて、幾分か顔色が青ざめている。男らしくひきしまった容貌が弛緩《しかん》したようにみえたが、かわりに茫洋とつかみどころのないいろが、源次郎の面を覆いはじめていた。

ふたたび糸をひいて手裏剣が走ってきた。源次郎はほとんど無表情に刀身を動かした。手裏剣は刃で打ち落とされ、柄頭《つかがしら》ではじき落とされた。

源次郎は、塚本喜惣に無眼流の免許を許されたあと、多摩の奥、鞘見山の山中に入って、さらに二年剣の修行を積んでいる。そこには塚本の師興津新五左衛門が隠棲していて、源次郎の剣才が尋常のものでないことを悟った塚本が、手紙をつけて鞘見山の麓《ふもと》に住む興津のもとに送ったのである。

興津が、孫弟子にあたえた剣は、塚本の指南にくらべると、より野性味を帯び、実戦的に工夫された刀法だった。そのひとつに、見ずに斬るという刀法があった。

秋になると、源次郎は興津の小屋を出て、背後の山に入った。山林の間を終日歩き、疲れれば眠り、目ざめると夜も歩くという修行だった。干飯《ほしいい》、木の実で飢えを満たし、渇けば沢に降りて水を飲んだ。

山林を彷徨《ほうこう》している間に、頭上から幾百となく、椎、栗などの木の実が降る。枝を離れるとき、木の実はかすかに音を立てることもあったが、まったく不意に頭上を襲ってくることもあった。身体を打たれる一瞬前に、気配をとらえて木の実を斬る。それが興津の命じた修行だった。

はじめはうまく行かず、源次郎は懈怠《けたい》に襲われて木の実に頭や肩を打たれるままに歩き回ったりしたが、ある日無意識にふるった剣が、椎の実を真二つに斬った。そして修行の日限が迫るにつれて、源次郎の五感は、ほとんど山棲みの獣に似た鋭さをそなえるようになった。

小屋に帰るように定められた最後の日、源次郎は谷ぞいの杣道《そまみち》をくだりながら、足音もなく背後から襲ってきたものの気配をとらえて、斬った。ほとんど意識しない抜き打ちだったが、振りむいてみると、道には首を刎《は》ねられた山犬が断末魔の痙《けい》攣《れん》を残して倒れていた。小屋に帰ってその話をすると、興津はその日のうちに、山を降りることを許した。

物に憑《つ》かれたように剣の練磨に打ちこんだ、山中の日日の感覚が、いま源次郎の五体の中に目ざめている。目ざめさせたのは、襲ってきた手裏剣だった。

「行くぞ」

源次郎は、うしろの佐五に低く声をかけた。敵がひそんでいる木立を前に感じた、さっきのためらいが消えて、斬り抜けて走る自信が身体の中に動いている。

すると、あたかも源次郎の決心を察知したかのように、四方からどっと敵が走り出てきた。ざっと二十人近い、と源次郎は人数を読んだ。敵は木立の暗がりからも、家の陰からも、湧き出るように姿を現わすと、無言のまま刀を構えて殺到してきた。その手手裏剣の襲撃が、源次郎と佐五を庭に釘づけにする手だてだったとしたら、その手配りは功を奏したことになる。二人は包囲された。そして敵はためらいなく斬りかかってきた。

軽捷《けいしょう》な動きを示す敵だった。右から斬りかかり、左から斬りかかり、地を摺《す》るように低く走りながら、すれ違いざまに刀をふるい、かと思うと鳥のように頭上を翔《か》けながら、刀身を振りおろしてくる。源次郎の剣先を、軽がるとかわした者もいた。激しく動き回り、斬りかけながら、襲撃者たちは不気味なほど声を立てなかった。わずかに吐く息が洩れるだけで、源次郎の剣に倒れる者も、呻《うめ》き声ひとつ立てなかった。

正面から斬りこんできた敵の刀を、源次郎は鍔《つば》もとで受けとめた。そして跳んで横にのがれようとする敵に、足を送って一緒に走ると、突き放しざまにすさまじい胴斬りを放った。突きとばされたように横転する敵を見むきもせず、向き直って背後から斬りこんできた敵を迎え撃ちながら、源次郎は、五人斬ったと数えた。

佐五が背を合わせてきた。佐五も一人斬ったようだった。だが剽悍《ひょうかん》な相手だった。倒れた仲間を見むきもせずに、目まぐるしく襲いかかってくる。源次郎は構えを立て直した。背を合わせた佐五の呼吸が、荒い。

不意に、遠くからひびきのいい声が言った。

「よし。あとは甚内にまかせろ」

その声で、眼の前に刃をそろえてひしめいていた黒衣の襲撃者たちが、ぱっと左右にわかれた。そして二人の前、十間ほどのところに、五、六人の男たちが立っているのが見えてきた。

月の光が男たちを照らし出し、その中の一人が、鼻下と顎にりっぱなひげをたくわえているのも、その横に腕を組んでいるのが、浜町堀の河岸で会った柳生流を遣う浪人であるのも見えた。

源次郎は鋭く男たちを注視しながら、刀を振って血を払った。すると、浪人が一歩前に出て、そこから声をかけてきた。

「無眼流のお手なみ、拝見した」

「……」

「一手教えて頂こうか」

「貴公、名は？」

「伊能甚内」

浪人は陰気な声で名乗ると、腕組みを解いた。相変らず病人のようにそげた頰を持ち、眼の光は無感動に沈んでいる。浪人は両腕を垂らし、ゆっくり前に歩いて来た。源次郎も、刀をさげたまま、前に出た。庭に、すさまじい殺気が満ちた。

すると、それまで黙黙と様子を見まもっていた黒衣の群が、波が引くようにさらに数歩後にさがった。その一瞬を空白と見たかも知れない。源次郎のうしろで佐五が動いた。佐五の口笛が鳴った。

と思ったとき、源次郎は眼の前に濛《もう》と煙がひろがるのを見た。煙の中に火花が走り、火はさらに黒い煙を吐いた。塀へ、と佐五がささやいたが、それより前に、源次郎は身をひるがえして走り出していた。迫ってくる硫黄の香にむせながら、源次郎は木立の暗がりに走りこんだ。うしろに続いた佐五が、身をひねってまた火薬玉を投げた。今度は煙だけでなく、大音響がした。

煙の中で、追え、逃がすなという声がしたが、源次郎と佐五は樹間を走り抜けて、塀の下にたどりついた。塀越しに、二条の縄が内側に垂れている。

「それを」

佐五はあわただしく言うと、源次郎が縄をつかんで這い上がるのを助け、一瞬ののちに自分も塀の上に立った。煙は塀の下まで押し寄せてきて、その中を追ってくる足音が聞こえた。

外に数人の黒衣の男がいたが、それは佐五の仲間だった。二人が飛びおりると、すぐに縄を塀からはずした。そして前後から二人を包むようにして走り出した。

来たときとは違う道を走っていた。源次郎たちが屋敷にしのびこんでいる間に、仲間は新しい逃げ道を用意したらしかった。月明りを巧みに避け、大きく迂回《うかい》しながら、源次郎たちはのがれてきた屋敷から遠ざかりつつあった。追跡してくる者の姿はなく、やがて道は幾つか浅い雑木林を通り抜けて、町の一角に入った。

十二

半刻後、源次郎たちは青山の裏通りを、赤坂の方角にむかって歩いていた。

「さっき、何か聞きとめたかの？」

源次郎は、ならんで歩いている佐五に声をかけた。床下で聞いた話し声は、源次郎にはほとんど一語も聞き取れなかったが、佐五は熱心に耳を傾けているように見えたのである。

佐五は、ちらと背後を振りむいた。すると仲間の男たちは、足をゆるめて二人との間に距離をあけた。

「田沼さまのことを話しておるようじゃったが、これは当然のことでござろう」

佐五は小声で言った。

「それから、大納言さまという言葉を数度」

「大納言？　駿河大納言のことかの？」

「さて、いかがなものか」

「ほかには？」

「さよう、亀有、中野といった地名。いずれも府内をはずれた場所でござるな。そう、そう、狩りがどうこうと申したようでもござった」

「狩り？」

源次郎は首をひねった。それだけでは、何のことかさっぱりわからなかった。しかしいま佐五が言った言葉は、断片ながら、はじめて聞く八嶽党の肉声とも言うべきものだった。

源次郎は、伊能甚内と名乗った浪人姿の男、その横にいたひげをたくわえた男のことを思いうかべた。あの男たちは、今夜あきらかに、右近将監があれほど知りたがっている、八嶽党がこれからやろうとしていることを相談し合っていたのだ。

「いまの話は」

源次郎は慎重な口ぶりで言った。

「早速に、ご老中に申し上げるのがいいかも知れんな」

「いかにも。これからすぐにお屋敷のほうに参るつもりでござった」

「これから？　この夜更けにか？」

「時をえらぶなという仰せでござる」

佐五は淡淡とした口調で言った。探索にたずさわる者の、使命の過酷さに馴れている口ぶりだった。

歩いている間に、佐五の仲間はひとりずつ途中から消えて行った。そして赤坂御門の西にある火消御役屋敷のそばの坂道に出たときには、源次郎は佐五と二人だけになっていた。

その坂の途中で、佐五も立ちどまった。

「それでは、それがしもここでご免こうむる」

「明日からのことじゃが」

源次郎は、むかい合った佐五に言った。

「連中の宿もわかったとなると、もはや田沼屋敷を見張ることもいらんわけかの」

「さよう」

佐五は、ちょっと眼を伏せるようにしたが、すぐに覆面の中から、真直ぐ源次郎を見つめた。

「そういうことに相なる。これからはさっきの屋敷にさぐりを入れて、やつらが考えていることをさらにくわしく探索するということになりますな」

「それがし、一人で動いてもよろしいか」

と源次郎は言った。すでに五人もの敵を倒している。八嶽党との対決に、一挙に深く踏みこんだのを源次郎は感じていた。今夜から、八嶽党は本気になって自分の命を狙《ねら》ってくるかも知れないし、こちらも一日も早く連中の意図するところをさぐり取らねばなるまい。ここまで立場がきびしくなると、佐五やその仲間と一緒に動くのは不自由な気がした。身軽に動いてみたい、と源次郎は思っていた。

「少し調べたいこともある」

佐五はまた眼を伏せた。しばらく思案しているように見えたが、顔をあげるとあっさりと言った。

「そのようにいたそうか。その上で、わかったことがあればお互いに知らせ合う、と。それでよろしいかの」

「承知した」

佐五は自分の隠れ家を源次郎に打ち明けた。佐五も仲間も、組屋敷を出て市中に散在しているらしく、佐五はいま立っている坂の下にひろがっている表伝馬町に住居を持っていた。

ご用心なされ、と言い残して、佐五は坂を降りて行った。しばらくそのあとを見送ってから、源次郎も坂を降りた。

松枝町の裏店にもどると、源次郎は暗い台所に立って、水瓶《みずがめ》から水をすくって飲んだ。それから茶の間に入って行燈《あんどん》に灯を入れた。机の上に散らばっている、筆耕の紙が浮かび上がってきた。それを眺めていると、半刻前の斬り合いが、うつつとも思えない気がして来る。

だがそれがあった証拠に、血はまだざわめき、身体のあちこちに痛みがあった。手裏剣にかすられた左腕の傷と、斬り合いの間に受けたらしい腿の傷がうずいている。行燈のそばにうずくまって、源次郎は傷を調べたが、浅傷《あさで》だった。

念のために傷を洗い、軟膏をすりこむと、源次郎は部屋の隅から夜具を引き出して、帯も解かずに横になった。

――大納言か。

狩りとは、連中は何を話し合っていたのか、と思った。何も浮かんで来なかった。

源次郎は半身を起こして、行燈の灯を吹き消した。

そのとたんに、頭の中に光が走ったように、ひとつの考えがひらめいた。大納言とは、将軍世子家基のことではないのか。すると中野とか、狩りとかいうのは？

源次郎は浮かんできた考えに、縛られたように闇の中に坐り直した。

老剣客

一

次の日、鶴見源次郎は昼まで筆耕仕事に精出したあと、軽く昼飯をしたためてから、外に出た。編笠をかぶった源次郎を、裏店の者が珍しそうに見送った。

無眼流を指南する塚本喜惣の道場は、芝口の日影町にある。塚本は、母屋で一人遅い昼飯をとっていたが、源次郎をみると、喜んで上へあがれと言った。

「家を出たと聞いたが、どうしておる？」

と塚本は言った。塚本は血色がよく、いくぶん肥ったようにみえた。若いころ、剣の修行に打ちこんであまりにはげしく身体《からだ》を酷使したために、ひところ病いを得て、塚本は四十五になるいまも無妻だった。

「先生もお変りなく、結構でござります。いくらか、お肥りになられましたか」

「わしのことはよい」

塚本は女中が運んできた茶を口に運びながら、じっと源次郎を見た。

「もう家にはもどらんつもりか」

「はあ」

「仔細は問わぬが、親御に嘆きをみせるのはいかんな」

「いえ、弟がもはや元服も済みましたので、親もさほど嘆いてはおりますまい」

「そなたが申すのは家督のことじゃろう。子に去られる親の気持はまた別にある」

「………」

「ま、よほどのことがあったらしいの。それで？」

源次郎にも茶と菓子をすすめながら塚本はさっきの問いを繰り返した。

「いまは、どこで何をしておる？」

「はあ。神田の松枝町に住まって、筆耕で口を養っております」

「筆耕のう」

塚本はつぶやいて、腕組みした。

「得手ではあるまいに、織江どのと申したかの。嫁女も一緒か」

「織江は離縁いたしました」

「ふむ」

二人の間に、短い沈黙がはさまった。塚本は咳《せき》ばらいした。

「すると一人か。それとも」

「一人でござります。裏店住まいも近ごろは板につきまして、なかなか気楽に暮らしております」

「気楽には違いないがの」

塚本は苦笑して源次郎を眺めた。そして不意に言った。

「それなら道場を手伝わんか。せっかくの腕がもったいない」

「……」

「そなたの剣は野の剣での。道場に押しこめるのは気の毒と思って口にせなんだが、家を出たとなれば、話は別だ。いずれはこの道場をつぐつもりで手伝わんか」

「有難い仰せでござります。考えさせて頂きまする」

源次郎は丁寧に言った。塚本はうなずいて、その話はそこまでという顔をした。

「ところで、ひさしぶりに来たのは、何か用があってかの?」

「は。じつは少少おうかがいしたいことがござります」

五年前に、青山の西北穏田村で会った老剣客は、どういう素姓のひとか、お聞きしたいと源次郎は言った。

「ああ、あの老人……」

塚本はうなずいたが、困ったような顔をした。

「あのご仁は、もともと鞘見山の師匠の知り合いでの。名は赤石道玄と聞くばかりで、素姓は知らんのだ」

「……」

「師匠の知り合いと申しても、それにも、ちと因縁めいた話がある。赤石老人と師匠は、ある日ひとをまじえずに三度、立ち合われた。試合は昼すぎから、およそ五ツ半（午後九時）まで、間に息つぎの休みをおいて行なわれたと申すが、師匠は辛うじて一試合を勝ったに過ぎなかった。それが、師匠が鞘見山に籠《こも》るきっかけになったと聞いておる」

「……」

「そういうかかわり合いで、跡をついだわしも面識はあるものの、赤石老人は人嫌いでの。わしもそう何度も会っておるわけではない」

「昔から、あそこに住まわれておいでで？」

「わしがはじめて老人に会ったのは、かれこれ十五年前。そのころにはもう、あの百姓家に住んでおった」

「弟子はおられませんでしたか」

源次郎は、昨夜もう少しで刀をまじえるところだった、八嶽党の浪人、伊能甚内を念頭においていた。

「弟子か。さて、わしが知るかぎりでは、そういう人間はおらなんだの。もっとも、あのとおりの見事な剣じゃ。自分限りで絶やすのは惜しいとみえて、孫だと申すあの娘に仕込んでおったのは、そなたも見た通りじゃな。弟子といえば、あの孫娘がそれにあたるか」

「近ごろ、老人に会われましたか?」

「会っておらんのう。いや、待て」

塚本は手を拍《う》った。

「二年ほど前に、千駄ヶ谷の仙寿院に参ったおり、遠まわりだったが立ち寄って、茶を頂いて帰ったことがある」

「すると、いまもご健在でござりましょうな」

「丈夫じゃろう。畑を耕し、近くの林で薪《まき》を伐り、百姓さながらの暮らしだが、矍鑠《かくしやく》とした年寄りじゃ」

そこまで答えて、塚本はようやく不審そうな顔をした。

「赤石老人のことで、何ぞあるか?」

「いえ、先だってさるところで、穏田村に住む老剣客のことを耳にいたしたもので……」

源次郎はあいまいなことを言った。

「思い出してかの老人に違いないと存じ、そのうち一度おたずねしてみようかと考えましてな」

「行ってみるがよい」

塚本は疑う様子もなくすすめた。

「この前会ったときとは違って、そなたの剣はもはやわしが及ばん域に達しておる。行って、興津新五左衛門に鍛えられたと話してみよ。あるいは軽く立ち合ってくれないものでもない。そうなれば、剣士として身の果報というものじゃ」

「まことに」

源次郎は率直にうなずいた。五年前の、老剣客の見事な剣さばきを思い出していた。

「見事な業《わざ》でござりましたな。それにしても……」

五年前には思いつかなかった不審が、源次郎の中に湧いてきた。

「あの剣は、どこから伝えられたものでござりましょうな。古法を伝えるとでも申しますか、近年の柳生とは、いささか趣が異なるように見受けましたが……」

「柳生流の初期、三代以前の芸と師匠は申しておったの」

塚本は即座に言った。

「つまり飛騨守宗冬以前の刀法を伝えておるということじゃろうが、柳生家の外に、いまに生生《せいせい》と古風を伝える剣があるというのは、不思議なことじゃな。しかし赤石老人の素姓は、師匠も知らなんだ」

二

道場を見て行けと言われて、源次郎はちょっとだけ稽古の模様をのぞいた。十人あまりの門弟が汗を流していた。

塚本の道場を出て、虎ノ御門前から赤坂、青山と路をたどりながら、源次郎はまた赤石道玄に興味がもどるのを感じた。

老人の剣がそういうものであれば、伊能甚内と名乗る浪人者と老人が、どこかでつながっているかも知れないという推測は、あながち見当違いとは言えぬという気がしたのである。浜町堀の河岸で、おぼろな光の中で見た伊能の剣は、いまもあざやかな印象を残している。そして伊能の剣が、赤石老人が示した柳生流の型に酷似していたことは疑えないのだ。源次郎は、一個の剣士としてそれを見た。

姿を現わし、斬り合いもした相手だが、八嶽党は、依然として模糊《もこ》とした集団だった。姿を見たといっても、それは地から湧いたように、源次郎の前に立ち現われてきたに過ぎなかった。日の下で素顔を見たわけではない。

——しかし、伊能の素姓が知れれば……。

と源次郎は思った。その周囲の人間の素顔も浮かび上がって来はしないか。八嶽党の宿をつきとめたと思ったが、はたしてそうだろうか、という疑いが衝きあげてきたのは、今朝起きて井戸端で顔を洗っていたときである。

その奇怪な党は、幕府のひそかな記録の上に、伝説のように記されてきた徒党にすぎない。しかしそれが伝説でなく、生身の人間の集まりだとわかったいまは、昼はあの古びた隠れ家にじっとひそみ、夜になると、あの家を出てあちこちに出没するという想像は捨てた方がよさそうだった。

おそらく八嶽党の人間は、生身の人間にふさわしく、昼は何気ない素顔を隣人の前にさらし、生き生きと江戸の町を動き回っているに違いない。

そう思ったとき源次郎は、やはり伊能という浪人者が手がかりだという気がしたのである。本名かどうかは不明だが、その男は名を名乗り、はじめから素顔を見せている。

その伊能が、もし穏田村の赤石老人とつながりがあるとすれば、そのあたりから素姓が確かめられるかも知れなかった。その探りがうまくいけば、伊能の所在をつきとめ、逆にこちらから党の動きを見張ることも出来ないことではない。

——その探索はいそがねばならない。

青山の通りから、田沼主殿頭《とのものかみ》の下屋敷の方に道をそれながら、源次郎はいまもそう思った。しかし、穏田村に行く前に、確かめることがあった。

田沼屋敷の裏通りに着くと、源次郎はそこから昨夜佐五とたどった道を、注意深く確かめながら歩き出した。

昼に見る風景は、夜とは一変している。高く、いかめしくばかり見えた武家屋敷の裏塀は、赤茶けた土塀の上に、やわらかく日の光を照り返し、雑木林の新緑は眼を洗われるほどあざやかだった。林の奥で、しきりに小鳥が鳴きかわしている。

そのあたりの地理に、源次郎は不案内だが、屋敷があったのは、下渋谷村と呼ばれるあたりではないかという気がしている。だが確かなことではなかった。入念に左右の地形を確かめながら進んだ。

昨夜は見えなかった小さな枝道があらわれたり、雑木林に入ると、その道は際限なく林の奥に入って行くようでもあったりして、時どき足をとめたが、やがて突然に林がとぎれて、眼の前にゆるく傾斜している畑がひろがった。畑のところどころに鍬《くわ》を振るっている人影が見え、その先に、点点と人家が散らばる村があった。森のような木立に囲まれて、昨夜の屋敷の屋根が小さく見えている。

源次郎はほっとした。間違いなく昨夜の道をたどってきたのである。

村に着くと、源次郎は手近な百姓家の庭に入って行った。すると、地面に筵《むしろ》を敷き、その上に背をまるめて坐っていた小柄な老婆が、気配をさとったらしくこちらを振りむいた。眼が半ば白濁しているが、耳はさといらしく、近づく源次郎の方をじっと窺《うかが》っている。

「日向ぼっこか」

と源次郎は声をかけた。はェと言って、老婆は首をのばして、少しは見えるらしい眼を見はるような表情をした。

「婆さん一人か。ほかにひとはおらんか」

「みんな畑に出てな。おらひとりさ」

と老婆は言った。

「つかぬことを聞くが……」

源次郎は、婆さんの前に膝を折った。老婆の着物は着たきりらしく、襟《えり》もとがてらてら光り、異臭がただよってくる。

「この先にある大きな屋敷のことだが、いま誰か住んでおるかの?」

「屋敷?」

老婆は首をかしげたが、すぐにうなずいた。

「ああ、彦十さまのお屋敷だな。いまは誰もいねえさ。空き家だよ」

「空き家か」

「ひとが住めるような家じゃねえわ。彦十さまは、代代この村の肝煎《きもいり》を勤めた家じゃったが、おらが若えころの旦那が道楽こいて、家をつぶしちまった」

老婆は、源次郎をひまつぶしの話相手にちょうどいいと思ったか、急に多弁になった。

「家の者はみんな江戸に行っちまって、それさ、かれこれ二、三十年になるわな、あれから」

「誰かがもどって来るようなこともなかったかの？」

「誰ももどっちゃ来なかったが、時どき妙なことがあっての」

「ほう」

「夜中に灯が見えたり、ひとの声がするというので、朝行ってみると誰もいねえ。こりゃ、物もらいでも入りこんだかというので、あの家は村の衆が門を釘づけにしたはずだ」

「それはいつごろの話かの？」

「釘づけのことか？」

「いや、物もらいが入りこんだという話の方だ」

「それさ」

老婆は白濁した眼をしばたたいた。

「はっきりしねえが、去年の暮あたりから、ちょくちょくそげな話があったようだの。門がぶっこわれて、誰でも中に入れたそうだから、なんと不用心なこった。よそ者が入りこんで、火でも出されたりしたら、大事だからの」

「や、手間どらせたな」

源次郎は、まだ話し足りなそうな老婆を残して庭を出た。

彦十屋敷に着くと、源次郎は、厚板で厳重に釘づけされている門扉の隙間から、中をのぞいた。小暗い木立の間で声を競い合うように鳥が鳴いているだけで、人の気配はなかった。

――思ったとおりだ。

昨夜忍びこんだ側とは反対の方に、塀ぞいにゆっくり歩きながら、源次郎は小さくうなずいた。村の者は、中に人がいる気配に気づいて、朝になってから、この屋敷に入っている。おそらく、二、三度はそういうことがあったのだろう。しかし朝には、八嶽党の者はいなかったのだ。ここは、連中が時おり密会に使う、仮の宿といったものらしい。

屋敷の角を曲って、裏手の小藪《こやぶ》の間をしばらく歩いて行くと、塀にはめこまれた小さな潜り戸の前に出た。何気なく押してみると、戸はかすかに軋《きし》んで内側に開いた。

源次郎はにが笑いした。ここにこんな戸があるなら、昨夜佐五と一緒にあんなに大わらわで塀を乗りこえることもなかった、とふと思ったのである。もっとも潜り戸は、ふだんはしまっているもので、八嶽党が引き揚げるときに錠をはずして行ったのかも知れなかった。

源次郎は首をつっこんで中の様子を窺ってから、するりと身体を滑りこませた。公儀隠密に嗅ぎつけられた場所に、八嶽党がまたもどって来るかどうかはわからなかったが、一応は家の中を調べるつもりになっていた。

裏の木立は深かった。樫《かし》や欅《けやき》の巨木がうっそうと葉を繁らせ、地上にとどく日はまばらだった。そして一筋の道が木立の間を縫っていた。道はよく踏み固められていて、やはり入って来た潜り戸が、八嶽党の出入り口になっていることを示していた。

木立を抜けて庭に出ると、ふたたび明るい日射しがさしかけて来た。庭の中ほどまで来てあたりを見回したが、斬り合いの後は何ひとつ残っていなかった。一滴の血もこぼれていなかった。きれいに始末した跡が見えた。

古びて重い戸を開けて、玄関の土間に踏みこんだ。家の中は、日暮れのように暗かった。しばらく眼を馴らし、気配を確かめてから、源次郎は上にあがった。

廃屋のような見かけにもかかわらず、家の中はよく手入れされていた。板の間も拭きこまれていて、畳も傷んではいるが、さほど埃っぽくはない。茶の間のいろりには火を焚いたあとがあり、灰は新しかった。

源次郎ははっとした。老婆は去年の暮あたりからと言ったが、そうではない。八嶽党はかなり以前から、この屋敷を使っていたのだ。台所を見ようと思った。行きかけたとき、家の中のどこかで床板が、ぎ、ぎと鳴った。

三

踏み出そうとした足をもどすと、源次郎はそのまま身じろぎもせず佇立《ちょりつ》した。

――人がいる。

全身を耳にしたが、物音は一度だけだった。源次郎は刀の鯉口《こいぐち》を切り、静かに物音がした方に足を移した。

広い家だった。障子、襖《ふすま》が破れたりはずれたりしている部屋が、四つほどつづいている。廊下を踏みながら、源次郎は油断なく眼を配ったが、灰暗い部屋の中に人の気配はなかった。冷えた空気が澱《よど》んでいるだけだった。

廊下の角が見えてきた。黒光りする角の柱を曲って、廊下はさらに奥の方につづくらしい。

柱から三間ほど手前で、源次郎はふと立ちどまった。刀を鯉口にもどし、静かに小刀を抜いて右手にさげた。壁にさえぎられている柱の陰に、誰かがいる。小刀を構え、ひと呼吸置いてから一気に走ったとき、相手も柱の陰から躍り出た。

とっさに源次郎は、体をひねって刀をひいた。すると相手も振りかざした右手をおろした。ぴたりと貼りついた戸袋を離れて、こちらに向き直ったのは佐五だった。

「貴公か」

源次郎が声をかけると、佐五は黙ったまま、手にしていた鋭く光るものを懐に隠した。手裏剣のようなものらしかった。一瞬の動きに勝負をかけたとみえて、佐五は息をはずませている。屋根葺《ふ》きの職人とみえる身なりをしていた。

「まだ、奥がござる」

と佐五は言った。そう言ったときは、佐五の息は平静にもどっていた。先に立った佐五について、源次郎も奥に進んだ。

「ほほう」

佐五につづいて踏みこんだ部屋で、源次郎は、低い声を洩らした。十畳の部屋だった。もとは客間にでも使ったらしく、床柱も欄間の透かし彫りも、黒ずんではいるもののぜいたくな感じを残している。部屋はさっぱりと茣蓙《ござ》を敷きつめ、障子もさほど古くなく、襖の破れもつくろってある。部屋の真中に、火桶が出ていた。

源次郎は部屋を横切って、隣の部屋をのぞいた。そこはがらんとした六畳だった。

夜のように暗く、空気は湿っている。襖をしめて、源次郎は佐五のそばにもどった。十畳のこの部屋も殺風景だが、こちらには、あきらかに人がいた温みのようなものが残っていた。

「見当から申すと、昨夜われわれが話し声を聞いたのは、この下らしい」

と佐五は言った。

「密議の場所というわけか」

源次郎は莫蓙の上に坐りながら言った。だが佐五は立ったままだった。ゆっくり廊下の方にもどって、あたりの様子を確かめるようなしぐさをしてから、源次郎を振りむいた。

「さよう。ここと茶の間を使っておるように見受ける」

「で、どう思われたな?」

と源次郎は訊ねた。

「昨夜はここが連中の宿と思ったが、朝になってみると、その考えは少少甘かったという気がいたした。それで様子を見にきたのだが……」

「宿ではありますまい」

佐五ははっきりと言った。

「それがしも同様、思い違いをいたした。ここは寄り合い宿でござろう。さっき台所を確かめたが、米も塩もござらん。ただ茶の用意はあって、竈《かまど》にも火を焚いた形跡がござった」

「すると、昨夜のことがあって、ここにはもうもどらんと考えるべきかの」

「いや、そうとも言えますまい。このとおり、何もない家のように見えるが……」

佐五は天井を指さした。

「そこに、物が残っておる」

「物？」

「多数の忍び装束、忍具、刀」

「ほう」

無気味なことを聞いた気がした。いまは無人だというだけで、ここはやはり八嶽党の巣、少なくともそのひとつなのだ。連中がもどって来ないという保証はどこにもない。佐五のどこか落ちつかない様子がそれでわかった。

源次郎が立ち上がると、佐五は部屋を出て、先に立って歩き出した。

「まだ脈はあるということだの」

「さよう。住まっておらぬというだけで、寄り合いはまだござろう。これだけ人目につかぬ場所は、そう多くはござらんだろうし、あっさり捨てるとも思えぬ」

土間に降りると、佐五は足で丁寧に二人が入りこんだ痕跡を消した。二人は庭に出て、黙黙と裏の木立に入った。

「昨夜聞いた話だが……」

潜り戸が見えてきたところで、源次郎は先を歩く佐五に声をかけた。

「あとでふと思いついたことだが、大納言と申したのは家基公のことではあるまいの」

「……」

佐五は立ちどまって、ゆっくり源次郎を振りむいた。そしてうなずいた。

「いかにも、その疑いが出て参った。と、申すよりは、そのことに間違いあるまいというのが、ご老中のお考えでござる」

「……」

「中野、亀有どちらもお留場《とめば》でござる。そのうえ世子公は、無類の狩り好きで、しばしばお留場にお出かけの由でござってな。おそらく八嶽党の密議は、世子公にかかわりがあろう、とご老中は申された」

「そうだとすれば、容易ならんことじゃな。何のための密議か、われわれも探索を急がねばならんようだ」

「ご老中もそこを憂慮されておる。今日中にも、お鷹匠支配を呼んで、世子公の身辺の警護について、とくに下命なさるおつもりのようでござった」

「八嶽党が、世子公に何か危害を加えるというお見込みか？」

「なにしろそれがしが耳にしたのは片言隻句《へんげんせきく》。ご老中もそこまでのお見込みは立たなんだご様子だったが、一応の用心はなさるということでござろう」

佐五は、ふと渋い微笑をうかべた。

「そういう次第ゆえ、われらの方はこの家と、世子公の鷹狩りと両方を見張る段取りをいたした。そちらはいかがでござる？」

「昨夜貴公も見た浪人者。あの男のことで少少調べたいことがある。首尾よく素姓が割れれば、そこから八嶽党のしっぽをつかむことも出来ようと考えておるところだが」

佐五はうなずいた。二人は一瞬顔を見合わせた。源次郎は、八嶽党の意図するものをさぐり出すまで、まだ道は長いなと感じたのだが、佐五は、そこにたどりつくまでに遭遇するはずの危険を思いやったかも知れなかった。緊張が、佐五の面《おもて》をかすめたようだった。

潜り戸を出ると、二人はすぐに右と左に別れた。小藪を抜けて道にもどり、振りむくと、もう佐五の姿は見えなかった。

四

きたときとは別の道をたどって、源次郎は青山通りにむかった。二度ほど途中で道をたずね、通りに出たところが梅窓院の角だった。

源次郎は笠を傾けて空を仰いだ。彦十屋敷で佐五に会い、意外に手間取ったが、穏田村までは、まだ日があるうちに着けそうだった。そのまま源次郎は道をいそいだ。

原宿村を過ぎるころから、武家屋敷も寺院も尽き、道の両側には田畑が広がった。そして渋谷川と穏田の村落が見えてきた。五年前に塚本ときたときは秋だったが、そのとき見た地形が頭の中に甦《よみがえ》った。橋を渡って、田植えが済んだ田圃《たんぼ》の中の道をさらにしばらく歩き、源次郎はやがて一軒の百姓家の前に立った。

古い家だったが、庭は掃き清められ、戸を開けたままにしてある縁側もきれいに片づいている。家のうしろには雑木林がひろがり、庭から見えるところに渋谷川につながる小川が流れているのが、田のへりにならぶ楊柳《かわやなぎ》越しに見えた。通りすぎてきた村は川下の方に遠く塊《かたま》っている。

笠をぬいで訪《おとな》いを入れたが、答えがなかった。留守だが、様子からみてこの家の人間はそう遠くまで行ったわけではあるまい、と源次郎は思った。縁側に腰かけた。

時が移って、庭は屋根が落とす影に隠れた。背の低い楊柳越しに、白く日を弾いていた小川も、ひと筋の水の帯になったようだった。

——この分では、町にもどらぬうちに日が暮れよう。

そう思いながら源次郎が腰を浮かしたとき、低い生垣の門から急ぎ足に女が入ってきた。二十ぐらいにみえる若い女だった。

女は庭にいる源次郎を見ると、驚いたように立ちどまったが、すぐに手にしていた鍬《くわ》を置き、背の竹籠をおろすと、すすみ寄ってきて頭をさげた。

「お待たせ申しあげました。どなたさまでございましょうか？」

姿は百姓娘だが、言葉つきは武家のものだった。日にやけて浅黒い顔をしているが、皮膚はなめらかで、埴輪《はにわ》を思わせるようなはっきりした黒眼、小さく引きしまっている口もとに、源次郎は五年前の少女の貌《かお》を見た。

「鶴見源次郎と申す者です」

源次郎は名乗った。

「五年前の秋、一度ここをおたずねしておる」

「……………」

女は訝《いぶか》しそうに源次郎を見た。

「無眼流の塚本先生とともにお邪魔し、そのおり、ここのご老人とそなたに柳生流の型を見せて頂いた」

「ああ」

女はさっと頰を染めた。瞬間、ほっそりした身体を、まぶしいほど女らしいものが走り抜けたようだった。

「あの折の……。思い出しました」

「それはありがたい。ご老人は健在か？」

「はい。今日は昼過ぎから山に参りました。ほどなくもどるとは存じますが」

「はて、いかがいたそうか」

源次郎は生垣の外に眼を投げた。野づらを染める日の色は薄れつつある。

源次郎は迷っていた。ここまできたのだから、聞くべきことを聞いて帰りたかった。しかし間もなく日が暮れるのに、若い女一人がいる家にとどまるのも、憚《はばか》られる気がした。

源次郎の様子を、女はじっと見つめたが、遠慮がちな声をかけてきた。

「おいそぎでございますか？」

「いや、そうでもござらんが」

「それでは、お待ちなされてはいかがでございますか？」

「さよう」

源次郎は思案したが、すぐに腹を決めた。やはり一刻も早くあのことを確かめるべきだった。

「では、待たせて頂こうか」

「なかへ、お上がりなさいませ」

「いやいや、ここで結構」

源次郎は縁側に歩み寄った。

「ここで待たせて頂く。夕餉《ゆうげ》の支度もござろう。それがしには構わずにおやりなされ」

女はしつこくはすすめなかった。それでは失礼しますとことわって家の中に入った。やがて源次郎の耳に、台所で水を流す音が聞こえ、竈《かまど》を焚きつけたらしく、火が匂ってきた。

女が行燈《あんどん》に灯をいれ、お茶を運んで来たときには、源次郎の足もとから薄闇が這いのぼってきていた。

「遅うござるな」

源次郎がつぶやくと、女も外の暗さを確かめるように、庭に眼をやった。だが、心配しているようではなく、無言だった。

「つかぬことをうかがうが……」

不意に源次郎は言った。その質問は、老人がもどるまで取っておくつもりだったのだが、さきにこの娘に確かめて様子を見てもいいという気がしたのである。

源次郎はずばりと訊ねた。

「伊能甚内という男を、ご存じあるまいか？」

「伊能……」

女は源次郎を見た。明りを背にしているので、女の表情ははっきり見えなかった。だが静かに首を振った。

「存じませぬ」

「年のころは、さよう、二十七、八。痩せておる。昔は知らず、いまは浪人しておるらしい」

女はやはり首を振った。

「しかし……」

源次郎が、伊能が遣う柳生流を言おうとしたとき、背に薪《まき》を背負った老人が庭に入ってきた。山賤《やまがつ》のように広い肩と厚い胸をしているが、腰が曲り、その腰の曲りを太い杖《つえ》で支えている。

源次郎は庭に降りて迎えた。しかし老人は見むきもせずに、前を通りすぎて庭の隅に行った。いつの間にか戸口を出た女が、小走りに後を追って行った。荷をおろすのを助けるらしかった。その気配と一緒に、二言、三言低い話し声が聞こえた。

やがて身軽になった老人がもどってきて、源次郎の前に立ちどまった。その間に女は家の中に入った。

「鶴見と申す者でござる」

源次郎は丁寧に一礼したが、老人は無愛想にうなずいて受けた。

「それは孫から聞いた。で、何か用かの？」

「まことに突然のおたずねながら、ご老人は、伊能甚内という男をご存じではありませぬか」

「知らぬ」

にべもなく老人は答えた。細い眼が、測るように源次郎を見つめている。

「しかし伊能というご仁は、見事な柳生流を遣われる」

と源次郎は喰いさがった。

「当今あれだけの柳生流を遣うご仁と申せば、ほかにはご老人しか思いあたらぬ。もしかかわりがあるなら、その男について少少おうかがいしたいと存じてうかがったのだが……」

「そういうことなら無駄足じゃった。伊能などという男は知らぬ」

「あるいは本名は別にあるかも知れませぬが、なにしろ……」

「そなた、塚本の弟子だそうじゃな」

老人は源次郎の言葉をさえぎった。源次郎が、五年前ここをおとずれていることはおぼえていない様子だった。

「は。塚本に習い、さらに鞘見山に隠棲した興津新五左衛門の教えを受け申した」

「ほう」

はじめて、老人の顔にかすかな表情が動いたようだった。だがそれは一瞬のことで、老人の態度はすぐにもとのそっけなさにもどった。

「では、これで」

老人は軽くうなずくようにしてそう言うと、背をむけた。家の中へ上がれとは言わなかった。曲った背が、戸口を入るのを見送って、源次郎は自分も庭の出口にむかった。

――取りつくしまもなし、か。

生垣の門を離れて、暗くなった田舎道を歩きながら、源次郎はそう思った。伊能がここにつながっているという考えは、いわば直感だった。さほど根拠あっての推測ではない。二人にきっぱり打ち消されてしまうと、それであっけなく手がかりを失ったような心細さを感じた。

するとうしろから軽い草履の音が追いかけてきて、鶴見さまと呼びかけた。追って来たのはさっきの女だった。立ちどまった女は、軽く息をはずませていた。

「失礼申しあげました。祖父はあのとおりで、人あしらいということを知りませぬ」

「なに、気になさることはござらん」

と源次郎は言った。

「老人のことは、当方もよく存じておる」

「日をあらためておいでなされませ」

女はささやくような声で言った。

「祖父は、今日は疲れていたようでございます」

それだけ言うと、女は軽い辞儀を残し、身をひるがえして来た道をもどって行った。女のほっそりした後姿が闇に溶けるのを見とどけてから、源次郎も踵《きびす》を返した。

――のぞみが出てきた。

と思った。ぷっつりと切れたように見えた糸が、まだつながっていたのを感じた。女が、ただ老人の非礼を詫びるために追ってきたとは思えなかった。日をあらためて来いと言った女の言葉の背後に、伊能甚内がつながっている、と源次郎は思った。

五

源次郎が、渋谷川を渡って原宿村の方に遠ざかりつつあるころ、娘は足音をしのばせるようにして家にもどった。

そのまま、土間から台所に上がろうとする娘を、茶の間から老人が呼んだ。

「伝えたか」

「はい」

娘は茶の間に入って、広い炉のそばにあぐらをかいている老人の前に坐った。

「何か申したか」

「いえ、ご返事はございませんでしたが、必ずいらっしゃると思います」

「それでよかろう」

老人は膝わきに置いてある柴を折って、火にくべた。火が燃え上がって、眉もひげも白い、老人の顔を赤く染めた。

「さっきの方をお呼びして、どうなさるおつもりですか」

「場合によっては、斬る」

老人は自在鉤《かぎ》につるした鉄瓶をかたむけて、茶碗に湯をつぐと、ひと口すすった。そして、茫然と老人の顔を見まもっている娘に、鋭い一瞥《いちべつ》を流した。

「わからぬか。甚内のことを聞きに来たということは、鶴見というあの男、八嶽党を探っているとみて間違いない」

「……」

「連中とは、とっくに縁を切った仲じゃ。甚内も、そなたに妻《めあ》わせて、わしの剣を伝えようという心づもりを裏切って、連中の仲間に入り、以来音沙汰もない恩知らずじゃが、八嶽党のことはご先祖から伝わる秘事。外に洩らすわけにはいかぬ」

「でも、お斬りになることまでしなくとも。放っておかれてはいかがですか」

「そうはいかんぞ、奈美」

老人は、手の中でゆっくり茶碗をまわしながら、いくらか光のやわらいだ眼で娘を見た。

「無眼流の塚本の弟子で、五年前にここをたずねたことがあると言ったそうじゃな」

「はい」

「わしはあの男をおぼえておらん。ということは、そのころはかの男、眼にとまるほどの修行が身についていなかったということじゃろう」

「……」

「しかし今日たずねて来た男は、ただ者ではない。かなり遣う。甚内のことを聞きに来たのは、夢のようなことを考える八嶽党が、またも将軍家にむかって何か仕かけておるのかも知れんが、そうとすれば、連中は容易ならん男を敵に回しておるようじゃ」

「それほどの遣い手ですか」

「そう見たぞ」

老人と娘は、黙って眼を見かわした。

「そのために、お斬りになるのですか」

「わしは、代代家に伝わる剣を守り、さらに技を磨いて来たつもりじゃ」

老人は、娘の問いには答えずに、べつのことを話しはじめた。

「この剣を伝えるのは、わしのつとめじゃ。その気持があまりに激し過ぎて、病弱だったそなたの父を死なせ、連れあいは、そなたの母親はわしを恨《うら》んで家を去った。母親はそなたを連れて行くと申したがわしは拒んだ」

「………」

「そして、そなたと、縁あって弟子となった甚内に剣を仕込んだが、そなたは女子《おなご》、甚内はわしにそむいて党の連中に荷担したまま、もどっては来ぬ。わしの父御《ててご》、そなたの曾祖父《ひいじい》じゃが、そのひとはこの剣を枯らすな、と言い残されたが、行末まことにおぼつかない」

「……」

「もし鶴見という男が、八嶽党の敵なら、いずれは甚内と斬り合うことになろう。むかしわしは鶴見という男の師匠の興津と、生死をかけた試合をしたことがある。弟子同士が、また斬り合うことになりそうじゃが、因縁というものはそうしたものじゃ。わしは甚内を斬らせたくはない」

「さきほどの方は、それほどお出来になりますか」

「今度来たときにわかる。そして見込みどおりであれば斬る。八嶽党のためではない。この家に伝える剣のためじゃ」

「甚内どのが、いつかもどるとお考えなのですね」

「……」

〈一橋民部卿邸の別棟、奥の客間におけるその夜の対話〉

―将軍家のご機嫌は近ごろいかがかな？

―相かわらず絵に凝っておいででござります。それもなかなかのご上達で。

―ふ、ふ。天下泰平の証《あかし》じゃな。そのうち一枚頂戴しておくとよい。

―すでに頂戴つかまつりました。

―ほほう。女子の絵か、何かかの？

—いえ、花鳥でございます。落款《らっかん》に政事之暇とございましたゆえ、これは上等の御作ということで。

—何じゃ、それは。

—落款をいろいろとお拵《こしら》えでございますが、もっとも出来ばえのよい御作には政事之暇、ご不満の絵には梅風薫四方を捺《お》される習いでございます。

—ふむ。何やら皮肉な落款じゃな。

—は、は。は、は。みなみなさように申しております。

—絵ばかり描いて、よく倦《あ》きなんだの。

—いえ、絵ばかりではございません。本日は大橋印寿を呼ばれ、長く将棋を楽しまれました。

—さようか。将棋もお好きであったな。いろいろと道楽をお持ちだから、退屈もなさるまい。

—将棋はご道楽などと申すものではなさそうで。大橋や伊藤宗鑑の話では、すでに奥義に達しているということでございますな。

—大納言どのはどうじゃ。相かわらず狩りか？

—はあ、なにしろお元気な方で、それにやはりお若い。城の奥にじっとおさまっていろと申しても、いささかご無理かも知れませんな。

――しかしあれは、ナニだ。楽な遊びではないぞ。わしも以前、将軍家のお相伴で駒場野に雉《きじ》を狩ったことがあるが、つい獲物に気を取られて、枯葦の根で足を踏み抜いたことがある。きつい目にあった。

――世子公も、どこぞの狩りで菱喰《ひしくい》（大雁）を追わせられた折、沼に落ちてずぶりと濡れられ、お風邪を召されたことがあった由にござる。

――狩り好きもよいが、大事のお身体だ。ほどほどにせんとな。供する者の気が休まるまい。

――仰せのとおりでござります。将軍家ご後嗣はあのお方ひとり。御鷹匠支配などは、かなり気を遣っておるはずでござる。

――………。

――ところで、豊千代君はご壮健でござりましょうな。

――む。変りない。

――しかし不思議なことでござりますな。ご誕生の折のみならず、ご婚約の節にも奇瑞《きずい》があらわれたという話は、ただごととも思えません。

――ふ、ふ。伜《せがれ》が生まれたとき、この家を赤い光が包んだとかいう話か。だれが言い出したものやら、わしはそんなものは見ておらんぞ。

――いえいえ、そういうことはあったに相違ござりません。よしんば無かったことといたしましても、誰言うとなくそういう噂が立ったとすれば、なおさらになみのことではござらんわけで。

—そういうものかの。

—豊千代君は、必ず尋常のお方ではございますまい、とそれがしなどはご推察申し上げておりまする。こういうお方が、世子公と並んで健在でおわすことは、将軍家にとってまことに心強いことでございます。

—なにか、また奥歯に物のはさまったようなことを言うの、主殿《とのも》。

—いや、民部卿にも常づね申しあげているとおり、幕政をあずかる者にとっては、いまは見かけは泰平でも、中身は容易ならぬ時でございます。ただ、絵と将棋に堪能な将軍家を戴いては、いずれ幕府の窮迫は乗り切れなくなろうという話でございましてな。その意味で、豊千代君の英邁《えいまい》なお人柄は心強い限りと申しあげておるわけで。

—もそっとはっきり申せ。ん？　ここには二人のほかに誰もおらん。八嶽党が何か申して来たか？

—おや、雨でございますな。これは不思議、それがしが参るときは、あれほど晴れておりましたが……。

—雨などはよい。こちらへ寄れ。さて、少し膝つき合わせようか。

六

数日雨がつづいた。

しばらく降らなかったせいか、それとも近づく梅雨のはしりなのか、執拗な降りになった。昼の間、わずかに日がのぞいたと思うと、夜になって屋根を叩く豪雨になったりする。そういう日がつづく間に、町の中の緑も一度に色が深まったようだった。

雨はいい骨休めになった。源次郎は筆耕に精出した。朝起きると机にむかい、疲れれば畳に眠る。そういう日がつづくと、八嶽党や伊能甚内、穏田村の老人のことなどが、少しずつ心から遠ざかって行くような気がした。雨のおかげで、引きうけていた仕事が残らず出来上がった日、源次郎は風呂敷に包んだ版下を、胸に抱えるようにして外に出た。

傘をさしていても、永寿堂に着くまでに少し濡れた。入った土間で、源次郎が濡れた裾《すそ》のあたりを拭《ふ》いていると、奥から手代の弥助が出てきて挨拶した。

「ご主人はおられるか」

「はい、おります」

弥助は愛想のいい丸顔に、笑いをうかべた。

「ちょうどよござんした。いま、細田さまがみえて、話しこんでおられます」

「ほう」

源次郎が店にあがると、弥助は先に立って、主人の与八の居間まで案内した。部屋に入ると、源次郎は眼をみはった。畳の空いたところを、一面にはなやかに彩色した絵が埋めている。民之丞が持ちこんだ絵を、与八が鑑定している最中らしかった。

挨拶をすませ、出来上がった筆耕の版下を与八に渡すと、源次郎も絵の方に首をのばした。ざっと十四、五枚はある絵が、ことごとく女だった。

女たちは立ったり坐ったりし、花に手をのばしたり、坐った膝に猫を乗せたりしている。そして仔細に眺めると、描かれているのは一人の女、ゆきと呼ぶ民之丞の異父妹だということが、見えてきた。ゆきはあざやかな色彩にいろどられて、少しうつむいたり、立ってほほえんだりしている。

「はなやかなものだな」

版下の枚数を数え、そろばんを入れて与八が渡した金を受け取ると、源次郎は感じたままを言った。

「絵描きというものは、はなやかなものだ。それにくらべると、筆耕仕事は食わんがための手仕事で、こういう楽しみはない」

には、まだ手間どる。おやじの顔を見ろ」

「そっちは、そのようにすぐに懐に金が入るが、おれの方はこれが金になるまでには、まだ手間どる。おやじの顔を見ろ」


民之丞は、眼鏡をかけて絵の吟味にもどった与八を、顎《あご》でしゃくって言った。

「その渋いつらじゃ、彫りに回るまでは、もう少し間があるということらしい」

「そうでもございませんよ、細田さま」

与八が、眼鏡越しに二人を見据《みす》えるようにした。

「この前のものよりは、ずいぶんとよくなっております」

「ほら、あの調子だ」

民之丞は失笑した。

「次に、ひとまずお持ち帰りを、とくる」

「おいそぎになることは、少しもございませんでしょう、細田さま」

西村屋与八は、眼鏡をはずしてそばの小机の上に置くと、民之丞に向き直った。

与八の声にはたしなめるようなひびきがある。

「今日お持ち頂いた絵は、なかなかいいものでございます。この前に、あたくしが申しあげました二、三の疵《きず》もなくなりましたのは、錦絵というものをだんだんに呑《の》みこんで来なすった証拠でございますな」

「おれにはわからんが、そういうものかの」

「ただ、錦絵というものは、いま少し猥《みだ》りがわしいものです。なにしろあなた、おや失礼。絵を買うのはただの町人、商人《あきんど》や職人でございますな。なかには錦絵をひいきにしてくださるお武家もおいででございますが、見るところは同じで、飾りのない女の絵姿を見て楽しむのでございます」

「おれの絵には、飾りがあるということだな？」

「飾りとは申しあげませんが、何と言いますか、争われない品というものがございましてな。絵の出来をいささか邪魔しております」

そんなものかと源次郎は思った。狩野派の絵を見なれた眼から見ると、民之丞の絵はなまめかしく、時には淫らな感じさえあたえるようにみえるのだが、玄人の見る眼は、また違うらしい。

「もっとも品があるからだめと申しているのではございませんよ。細田さまが、狩野派には倦きたと申されましたとき、あたくしが錦絵をすすめましたのは、むしろそこが狙《ねら》いでございましたからな。五百石のお殿さま、しかも長年狩野派の絵で鍛えて来られた方の絵に、品があるのは当然でございます」

「………」

「ただ、それがいまのところ、まだ表に出ていなさる。形は、まさに錦絵をつかまえるところまで来なすったが、狩野派とお旗本がまだ画面にちらついて、絵柄なり、女子の顔なり、ちょっとしたところに堅苦しいものが出る。このお品が、絵のうしろにひっこむようでございますと、これは本物ということになりましょうな」

「むつかしいことを言う」

民之丞は、微笑して源次郎を見た。

「つまりは、もう少し遊べということらしい」

「そのとおりでございますよ、細田さま」

西村屋与八は、まじめな顔つきで言った。

「細田さまの絵には、ほかに真似手のない、天性の筆づかいがございましてな。いずれは大きく花ひらく力を持っております。あたくしの眼《こやし》に狂いはございません。世の中にも馴染まれ、女子にも馴染まれ、絵の肥となさることです。おいそぎになることはないと申しあげたのは、そういうことでございますよ、もっとも……」

与八は、畳に並べてある民之丞の絵に眼をもどした。

「あたくしはたいそう欲の深いことを申し上げたわけですが、いまでも黄表紙の挿絵ぐらいは、十分こなせる力をお持ちです。試してごらんになりますか。刷り上がったものをごらんになることも、勉強になりましょうからな」

「描かせろ、おやじ」

民之丞は意気込んで言った。

「いつも先の楽しみばかり聞かされても、雲をつかむようで味がない」

永寿堂を出ると、民之丞はちょっと待てと源次郎を引きとめた。

「じつは、ここから貴公の家に行くつもりだったのだが、気が変った」

民之丞は、懐から小さな袱紗《ふくさ》包みを出して源次郎の手に握らせた。そしてちらと永寿堂の店先を振りむくと、頭巾の中の眼をわらわせた。

「おやじめ！　苦心の絵をなかなか認めぬ。おれは頭に血がのぼった。すぐ家にもどって描きたいものがあるから、ここで別れるぞ」

「ま、しっかりやれ」

と源次郎は言い、ずしりと重い包みを指でさぐった。

「ところで、これは何だ？」

「うむ。ご老中に呼ばれたときに預かった金だ。どのようにも使え、というお言葉だったたな。探索の費用ということらしいが、遠慮なくもらっておけ」

「そうか」

「この間、ついに連中の宿を突きとめたらしいな」

「まだまだ、これからの仕事だ」

「気をつけろ」

民之丞はそう言うと、気がせくようにぱらりと傘をひらいて背をむけた。なるほど、頭に血がのぼっているらしい、と源次郎は民之丞のうしろ姿を見送った。雨はやんで、西空から明るみがさしてきていた。

七

民之丞と別れたあと、鶴見源次郎は、空の明るみに誘われたように、浅草御門の方にぶらぶら歩いて行った。まだところどころ水溜りが残っている道を、大勢の人が行き来している。雨がやんだのをみて、用足しに町に出た者も多いらしく、町はいつもより混んでいるようにみえた。

源次郎は、御門前からゆっくり火除け地の方に曲り、両国橋にむかった。東両国に筆安という店がある。そこで筆墨を買い、顔見知りのそば屋で、そばを喰って帰ろうと思っていた。

日暮れまでは、まだ一刻の間があった。仕事も一段落し、金も手に入った。ことに松平右近将監から、手当てらしいものが届けられたことで、源次郎の気持は近ごろになくくつろいでいる。

いまやっていることが、老中から手当てをもらう筋合いのものかという気持はあるが、民之丞が言ったように、くれるものは遠慮なくもらっておくのがよさそうだった。

裏店《うらだな》住まいをするようになってから、源次郎は金の有難味を肌で知るようになっている。筆耕の版下一枚一枚がその日の糧につながっていた。怠ければ、早速に飢えなければならないのだ。懐があたたかいのはいいものだと、思わざるを得ない。

橋を東に渡り切ると、そこは神田側よりも人が混んでいた。もとは橋向うの火除け地で興行していた軽業、曲独楽《ごま》、手妻《てづま》、物真似などの見世物が、少しずつこちらに移ってきて、いまではこちらの方が盛り場のようになっている。人混みの中にはそういう客もまじっていた。

源次郎も吹矢の小屋掛けや、その隣で折しも客寄せのために幕を上げてみせている軽業小屋を、人のうしろに立ってのぞいたりした。

軽業は、粗末な舞台の上で、数人の唐人服の男女が見事なとんぼを切っているのを、遠見に見せただけで、すぐに幕が降りた。

「さあ、いらはい。まだまだ面白い出し物が出るよ。若菜太夫、若くて美人だよ、一座の花形若菜太夫が一世一代の綱渡りもこれからだ。しかもこれから入るお客さまなれば、頂くお足はたったの十文。さ、いらはい」

ひと呼吸もおかずに喋りつづけている、呼びこみのだみ声を聞き流しながら、源次郎は見世物小屋の前を離れて、筆屋がある元町の屋並みの方に歩いて行った。

　そして不意に、道の上で棒立ちになった。

　――織江。

　思わずそう思ったほど、その女は死んだと聞いた妻に似ていた。津留だった。津留は橋の方からきて、竪川の河岸の方に、つつましく眼を伏せながら歩いて行く。茫然と一度見送ったが、思い直して源次郎は大股に後を追った。

　呼びかけると、津留は立ちどまって振りむいたが、源次郎の顔をみるとひややかな眼をした。だが源次郎はその眼を無視した。まだ、さっきの驚きが、胸の中にあった。

「そなた、急いでおるか」

「いえ」

　と言ったが、津留は硬い表情のまま、警戒するように源次郎を見つめている。隙あらば逃げ出そうと身構えている小鹿のようだった。

「わしはついそこで、これからそばを喰う。つき合わんかの」

「……」

「少少話もある」

　津留は黙ってうなずくと、胸に抱いていた風呂敷包みを抱え直した。

源次郎は津留をともなって、元町の路地に入ると、戸を開けて一軒のそば屋に入った。日影町の塚本道場に通っていたころから、時おり立ち寄っていたそば屋で、亭主は源次郎の顔を見ると笑顔を見せた。

「いらっしゃいまし。旦那おひさしぶりで」

「奥の部屋は空いておるか」

「空いております。どうぞお使いくださいまし」

源次郎は、二、三人客がいる店の中を通りぬけて、奥に行った。突きあたりに、狭いが畳敷きの部屋が二つある。部屋の中は薄暗かった。後からついてきたそば屋の女房が、行燈に灯をいれ、注文を聞いて行った。

行燈の光で、源次郎はしみじみと津留を見た。眺めなおすと顔立ちはやはり姉の織江とは違っている。織江は中高のととのった美貌で、無口なたちだったが、津留ははきはきした気性が顔にも現われて、織江にくらべると額がひろく、眼尻が勝気そうにあがっている。

それなのに、さっきはどうしてあんなに似て見えたのかと、不思議なほどだった。

「どこぞへ、お使いか」

「はい。母の使いで亀井町まで買物に参りました」

津留が答えたとき、女房がそばと酒を運んできた。

「喰べなされ」

源次郎は、津留にかけそばをすすめた。

「わしはご免こうむって、少し飲む」

津留は、町のそば屋に入るなどということはなかったらしく、しばらくとまどった様子でいたが、頂きますと丁寧に辞儀をしてから箸《はし》をとった。

源次郎は、手酌でちびちびと盃を口に運んだ。酒はこの前民之丞の屋敷で飲んで以来だったので、腹に沁《し》みた。飲みながら、何から話そうかと思っていた。

「さっき道で、そなたを見かけたとき、織江かと思った」

と源次郎は言った。

「年も違い、顔立ちもこうして見れば違うのに、姉妹というものは不思議なものだ」

「源次郎さま」

津留が静かに箸を置いた。そしてきっと顔を上げると源次郎を見つめた。

「あなたさまのお口から、姉の名前を聞きたくはございません」

そう言ったとき、津留の眼に、みるみる涙が盛り上がったが、津留は眼をそらさなかった。

「そなたが、わしを恨んでおるのは、よくわかっておる」

源次郎は重苦しい声で言った。

「織江は、わしに離縁されて、世をはかなんで自裁したと、そなたは思っている。だが、それは違っておる」

「……」

津留の眼は、まだ不信を宿したまま、じっと源次郎をにらんでいる。

「織江は過ちを犯した。わしが織江を離縁したのはそのためだが、織江はそのことを恥じて死んだのだ」

「過ち？」

不意に、津留の眼のいろが自信を失ったように揺れた。年相応の、ある稚《おさな》い表情が、津留の顔に現われたようだった。訝《いぶか》しげに津留はたずねた。

「何の過ちですか」

「そなた、いまいくつになるかの？」

「十七です」

「それならば、意味はわかろう。織江は不倫を働いたのだ」

「あの、姉が？」

言ったまま、津留は絶句した。茫然と源次郎を見つめたが、やがて津留は色青ざめて小さく首を振ると、うなだれた。

「このことは、誰にも言わぬつもりだった。だがさっき、そなたを道で見かけて、ふと話してみようかと思ったのは、織江のことでは、わしもいろいろと思うことがあっての。そういう話が出来る人間といえば、そなたしかおらんという気がしたのだ」

「……」

「もうひとつ。そなたに話しておこうかと思ったのにはわけがある。これも人には言えぬことだが、わしはいま、さるひとに頼まれて少少あぶない仕事に手を貸しておる。わしにはいま、敵がいる」

津留が顔を上げた。

「万一ということがある。わしが敵の手にかかったりすれば、織江がなぜ死を選んだか、わしが織江をどう思っていたか、すべては知るひともなく闇に埋もれることになる。ひとりぐらいはわけを知る者がいてもよかろうという気持もある」

「わけをお聞かせくださいませ」

と津留が言った。しっかりした口調だった。

「姉は、そのような軽はずみなひとではありませんでした。いったい、不倫とはまことのことなのですか」

「残念だが、あったことだ。わしがそれを見た」

津留は、ふたたび打ちひしがれたように沈黙した。光を失った眼で源次郎を見た。

「だがこのごろ、一半の責任はわしにあると思うようになった。だが生前の織江には、そのように言ってやれなんだ。津留どのに話してみたいと思うのは、そういうことだが、聞くか」

「はい」

「わしと織江と、もともとは二人とも若すぎたかも知れん。わしが二十、織江は十八だった。わしのおやじ殿が縁談をいそいだせいだが、おやじの気持はわからぬでもなかった。わしはそのころすでに、剣の修行に少し深入りし過ぎていた。おそらくおやじはそのことを懸念したに相違ない。このままでは鶴見の家を継ぐものになるまいと考えたらしい。そういうとき、親というものは、ごく姑息《こそく》な、古い手を使うものだ。おやじはいそいで織江との縁談をまとめた」

「……」

「だが、わしの方はといえば、そのころは剣の修行の上でちょうど、いまひとつ奥にあるものが見えかけていた時期での。そのものをもとめて、日夜狂わんばかりに心を砕いていた。織江をかえりみるひまはなかった。娶《めと》ってわずか三月の新妻をおいて、鞘見山の大師匠のもとに修行に行くと申したときは、親にも親戚にも非難されたものだ。そなたはまだ子供だったゆえ、知るまい」

「いえ、親たちが話していたことを、おぼえております」

「そうか。そなたの親御たちも、わしを狂したと見たかも知れんの。そう思われても仕方がないほど、そのころは剣に魅入られておった。二年、江戸へ帰らなんだ」

「……」

「おそらく織江は、その間さびしい思いをしたろう。わしの気持がどこにあるかと、疑ったことがあるかも知れん。その隙に、男に乗じられたのだ。女子を誘う言葉を、よく心得ている男だ。ひとにも世間にも疎《うと》い織江をたらしこむぐらいはわけなかったかも知れん」

「どなたのことをおっしゃっているのですか」

「それは言えぬ。その男との決着はまだついておらんのでな。それが済んだら、そなたにも教えよう」

「愚かな姉」

津留はつぶやいた。

「何ということをしたのでしょう」

「死者を鞭《むち》打ってはならん」

源次郎は静かにたしなめて、盃を取りあげると冷えた酒をすすった。織江のことを思うとき、いつもやってくる悔恨にとらえられていた。

「わしにはよく見える。織江は、それが手足をからめとる甘い蜜とは露知らず、一歩一歩男が仕かけた罠《わな》に引き寄せられて行ったに違いない。そう思えばあわれだ。そばにわしがおれば、何事も起きなかったろう。一半の責任はわしにあるというのは、そういうことだ」

「………」

「思うに、わしは剣では何かを会得したが、鶴見の家を継ぐ者としては、何かを失ったらしい。織江の過ちを知ったときに、そう悟った。わしが家を捨てたのはそういうことで、織江のせいではない。離縁したが、わしは織江をさほど怒りはしなかった。蔑《さげす》んだこともない。浅かった夫婦の縁を、もとにもどすという気持だった」

「………」

「織江は死ぬことはなかったのだ。そのことを言ってやれなんだのが、残念でならぬ」

「………」

「そなたが、姉の死を知らせに来た数日前に、織江があの家をたずねて参ったことを知っておるのか？」

「いえ」

津留は、はっと眼をみはった。

「姉とお会いになりましたか」

「それが行き違って、会えなんだ。わしはその日、遅くまで家を空けておった。その留守にきて、織江は二刻半（五時間）もの間、わしを待ったらしい」

「二刻半……」

津留の眼に、また涙が盛り上がった。激しやすいたちのためかも知れないが、津留にはまだ気持の起伏を制御出来ない稚さがあるようだった。

「暇乞いに行ったのですね。姉は死ぬ前に、一度源次郎さまにお会いしたかったのです、きっと」

「たしかに織江は、何かわしに言いたいことがあって来たのだ。それを聞いてやれなんだのがあわれでならぬ。もっとも……」

源次郎は自嘲するように微笑した。

「そう思ったのは、そなたに織江が死んだと聞いたあとだ。来たと聞いたときは、迷惑に思った」

「……」

「あらゆる意味で、わしはよい夫だったとはいえぬ。そなたに恨まれても当然というものだ」

津留のために新しくそばを取り、自分も酒をしまってそばを腹におさめてから、源次郎はそば屋を出た。

外はもう暗くなっていた。筆屋はもうしまったらしかった。また後で来るしかなかった。あれほどにぎわっていた町が、人通りもとだえがちで、ひっそりしている。

「暗くなったが、送っては行かぬ」

「はい」

「話したことは、ほかに洩らしてはならんぞ。そなたの姉思いを知るゆえ、話しておこうかと思っただけでの。本来はわしの胸ひとつにおさめておくべきことだったかも知れぬ」

「私は……」

津留ははっきりした口調で言った。

「話していただいて嬉しゅうございました」

夜になって霧が出たようだった。夜気はあたたかく湿っていた。まだ店を開けている商家の軒につるした灯が、霧ににじんでいる。そのおぼろな光に照らされて、心なし力ないうしろ姿をみせて、津留が遠ざかるのをしばらく見送ってから、源次郎は足を返して両国橋にむかった。

軽業の小屋掛けの前を通ると、提灯《ちょうちん》の光の中で、十数人の男女がいそがしげに動き回っているのが見えた。小屋の前に大八車が置いてあって、そこに荷を積みこんでいるのは、興行を終ってこれから宿に帰るところらしかった。

何気なく見て、源次郎は小屋掛けの前を通りすぎた。すると、車のそばを離れて、源次郎のうしろ姿を見送った者がいた。

人影は二人だった。一人はさっきだみ声で客を呼んでいた呼びこみで、立っているところをみると四十前後の屈強な身体つきの男だった。もう一人は、二十前後の女で、源次郎は知るよしもないが、軽業一座の中で綱渡りで評判をとっている若菜太夫という女だった。

「見たか」

と、だみ声の男が言った。

「見た」

女は短く答えて、なおも、橋の方の闇の中に去って行く源次郎をじっと見つめた。女の表情は、濃い白粉《おしろい》の下に隠れてわからなかった。

源次郎は何も気づかない。津留に会ったことと、酒の酔いが、いささか気持を湿らせていた。橋の上にも、川から湧く霧が立ちこめていた。その中からにじむような提灯の光があらわれて、人がすれちがって行った。

松枝町の裏店にもどると、源次郎は暗い台所で水を飲み、部屋に入って行燈をともした。懐から、民之丞が渡した金包みを出して、灯の下にひろげた。小判で五両入っていた。当分は暮らしの心配をせずに動けそうだった。

――明日は、穏田村に行ってみよう。

と源次郎は思った。

八

翌日、空はくまなく晴れて、源次郎が住む松枝町の裏店にも、朝から日が射しこんだ。雨がつづいている間、なんとなくひっそりしていた裏店の路地が、今朝はひとしきりざわめいたのは、女房に尻を叩かれて、亭主たちが勢いこんで仕事に出かけて行くところらしかった。

左官の手間取り、日雇いといった外働きの連中は、雨の日は仕事にならない。一日稼ぎがなければ、一日居喰いをすることになる。貧しい暮らしのなかでは、そういうことにすぐ気がいらだつとみえて、左隣の助作の家では、雨の間二度も激しい夫婦喧嘩があった。

もっとも隣は亭主よりも女房のおまつの方が体格もよく、力も強い。外に逃げ出したり、組みしかれて悲鳴をあげたりするのは、大方亭主の助作の方だった。はじめの間は、壁もゆらぐほどの夫婦喧嘩におどろいて、そのたびに耳を澄ました源次郎も、そういう事情を知ってからは隣の夫婦喧嘩があまり気にならなくなった。

助作に同情はするものの、不満があればお互いすぐにむしゃぶりついて行くのは率直でよい、と思ったりする。

路地のざわめきを、源次郎は床の中で聞いた。そして亭主を送り出した女房たちが、これもひとしきり声高に喋ったり笑ったりし、ようやく家にひっこんだ気配を聞いてから、床をはなれて飯の支度にかかった。

だがそのまま起き上がったわけではなく、竈《かまど》に火を焚きつけてから、また夜具の中にもどった。時どき首をもたげて火加減を見る。裏店の独居に馴染むにつれて、少しずつ怠惰な暮らしぶりも身について来るようだった。

昼近くなってから、源次郎は編笠をかぶって家を出た。暑い日だった。日射しがもう夏のもので、源次郎は途中から汗をかいた。青山の北裏を六道の辻に出、甲賀組屋敷に沿って少し歩くと、道はまた武家屋敷の間に入った。人気のない長い道を歩いて行くと、やがて仙寿院に突きあたった。

途中では人にも会わなかったのに、寺の門前には、十数人もの人がいて、茶店の床几《しょうぎ》に腰かけたり、門の方に歩いたりしていた。大方は町人風の男女だったが、中には源次郎のように両刀を腰にした年寄りの武家もまじっていた。

源次郎も一軒の腰かけ茶屋に入って、茶を頼んだ。茶屋は背後の深い木立の陰になっていて、時おり身のまわりを吹き過ぎる風が涼しかった。木立の中では、かしましいほど小鳥がさえずり、茶屋の前に照らされた地面を、鳥の影がかすめたりした。

品のいい老婆の手をひいた若い娘が、ゆっくり茶屋の前を通りすぎて、門の方に歩いて行くのを源次郎は見送った。町家の娘だったが、浅黒くひきしまった横顔が、ふっと昨夜会った津留を思い出させた。

——かわいそうなことをしたかの。

運ばれて来た熱い茶をすすりながら、源次郎はぼんやりとそう思った。打ちひしがれたような肩を見せて、霧の中に消えて行った津留のうしろ姿が、眼に浮かんで来た。若い娘に、残酷なことを聞かせてしまったという気もして来る。

だが、津留もそろそろ大人だ、と源次郎はすぐに思い返した。ほんとのことを知ってもいい年ごろだ。

しばらく休んでいる間に、汗ばんでいた膚《はだ》は乾いた。源次郎は茶代を置くと、また笠をかぶって茶店を出た。広い寺地をはずれると、眼の前に畑がひろがった。遠くに穏田村と思われる家のかたまりが見えていた。

源次郎が入って行くと、庭の隅で鍬《くわ》をふるっていた赤石老人が、振りむいて手を休めた。

笠を取って会釈すると、老人は鍬を置いて庭に出て来た。やはりいくらか腰が曲っている。

「先日は突然におじゃまし、失礼つかまつった。今日はこの先の……」

源次郎は、寺がある方角を指でさした。

「仙寿院まで参ったついでに、足をのばして参り申した」

「………」

「よく晴れましたな」

老人が、窺《うかが》うような眼でこちらを見つめたまま口を開かないので、源次郎は話の継ぎ穂がない感じになりながら、そう言った。

すると、老人がぽつりと言った。

「ま、そこに掛けさっしゃい」

源次郎をいざないながら、老人は自分も縁側に寄って腰かけた。大儀そうな身ぶりに見えた。

「奈美が畑に出ておって、茶も上げられぬ」

「いやいや、お構いなさるな」

源次郎は恐縮して言った。老人の嘗《な》めるような眼に射すくめられたようになり、腋の下にかすかに汗をかいていた。うまく昔話でも出来れば、伊能甚内のことを切り出す機会もあるだろうと思っていたのだが、いささか望み薄のようにも思われて来た。

その気分を押し返すようにして、源次郎は言った。

「晴耕雨読の境涯で、うらやましゅうございますな」

「わしは書物は読まぬ」

老人はにべもなく言った。

「ただの野夫じゃ」

「しかし以前はどこぞに仕官でも？」

「いや、親の代からの百姓じゃ。武家奉公は性に合わぬ」

「すると柳生流の剣は、どちらでご修行を？」

老人は源次郎の問いに答えなかった。眼をそらして生垣の外に目をやった。それでまた話が途切れた感じになったが、今度は老人のほうから口を開いた。

「塚本は丈夫か」

「はあ、近ごろはいたって壮健にござります」

「興津が嘆いておったものだ」

老人の声に、いくらか回想のやわらか味が加わったようだった。

「惜しいことに塚本は病い持ちで、いま一歩のところを窮《きわ》めることがむつかしいとな。そなたは鞘見山に興津をたずねて行ったそうじゃが、興津はそなたを見て喜んだのではないかの」

「さあ、いかがでござりましょうか」

源次郎は苦笑した。興津新五左衛門は、源次郎を見ても、さほどうれしそうでもなかったのだ。むしろ迷惑そうに打ち捨てておくほうが多かった。

そして稽古をつけるときは、悪鬼のように手荒かったのを、源次郎は思い出していた。

「そなた、山で無眼流の奥義を許されて来たであろう？」

不意に老人の眼が、刺すように光った。

「それに興津の剣は、山に籠ってからいささか変ったかも知れんの」

「……………」

「どうじゃ。立ち合って、一手わしに興津の剣を見せぬか」

「これは……」

源次郎は意外な成行きに狼狽していた。

「思いがけぬしあわせにござりますな」

「待て待て、いま木刀を持って来よう」

赤石老人は、縁から降りると、いそいそと家の入口の方に回って行った。源次郎にさがった。

老人が投げてよこした木刀をつかみ取ると、源次郎は草履を脱ぎ捨てて、うしろも縁を降りた。

「では、行くか」

老人は言った。握った木刀が、一本の杖ででもあるかのように、老人の腰がぐいとのびた。源次郎は軽く一礼して青眼に構えた。

老人の木刀が、するすると上段に上がった。柄を握る手が左右逆になっているのを、源次郎は見抜いた。老人の木刀は、柄を右肩に引きつけるようにして、顔の右に構えられている。

その構えを、柳生道場で一度見たことがある、と源次郎はちらと思った。一度空打ちし、相手の打ちこみを誘って、鋭く変化する技を隠している構えだった。

老人が無造作に間合いを詰めて来た。と思う間もなく、軽く小手を打って来た。その打ちこみを受け流したとき、老人の右腕に隙が見えた。魅入られたように、源次郎がその隙に打ちこみをかけたとき、老人の身体が信じがたいほど軽がると動いた。次の瞬間、うなりを生じて木剣が襲いかかって来た。

半ば無意識にその打ちこみを弾ね上げ、地を摺《す》ってうしろにさがりながら、源次郎は総身に汗が噴き出すのを感じた。驚きに、胸が波立った。

——これは稽古ではない。

青眼に固めた木刀のむこうに、源次郎は老人の姿をさぐった。赤石道玄は構えをすばやくもとにもどしていた。またたきもしない眼が、源次郎を見据えている。獲物を前にした鷹《たか》のように猛気を隠した姿に見えた。その五体から放射されてくるのは、すさまじい殺気だった。

源次郎は、一度深く息を吐き捨て、静かに息をためながら、構えを天心に移した。

老人の爪先が、わずかに地を噛んで前に出た。立ちどまり、またわずかに前に出る。高く構えた木剣は、微動もせずに、その位置から底知れない威圧感を投げかけて来る。

源次郎は待った。天心は守りの構えだが、敵が間合いに入れば、瞬発して必殺の攻撃に転じる構えでもある。不用意に間合いに踏みこんで来れば、老人の肋骨《ろっこつ》が折れるだろう。

赤石老人の足が、またそろりと前に出て、たしかめるように地をさぐり、止まった。老人は天心の構えの間合いに片足を踏みこもうとしていた。さんさんと降りそそぐ日の光の中に、庭のどこかで睡《ねむ》たげな虫の羽音が聞こえているだけだった。

老人がかすかに身じろぎし、源次郎も静かに身体の重みを爪先に移した。その瞬間、対峙《たいじ》する二人の間に、白いものがふわりと飛んだ。その白いものが漂い飛んで地に落ちる間に、二人ははげしい気合いをかわして飛び違えた。

空で打ち合った木剣が、異様な音を立てた。跳び違えて数間を走ってから、源次郎は握っていた木剣を見た。木剣がささらのように縦に割れていた。

振りむいて、源次郎は老人を見た。老人が手にしている木剣は、切先から二尺ほどのところで折れていた。源次郎は立っている女に眼を移した。

老人が奈美と呼んだその女が、手拭いを投げなければ、老人かおれか、どちらかが重い傷を負ったに違いない、と源次郎は思った。木剣を打ち合ったのは、必殺の技をお互いにわれから避け、勢いを殺し合ったのだとわかっている。

老人は黙然と源次郎を見ていたが、やがてちらと孫娘に眼をくれ、吐き捨てるように言った。

「ふむ。小癪《こしやく》なまねをしおる」

そう言うと、老人は折れた木剣を投げ捨て、すたすたと源次郎の横を通り過ぎて、家に入った。そして次に外に出て来たときは、背に大きな竹籠を背負い、手に鎌《かま》をさげていた。いくらか腰が曲ったうしろ姿は、百姓の老爺に異ならなかった。老人は源次郎を見むきもせず、生垣の門を出て行った。

九

「奈美どのと申されるそうだの。お手前のおかげで助かったようだ」

源次郎は、まだ茫然と立っている娘に声をかけた。

「しかし、何で殺されかかったのか、わからぬ」

源次郎は苦笑した。すると老人を見送っていた奈美が、ようやく青白い顔を向けた。

「でも、もうわけはおわかりなのではございませんか」

「…………」

「ただいま、お茶を進ぜます。どうぞこちらへ」

奈美は源次郎を縁側に誘うと、家の裏の方に姿を消した。

源次郎が縁側に掛けると、しばらくして奈美が家の中から姿を現わし、茶をすすめた。そのときになって源次郎は、喉《のど》がからからに乾いているのに気づいた。むさぼるように茶を飲んだ。

「うまい」

「いま一服、進ぜましょう」

二度目に運ばれてきた茶を、源次郎は今度はゆっくり飲んだ。

「わかっているはずというのは、伊能甚内のことかの？」

「はい」

奈美は源次郎を見返した。頬は血の色を取りもどしている。女の眼が、何かを話したがっているのを源次郎は感じた。

「伊能は、血縁か？」

「いえ」

「すると、老人の弟子かの？」

奈美はうつむいた。伊能について、話そうか話すまいかと迷っているというふうに見えた。

「それがしは、この前も申したとおり、およその見当でここをたずねて来ておる。伊能の剣は老人の剣に生き写しだ」

「……」

「かの男の消息をたずねたために、老人に斬られそうになったらしいが、ぜひとも伊能甚内の消息を知りたい。心当りはござらんか」

「あのひとをたずねあてて、どうなさるおつもりですか」

奈美が顔をあげてそう言った。

「斬り合うつもりでございますか」

「それはなんとも言えぬ。出来れば斬り合いはしたくない相手だ」

「あのひとは、祖父の子飼の弟子でございました」

思い切ったように奈美が言った。

「やはり、さようか」

伊能の父親は、北国のさる藩に仕える定府の藩士だった。赤石道玄の数少ない知人の一人だったが、ある日、非番で郊外を散策しているとき、小川に落ちた村の子を助けようとして、鷹狩りに行く将軍家の行列の直前を横切った。

咎《とが》めを恐れた藩によって、伊能の父は即座に切腹、家は断絶の処分を受けた。一年も経たないうちに、病弱だった母親も死んで、伊能は孤児となった。赤石道玄にともなわれて、この家に来たときは六歳だった。

そういうことを静かな声音で話し、その翌年に、私が生まれましたと言ったとき、奈美の顔にほのかな微笑が浮かんだ。奈美は遠くを見つめる眼になっていた。

「私の父は病弱で、剣にもさほどの冴えが見られなかったそうで、幼い甚内どのに天賦の剣才を見出した祖父は、狂喜したと申します」

「………」

「兄妹のように育てられました。ことに父が死に、母が去りましてからは、まことの兄妹に異なりませんでした。しかしある夜、ひとが来て甚内どのをこの家から連れ去りました」

「八嶽党じゃな」

源次郎は、鋭く奈美を注視した。

「それはいつのことかの？」

「三年ほど前」

「そなた、八嶽党について何を聞いておられる？」

「なにも……」

奈美は源次郎に眼をもどして、首を振った。

「名前を聞いているだけでございます。若いころの祖父がかかわりがあったそうでございます。しかしその夜たずねて参られたお方と、祖父ははげしく口論いたしました。そして、その口論を聞いていた甚内どのが、たずねて来たおひとと共に出て行きました。私が知っておりますのは、それだけでございます」

「ふむ」

源次郎は腕を組んだ。いくらか失望を感じていた。赤石老人なら、もっとくわしいことを知っているはずだと思ったが、老人が話すはずはなかった。奈美の話は、老人がかつて八嶽党に与《くみ》していたことを暗示している。

「その後、伊能には会っておらんだろうな」

何気なく源次郎は言った。せっかくこの家と伊能甚内のつながりをつきとめたのに、何の収穫もなく終りそうな未練な思いに、ふと押し出されたように出た言葉だったが、奈美は意外な反応を示した。

奈美はみじろぎもせず、源次郎を見つめている。源次郎は昂ぶる気持を抑えて言った。

「会われたか？」

「一度だけ」

と奈美は言った。

十

「どこで会われた？」

「小石川御門の外でございました」

祖父の使いで、御茶の水の近くにあるさる家をたずねた帰りだった、と奈美は、伊能のことを残らず話す気になった口ぶりで言った。用を済ませて外に出た奈美は、まったく偶然に神田川の河岸で伊能に会い、水戸屋敷の裏側の町で、そばを馳走になって帰った。

「そばか？」

源次郎は、奇妙な感じに打たれてつぶやいた。昨夜、津留にそばをふるまったことを、ふと思い出していたが、それよりも、八嶽党の中にいながらどことなく孤狼に似た印象をあたえる男が、女にそばを馳走している姿が奇妙に思われたのである。

「それは、いつのことかの？」

「一年ほど前でございましょう。もう少し暑くなったころとおぼえております」

「住居《すまい》がどことかは、言わなんだか」

「場所は言いませんでしたが、その町からさほど遠くないところにいると申しました。そうそ、どこぞのお寺に宿を借りているとか、申したようでございます」

「寺？」

源次郎は胸が躍った。

「その寺の名は、聞かれなんだか」

「聞きましたが、私には申しませんでした」

奈美はうつむいた。

「もともとが、口数は多くないひとでしたが、この家を出て、いっそう無口になられたようでした」

「そのそば屋だが……」

源次郎は思いついてたずねた。

「はじめての店のようだったか、それとも馴染みという感じだったか、そのあたりはいかがでござろう？」

「さあ」

奈美は小首をかしげた。しばらく考えこんだ末に、ようやく言った。

「そう言えば、帰りしなにそば屋の親爺どのと、少し話していたようでございましたが」

「そば屋の名は？」

奈美はまた考えこんだ。

「忘れました。しかし店の在りかはわかります」

「その場所をうかがおうか」

奈美は丁寧にその場所を教えた。それで、あとは聞くことがなくなったようだった。源次郎は立ち上がった。

すると、奈美は入口に回って外に出ると、源次郎を門口まで見送った。

「いろいろとご造作をかけた」

「いえ、祖父が失礼申し上げまして、お詫びいたします」

「ご老人は、伊能甚内がよほどかわいいとみえる」

源次郎は苦笑した。だが、老人との立ち合いが、決して笑いごとでなかったことも思い出していた。

「わしを伊能の敵と見做《みな》しておるらしい」

「私もそのようにお見受けいたしました」

と奈美は言った。だが奈美は微笑し、恐れげもなく源次郎を見ていた。その微笑の中に、源次郎は伊能の剣に対する、奈美のゆるぎない信頼をのぞいた気がした。

「敵ならば、かならず会うことがございましょう。そのときに鶴見さま、あのひとにひと言伝えて頂けませんか」

「はて、何と伝えよう」

「祖父が待っていると、ひと言おっしゃってくださいませ」

だが、そう言ったとき奈美は顔を赤らめていた。早口に言った。

「祖父は、自分の剣を伝える者は、あのひとのほかにいないと、思いきわめているのです。それで、あなたさまにもご無礼を仕かけたようでございます」

「相わかった。伊能に会ったら、そのことを伝えよう」

会えばすぐに剣を抜き合わせることになる相手に、奈美に託された言葉を伝えることが出来るかどうか、心に危ぶみながらも、源次郎はそう言わざるを得なかった。

「八嶽党のことだが……」

源次郎は、まだ残っていた不審に気づいて言った。

「伊能がかの党《くみ》に与したのは、老人の代りということかの？」

「そうではございません」

奈美はきっぱりと言った。

「祖父も私も、行くのをとめました。でも、あのひとはきかずにこの家を出て行きました。八嶽党のことは、くわしくは存じませんが、将軍家をお怨《うら》み申しあげる者たちの集まりと、祖父に聞いております。甚内どのも、深く将軍家を怨んでおいででした」

源次郎はうなずいた。一礼して背をむけた。小川の岸に沿う道まで出て振りむくと、門口にまだ奈美がいて、こちらを見送っていた。

――待っているのは、老人ばかりではあるまい。

と源次郎は思った。行方を絶った伊能を待つ気持は、老人よりも、むしろあの娘の方が強いかも知れぬ、と源次郎は思った。奈美の言葉のはしばし、表情の変化から源次郎が感じたのは、そういうものだった。

だが奈美は、その気持を祖父に打ち明けることも出来ず、ほかに打ち明ける相手も持たないのだろう。だからこそ、伊能の敵であるはずの源次郎に、あそこまで打ち明け、一縷《いちる》ののぞみを託す気になったのだと思われた。そう思ってみると、奈美の姿はひどく孤独に見えた。

茫漠とした話だが、その中に幾つか、探索の手がかりがないわけではない、と歩きながら源次郎は思った。

奈美が嘘をついたのでなければ、そして多分嘘をつく必要もなかったと思われるが、伊能甚内は小石川近辺に住んでいるとみていいだろう。そして寺だ。寺はいたるところにある。その中から伊能がいる寺を探し出すのは厄介な仕事に違いないが、それでも的は少しく絞られたと考えてよさそうだった。そこが伊能が一人で宿借りしている場所なのか、下渋谷村のあの屋敷のように、八獄党の寄り合い場所のひとつなのかはわからないが、小石川近辺にそういう寺があるのだ、と源次郎は思った。

ただし、伊能が奈美にそう言ったのは一年前のことである。伊能がいまもそこにいるという保証はないが、奈美が言ったそば屋が伊能の顔見知りでもあれば、そのあたりのことは確かめられるかも知れない。そう思いながら、源次郎は小石川にむかって足をいそがせた。

水戸藩上屋敷の北裏に回ると、奈美が目印に言った稲荷社をはさむ町があった。もとは餌差《えさし》町といった富坂町のあたりらしいと見当がついた。

源次郎は稲荷社の前を通りすぎて、同じ側の町並みに眼をそそぎながら歩いた。稲荷社から十軒ほど北側、と奈美は言ったが、そば屋らしい店は見あたらなかった。そして歩いているうちに町が切れて、並んでいる寺の前に出た。ひとつは善雄寺という浄土宗の寺で、一方が源覚寺だった。

――ははあ、ここがこんにゃく閻魔《えんま》の寺か。

ぐるりと門前町屋の方に回って、源覚寺の門を遠目に眺めながら、源次郎はそう思った。さほど古くないいわれがあって、こんにゃくを供えて願掛けをすると霊験あらたかだと言われている閻魔堂が、境内の中にあるはずだった。だが日暮れ近い寺門のあたりはひっそりとして、人影も見えなかった。

源次郎は足を返して町の方にもどった。奈美が言った言葉が頭の中にあって、思わず寺に心を惹《ひ》かれたが、そうわけもなく伊能が見つかるとは思えなかった。そば屋を探すのが先だった。

しかし丹念に眼を配っても、そば屋は見つからなかった。奈美は町を間違えたのではないかと疑ったが、目印だと言った稲荷社は確かにある。

源次郎は首をひねって一軒の青物屋の店先に寄ると、笠を取った。ねじり鉢巻をした親爺が、いらっしゃいと言ったが、気のない声だった。

「少少、ものをたずねる」

「へ。何でござんしょ?」

「このあたりに、そば屋があると聞いて参ったのだが、見あたらぬので困っておる」

「そば屋ですかい」

親爺は頰の無精ひげを撫でた。

「この近所にゃござんせんですなあ。そっちの裏通り」

と言って、親爺は前の町並みを指した。

「ぐるっと回って、坂の方から入ったところに大きなそば屋がありやすがね、おい」

店の奥を振りむいて、品物をそろえている女房に声をかけた。

「あのそば屋、何てたっけ？」

「信濃屋ですよ」

源次郎と親爺の問答を聞いていたとみえて、四十恰好の女房は、大根をぶらさげたままこちらをむくと即座に答えた。

「そうそ、信濃屋でさあ、旦那」

「ところが、この通りだと聞いて来た。お稲荷さんの並びで、北に十軒目ほどというと、まさにこのあたりなのだが……」

「お前さん」

店先に出て来た女房が、親爺の尻をつついた。

「旦那は、この店のことを言ってなさるんじゃないのかい」

「あっ」

と言って、親爺は手を打った。

「旦那、おっしゃっているのは、この店だ」

「この店？」

「ここがそば屋だったんで、へい。あっしらが越して来たのは半年ほど前でござんすがね。だもんで、ごらんのとおり、まだひっそり閑としてやすがね、へ、へ」

女房が亭主の尻をつねった。

「その前は確かにそば屋で、何でも神田のほうに越したと聞いてますぜ。一年ぐらい前だそうだな、おい」

親爺が振りむくと、女房がうなずいた。

「潰れたのか」

「そうじゃねえんで。だいぶ儲《もう》かって、にぎやかなところに越して行ったという話でさ。あっしらもあやかりてえもんだと思ってますがね、へ、へ」

「越した先はわからんだろうなあ」

すっかり青物屋に変った店の中を眺めながら、源次郎はやや気落ちして聞いた。

「あっしらにゃわかりませんが、大家さんなら知ってるはずでさ。家はすぐそこですぜ。坂をのぼり切って伝通院さまの手前を、ちょい右に入ったところにしもた屋がござんしてね」

親爺は不意に言葉を切ると、途方もない大声でいらっしゃいと言った。近所の女房たちと見える女の二人連れが、店の方に寄って来るところだった。源次郎は、そこそこに礼を言うと店先を離れた。

「旦那、六兵衛という家ですぜ」

うしろで、青物屋の親爺の大きな声がした。振りむくと、親爺は指を六本開いた両手を、高くさしあげている。通りがかりの者が、親爺をじろじろ見た。

「大家、六兵衛ですぜ」

源次郎は、手にした笠をさしあげて、わかったと合図した。親切な親爺だと思った。

だが大通りに出て坂を見上げたとき、源次郎はひどく疲れているのを感じた。遠くまで歩いたせいもあるだろうが、目指して来たそば屋がなかった気落ちも混っているようだった。いつの間にか日が落ちて、坂の上には暮色が漂っている。

——出直そう。

と思った。伊能甚内の足どりが、わずかでも知れたのは収穫だったが、それですぐに本人が見つかるというわけではあるまい。辛抱のいる仕事なのだ、と思い返していた。

水戸屋敷の塀わきの道は、疲れた足に長く感じられた。薄闇が迫る道に、ぽつりぽつりと人影が動いている。

源次郎を追い越して行った町人風の男が、ふと足をゆるめて立ちどまった。源次郎は、近づきながら、油断なく男を見つめた。源次郎と似た年頃と見え、お店《たな》の手代といったきりっとした身ごなしの男だったが、眼配りが鋭い。すばやい一瞥をあたりに流してから、すっと身体を寄せて来た。

「鶴見どのですな」

男は並んで歩きながら、ささやいた。

「さよう。お手前は？」

「下渋谷村に行った夜、佐五郎と一緒だった者です」

男は自分では名乗らなかったが、その言葉で、源次郎と佐五が彦十屋敷を脱出するのを助けた、あのときの配下だとわかった。

「いや、あの節は世話になった」

源次郎も小さい声で言った。

「その後、探索の模様はいかがかの？」

「ぼつぼつでござりますな」

男はそう言ったが、落胆している様子でもなく、あっさりした口ぶりだった。

「世子公の鷹狩りと例の屋敷と、監視を二手に分けるようなことを申していたが

「……」

「はあ。なにせ人数が少なくきつい思いをしておりますが、ま、ぼつぼつ」

「それは重畳《ちようじよう》じゃ。わしの方もまだ話すほどのところまでは来ておらんが、手がかりらしいものはつかめたらしい。ところで」

源次郎は改めて、並んで歩いている男を見た。

「かち合うということはあるものだの。めったに来ることもない町で、貴公に会うとは思いがけない」

「そのことでござるが……」

男はふと鋭い眼を源次郎に流した。

「今日は、やはり探索の仕事で？」

「さよう。伊能という浪人者の消息を探っている間に、この先の町まで来てしまった」

「やはり」

と男はつぶやいた。

「やはり？　いかがいたした？」

「三日前の夜のことでござる」

男は、ほかの仲間二人と、彦十屋敷を見張っている。来るかどうかわからぬ相手を待つ、忍耐の要る仕事だったが、男たちはそういう仕事に馴れていた。そして三日前の夜、その辛抱が報われた。小人数だったが、八嶽党の集まりがあったのである。

会合が終ると、八嶽党の者は、一人また一人と屋敷を抜け出して行ったが、最後に男女二人が出て来たのを見て、探索の男たちはその後をつけた。男の方は素顔のままで、女は黒衣をまとっていた。この二人は赤坂に来るとそこで別れた。

「それがしと仲間一人は、男の方をつけ申した。それがこの先で……」

男は後を振りむいた。

「見事にまかれましてな」

「その男というのは、伊能という浪人者かの？」

「いや、佐五郎に話したところ、違うようでございますな。顎《あご》にひげをたくわえた、五十近い男でござった」

「おお、あの男」

彦十屋敷で餓狼のような男たちに取り巻かれたときに、伊能のそばにいた男だ。

「まかれたというのは、どのあたりかの？」

「指《さす》ヶ谷《や》へんでござった。それで……」

男はちらと源次郎を見て苦笑したようだった。

「昨日も今日も、こうして探索しておりますが、足どりはつかめませんな」

「すると、伊能もその男も、このあたりの土地につながりがあるということらしいの」

「そのようでござりますな。これで励みが出て参りました」

男は不意に立ちどまった。水道橋を渡ったところだった。

「それがしはここで失礼いたします。あ、それからもう一人の女子の方でござるが、その女子は馬喰町の木賃宿の裏で、姿を消したそうにござります」

言い終ると、男は薄闇の中に機敏に姿を消した。しばらくその後を見送ってから、源次郎は歩き出した。

裏店にもどったとき、源次郎は部屋に上がるのももの憂いほど疲れていた。ようやく中に入って行燈《あんどん》をともすと、源次郎は眼をみはった。部屋がきれいに片づいていた。

――津留が来たらしい。

微かな化粧の香が残っていた。和解ができたということらしいと思ったが、わずかに気重い感じも、胸を圧してきたようだった。

忍びよる影

一

広大な駒場野の中を、百姓姿の一人の男が歩いていた。頰かぶりに顔を隠し、手に杖を持ち、小川沿いの道を奥へ奥へと歩いて行くのは、網差しと呼ばれる役目の男かも知れなかった。

野に枯れいろが目立つそのあたりは、お鷹場になっている。網差しは、将軍家の鷹狩りにそなえて、鳥を餌付けしておく係である。網差しは多く中渋谷村から出ていた。

男は時どき立ちどまって、地面に眼を落としたり、持っている杖で、草むらをかきわけ奥に眼を配ったりした。そして、やがて小川から道をそれると、丈高い芒《すすき》の原の中に入って行った。そこにも細い道がつづいていた。

晴れ上がった空に、遅い午後の日がかがやいている。わずかに風があって、起伏する芒の原の上を、思い出したように風が吹き抜けると、穂がひらいた芒がまぶしいほど日を弾き返した。男の頭と肩が、しばらくその中に動いていたが、姿はやがて、そこも枯れいろが見えて来ている雑木林の陰に回って、見えなくなった。

次に男が姿を現わしたのは、それから一刻（二時間）後で、小川沿いの道からはるかに西に離れたところにある湿地のそばだった。ところどころ水の底が透けて見えるほど浅く広い沼があり、まわりはやはり芒の原だった。

沼から少し離れた場所に、小楢《こなら》の疎林がひろがっている。疎林は途中で二つに切れていて、その切れ目も密生する芒で覆われていた。ちょうどその上に、日が落ちようとしていた。芒の穂絮《ほわた》の先が、金色に染められている。

男は水がにじみ出ている沼の水際にうずくまると、しばらく対岸の草むらのあたりを見つめた。鳥の気配を聞き取ろうとしているような姿に見えた。事実男がそうしている間、入江のようになっている対岸に、水鳥が水をはねるような物音が一、二度した。

だが男は餌をまきに来たのでもないらしく、やがて立ち上がって沼の岸を離れると、小手をかざして暮れて行く日を眺めた。赤い日に照らし出された頰かぶりの中の顔は、公儀探索方の佐五だった。

佐五は芒をかきわけて、さらに数歩雑木林の方に歩いた。そこに細い道があった。道は芒の原の中を北にむかっている。真直ぐ行けば、まだ空に明るみが残る間に、お鷹場の外に出るはずだった。

しかし幾らも歩かないうちに、佐五は立ちどまった。左手に続いている小楢の林が、そろそろ尽きようとしている場所だった。それまで佐五が歩くのと一緒に、林のむこうに透けて動いていた赤い夕日が、佐五が立ちどまったので静止した。

佐五がたたずんだまま、顔だけであたりを見回した。それからゆっくり腰を折り、地面に跪《ひざまず》くと、足をとめさせたものに眼をこらした。佐五が見つめているのは、道を横切ったとみられるひとつの足跡だった。

今日の昼過ぎから、そのあたりに入った者は、佐五のほかにいないはずだった。だが草鞋《わらじ》の足跡はまだ新しく、湿りを帯びている。

考えこむように首をかしげたと見えた瞬間、佐五の身体《からだ》が跳躍して横の芒に隠れた。横に跳んだとき、佐五の手に仕込み杖の刀が光った。すると、佐五のその動きを待っていたように、反対側の芒の原から現われた人影が三つ、佐五を追って道を横切った。柿色の忍び装束に身体を包み、同じ色の布で頬かぶりした男たちだった。

突然の強風に襲われたように、芒の原の一角がざわめき、刀を撃ち合う音が起こった。佐五は三人の男に囲まれていたが、果敢に仕込み杖をあやつっていた。三人を相手に逃げるのは無理と見たのか、それともはじめからその場でケリをつける覚悟だったのか、佐五の剣さばきは覇気に満ちていた。むしろ三人の方が押されているようにも見えた。だがそこから逃げようとする者はいなかった。男たちは、芒を鳴らしながら、無言の死闘をくりひろげた。

一人が、すれ違いざまの佐五の仕込み杖に胸を刺されて倒れた。残る一人を巧みに牽制しながら、佐五は二人目の男を雑木林のそばに追いつめて行った。そして反転して斬りこんで来た男の剣をはね上げながら、腹を刺した。鳩尾《みぞおち》を貫かれた男が、刀を取り落としてよろめいた。

おそらく、刺された敵がもたれかかるように倒れて来たためだろう、佐五の仕込み杖が、そのときぽきりと折れた。佐五ははっとしたように、背後の敵に向き直ろうとした。その脇腹を、追いすがって来た最後の敵の刀が、深ぶかと貫いた。佐五は素手で敵の刀を摑んだ。そして自分を刺した敵を、確かめるように見つめながら、ゆっくり膝を折った。

ひとえぐりして、敵は刀を抜き取った。佐五の指が二本、切り落とされて地面に落ちた。男は見むきもせずに、跪いた佐五の肩に、垂直にとどめの一撃を突き刺した。刃先はおそらく肺臓までとどいたはずだった。佐五の身体が、ゆっくり傾いて倒れた。

ただ一人生き残った男は、はじめに胸を刺された男のそばにもどった。そしてその男が口からおびただしい血を吐いて絶命しているのを見ると、足を摑《つか》んで芒の間を雑木林まで運んだ。そしてもう一度佐五と二番目の男が倒れている場所に引き返して来た。

男はしばらく上から倒れている二人を見おろしていたが、やがてうずくまって仲間に呼びかけた。

「おい」

男は腹を刺された二番目の男の頭を持ち上げ、ひたひたと頰を叩いたが、その男がもう虫の息で、眼も開けず、口もきけないのをみると、無表情に刀を持ち直し、頸《くび》の脈を切った。そして痙攣《けいれん》がおさまるのを見とどけると、前の男と同じように、足首を摑んで雑木林の中まで引きずって行った。日は落ちてしまって、野は少しずつ暗くなって来ていた。男がしていることを、見ている者は誰もいなかった。野のむこうの遠い村から、犬の吠え声が渡って来るだけである。

男は佐五のそばにもどって来た。そして、立ったまま足の先で佐五の頭をつついた。佐五の手が、地を這う蛇のように動いたのはそのときだった。佐五は男の足首を摑むと、のび上がるようにして、男のふくらはぎの急所に、隠し持った鎧《よろい》通しを突き刺していた。

叫び声をあげて倒れた男の上に、のろのろと身体を起こした佐五が覆いかぶさって行った。一瞬の激痛に倒れた男は、はげしく佐五を押しのけてのがれようとしたが、佐五の手足は執拗に男の手足に絡《から》みついて、動きを封じた。そして渾身《こんしん》の力をこめた鎧通しの一撃が、男の胸を貫いた。

しばらく二人は折重なったまま動かなかった。だが、やがて佐五の身体が、男の上から転げ落ちるようにして離れた。佐五は転がったまま、ひっそりと息をついていたが、少しずつ身体を回してうつ伏せになると、今度は虫のように地面を這いはじめた。

前に進んでいるかどうかわからないほどの、緩慢な動きだった。佐五は時どき息絶えたかと思われるほど長い間、じっと地面にうつ伏せたままでいたが、しばらくするとまた顔をあげて前に這った。

そしてついにもとの道まで出た。佐五は半身を道までのり出すと、ゆっくり身体を仰むけた。細い吐息が唇を洩れたが、そのまま佐五は動かなくなった。空に星が光りはじめていた。佐五の眼は開いたままだったが、その光を映しているかどうかは、わからなかった。遠くで、犬がまだ吠えつづけていた。

二

「おや、旦那。おめかしして」

井戸端で米をといでいた女が、立ち上がるとなれなれしく声をかけて来た。

「見違えちゃったよ。袴《はかま》なんかはいたりしてさ。どっかお出かけだったんですか」

「うむ」

源次郎は苦笑した。松平右近将監の屋敷に行って来た帰りだった。

「昔の知り合いに会って来た」

「お友だち？　それとももとのお勤めの上つ方でも？」

「なに、剣術の師匠さ」

と源次郎は言った。なれなれしい口をきく女だ、といつも思うが、そのことがあまり不快でもないのは、相手が少し癖のある顔だが美貌の女だからだろう。

お芳という名で、梅雨明けごろに向かいの裏店《うらだな》に越して来た女である。年は二十ぐらいだろう。川むこうの一ツ目橋近くで、小料理屋に勤めていると聞いていた。

言われてみると、素顔に薄い白粉焼けがある女だった。

「お気をつけなさいよ、旦那」

越して来て間もなく、お芳が源次郎になれなれしい口をきいているのを見たらしい隣の女房がささやいた。

「小料理屋たって、あんた、この節は、中で何をやってるかわからない店が多いらしいからね。変な女につきまとわれたりしたら、お嬢さんがかわいそうだ」

お嬢さんというのは、四、五日に一度ぐらいの割で顔を見せ、源次郎の世話をやいて行く津留のことだった。裏店の者たちは、そういう津留を、源次郎と特別の仲だとみているらしかった。

隣の女房おまつの忠告は、源次郎を苦笑させたが、お芳に対する裏店の女たちの漠然とした反感はよくわかった。女たちは、いつもそんなふうに、お芳のことを話しているのだろう。

お芳は人を見るとき、一瞬相手を見さだめるようにする切れ長のきつい眼をしている。ととのった顔のなかで、その眼が難点と言えば言えた。美貌には違いないが、内心の気性のはげしさを窺《うかが》わせるその顔は、人によって好みが分かれるかも知れない。

だがお芳は、顔だちのきつさを補うように、男を魅惑する見事な身体つきをしていた。腰は厚く、胴は美しくくびれ、小股が切れ上がった肢体は裏店の男たちの眼を惹《ひ》きつけずにはいない。

踊りかなにかで鍛えた身体だな、と源次郎もその姿を見て思うことがある。しなやかで機敏そうに見える身体つきだった。裏店の女たちの間で目立つのはやむを得ないが、そういう女に、裏店の女たちが表面はともかく、内心まで寛容であるはずがなかった。お芳を見る眼にそれがあらわれる。

女たちのそういう眼に、お芳が気づいているかどうかはわからなかった。お芳は見たところは気ままに振る舞っているようだった。源次郎だけでなく、ほかの男たちにも気軽に声をかける。裏店の女たちのさまざまな思惑にもかかわらず、お芳が自分の美しさを鼻にかけたりする女でないことだけは、確かなようだった。

——そこが、この女のいいところだな。

と、いまも源次郎はそう思った。すると背をむけた源次郎に、お芳が作ったような声を投げかけた。

「また来てますよ、あのひと」

津留のことを言っているのだとわかったが、源次郎は取りあわなかった。お芳はうしろで軽い笑い声を立てた。

源次郎が家に入ると、台所から津留が出て来て、お帰りなさいまし、と言った。台所には湯気が立ちこめて、津留はそこで、何か煮物をしているらしかった。

「今日は、どちらへいらっしゃいました？」

源次郎が着換えていると、茶の間に来て坐った津留が不思議そうに聞いた。源次郎の袴姿を、やはり奇異に思ったらしい口ぶりだった。

「ご老中の屋敷まで参った」

「なにか、急なお話でも」

と津留が言った。津留は、源次郎からいまかかわり合っている仕事のあらましを聞いていた。

「うむ。伊能という浪人者を探していると申したが、その男の居場所がわかっての。そのことでご老中と話して来た」

「どうなさるおつもりですか。その男を、つかまえるのですか」

津留は緊張した顔いろになって言った。

「いや、つかまえると申しても、そう簡単なことではない」

源次郎は苦笑した。

「居るところはわかったが、その男は一人ではない」

「それで、ご老中さまは、何とおっしゃいました？」

「それは、そなたに言うべきことではない」

津留ははっとしたように口をつぐむとうつむいた。そのとき、源次郎は、顔をあげて鼻をひくつかせた。焦げくさい匂いがした。

「何か、焦げてはおらんか」

あ、と言って津留は立ち上がると、台所に駆けこんで行った。そのうしろ姿を見送りながら、源次郎は筆耕の仕事机の前に坐った。だが筆に手をのばすでもなく、机に頰杖をついた。

——いつまでもこうしてはおられんな。

と思っていた。台所で楽しそうに何かつくっている津留のことである。

津留が、時どき留守の間に来て家の中を掃除したり、食事をつくったりして行くのを、源次郎はしばらく黙ってみていたが、機を見て津留をつかまえると、きびしい言葉で説教した。事実そういうことを津留の家の者が知ったら、何と言うだろうと思っていた。

だが、そのとき津留ははげしく泣いて、この家に来るのは源次郎のためでなく、死んだ姉のためだという意味のことを口走ったのである。気味の悪いことを言う、と源次郎は思ったが、津留の気持の中に、何か深い思いこみがあるらしいことはわかった。ややもてあました気持で、源次郎はそのとき、しばらく様子をみるしかあるまいと思ったのである。

その後源次郎が何も言わないのを、津留は容認ととったらしかった。今度は源次郎がいるときにも平気で来て、掃除から洗い物、食事の支度までやるようになった。そして根ほり葉ほり源次郎のことを聞きたがった。裏店の者たちの眼を、源次郎はにが笑いする気持で受けとめているが、しかしどこまでも内側に入りこんで来たがる津留を、時にはうっとうしく思うことも事実だった。

だがそう思う一方で、源次郎は幾分怠惰な気持で、津留のすることを眺めていた。津留は、時どき来て源次郎の身の回りを世話するのを楽しんでいるようにみえた。何を考えているにしろ、本人が満足しているなら、それでいいではないかと源次郎は思ったりする。そしてそういう月日が重なると、いつの間にか津留が来る日をぼんやりと心待ちにしている自分に気づいたりした。

だが、そういう怠惰な気持が、ふと水を浴びたように我に返ることがあった。経緯はどうあれ、女を一人死なせた男だ、と源次郎は自分を省みる。津留が、こういう形で身辺にまつわりついているのは、やはり異常なことに思われた。

行燈《あんどん》に灯を入れ、膳を用意すると、津留は部屋の隅にうずくまって帰り支度をはじめた。津留は一緒に食事をすることはない。源次郎も引きとめたりはしなかった。

「津留も、来年は十八じゃな」

源次郎は探りを入れるように言った。

「どこぞから、縁談はないのか」

「まだ、ございませぬ」

津留はあっさり言った。

「しかし親たちは、そろそろ心配しておるだろう。その大事の娘が、わしの家に出入りしたりしていいのかな」

「家の者は気づいておりませぬ」

津留は源次郎に向き直ると、いたずらっぽい微笑をうかべた。

「そのときが参りましたら嫁に行きますゆえ、ご心配なさいますな」

津留が出て行ってしばらくしてから、源次郎は腕組みをといて膳にむかった。焼き魚と千切りにした大根のごま和《あ》え、漬物、それに根深の味噌汁という膳だった。津留は家でもよく台所を手伝うらしく、つましく、しかし巧みに膳をととのえる。

――何を考えているものやら。

源次郎は津留を懸念するようにそう思った。しかしあたたかい味噌汁をすすったとき、また怠惰な気持が訪れて来るのを感じた。

晩飯を済ませると、源次郎は机のそばに行燈をひきよせて筆耕に精出した。およそ二刻、源次郎は熱心に仕事をした。そして兆《きざ》して来た眠気にあくびを誘われて筆をおいたとき、しのびやかに戸を叩く音を聞いた。

三

「どなたか」

土間まで出ると、源次郎は左手に提げた小刀の鯉口《こいぐち》を切りながら、静かに誰何《すいか》した。深夜の客に気は許せないのだ。

「へい。表伝馬町から参りましたが」

戸の外の声はひそやかに答えた。

「頼まれた物をお持ちいたしました」

源次郎は土間に降りると、黙って戸を開いた。お店《たな》者ふうの若い男がするりと中に滑りこんで来た。佐五の配下で、杉江作蔵という男である。

夏になる前、伊能甚内の後を追って、小石川の町に行った日、水戸屋敷のそばで話しかけて来たのが杉江だった。

「ご老中は、どのように申されましたか？」

坐るとすぐに、杉江は言った。

小石川で杉江に会った翌日、源次郎は伝通院そばの大家をたずねた。そば屋の引越し先はそこですぐにわかったが、引き返してたずねて行ったそば屋では伊能をおぼえていなかった。

源次郎は、すぐに表伝馬町の佐五の隠れ家をたずね、事情を話して杉江に会わせてもらった。杉江が探しているひげのある男と伊能は、同じ場所に潜んでいる予感が働いていた。それなら、手分けして探せば仕事は早い。手がかりはあった。伊能が奈美に洩らした、寺にいるというひと言である。

佐五は源次郎の意見にすぐにうなずき、杉江をふくめた五人の配下を源次郎につけてくれた。自由に指図してくだされと言った。

源次郎は、杉江たちと打ち合わせて、小石川御門から北にある町町の寺を虱《しらみ》つぶしにあたった。と言っても、それはたやすい仕事ではなかった。ずかずか入って行って、こういう男がいるかと聞ける事柄ではなかった。まわりから聞きこみ、寺に寄食している浪人者がいると聞けば三日も四日も門前を見張り、時には塀を乗りこえて中を窺うような仕事だった。

そのうえ寺が多かった。いたるところに寺があった。源次郎たちは暑い夏をはさんで四月《よつき》あまり、水戸屋敷から指ヶ谷町を結ぶ町筋を丹念に探索した。そしてついに杉江作蔵が、鼻下と顎にひげをたくわえた男がある寺から出て来る姿を見つけたのである。男は白衣、宝冠に笈《おい》を背負い、手に金剛杖を握る修験者姿だったが、杉江が下渋谷村の彦十屋敷から指ヶ谷までつけて来た男に違いなかった。それが五日前のことである。

その寺は、目ざす町筋から、次第に扇形にひろげた探索の場所の北のはずれで見つかったのである。海尊寺という天台宗の寺で、京の延暦寺の末寺だった。

源次郎たちは、探索の輪を西は白山権現裏の原町あたりまで、東は千駄木山の北までひろげていた。指ヶ谷から駒込の御成道に出て、吉祥寺《きつしようじ》の手前まで行くと、左手に目赤不動の南谷寺がある。そこで御成道から東に入り、吉祥寺の裏手にまわる道があって、そのあたりは畑地だった。その道をかまわず北に行くと、やがて動坂をのぼり切って、田端村に通じる道に出る。寺はそこにあった。

海尊寺は、坂上の畑地に散在する百姓家の間に、まぎれるようにして建っていたが、そのあたりから西の方を見ると、田端村に行く道をへだてて御鷹匠屋敷がまる見えだったのである。

寺には、ひげの男のほかに、数人の正体の知れない男たちが出入りしていることも確かめられた。伊能甚内とは違ったが、浪人姿の男もいたし、物売り、職人とさまざまのなりをした男が出入りしていることを、源次郎たちはここ四、五日の間に確かめている。海尊寺の住職が半年ほど前から本山に呼びもどされていて、かわりの住職はまだ着任せず、留守僧がいるだけの寺であること、仏事のときには、同じ天台宗の南谷寺から住職が来て勤めている、などということも突きとめられた。

本拠かどうかはともかくとして、海尊寺という寺が、八嶽党の巣のひとつになっていることは、間違いないと思われた。源次郎が今日松平老中をたずねたのは、その報告をしてあとの指図を仰ぐためだった。

しかし、指図は受けたが、それについては佐五からべつに連絡があるはずだった。

源次郎は、杉江を訝《いぶか》しそうに見た。

「貴公、佐五の使いではないのか」

「いや」

「そうか。では、まだ聞いておらんのだな」

と源次郎は言った。

「貴公らの探索が二手に分かれたのは、八嶽党が世子公を狙っているのではないかという疑いが出て来たからだが、むろんそれははっきりしたことではない。それで、このまま動坂の寺を見張って、連中の意図を突きとめるという手がひとつある。もうひとつ、そこが八嶽党の巣なら、うむをいわせず斬りこんで始末をつけるというやり方もないわけではない」

「………」

「ご老中は、あとの方をとられた。闇から闇へ葬れというお指図だ。八嶽党の意図を十分におさえられたとは思えぬが、御城にのぼっているとはいえ、ご老中はお身体のぐあいが依然としてよろしくない。その焦りもあるように拝察したな」

「さようですか」

「もっとも、お指図については、われわれがとやこう申すことではない。それがしはむろんお受けしたが、ご老中はその折、佐五を差しむけるゆえ、談合して事を運べと申された。はて、佐五はまだご老中とお会いしておらんのか」

「松崎佐五郎は、死にましてござる」

唐突に杉江が言った。や、と言って源次郎は杉江を見た。一瞬耳を疑ったのは、杉江が話のつづきのように、表情も動かさずにそう言ったからだろう。

「それは、いつのことだ？」

源次郎はようやく言った。

「見つかったのは一刻ほど前でござるが、やられたのは今日の夕刻ごろという見当のようでござる」

佐五は配下三名を連れて、江戸郊外の鷹場を巡視していた。将軍世子家基の鷹狩りの予定が決まると、十日ほど前からその鷹場に入り、くまなく見回って異変の有無を確かめるのが仕事である。お鷹匠支配、お鳥見組頭《くみがしら》には、松平老中から内密の達しが出ていて、佐五たちのお鷹場立入りは黙認されていた。

「このたびは、数日前から中渋谷村の百姓家に泊りこみで、駒場野のお鷹場を見回っている最中でござった。一緒の仲間が、夜になってももどらぬ松崎を探しに出て、見つけた由でござる」

「相手は？」

「八嶽党の者と思われます。松崎の死骸《しがい》のそば近くに、忍び姿の男の死骸が三つあったそうでござる」

「ふむ」

源次郎は腕を組んで考えこんだが、ふとあることに気づいて、顔色が変るほどの衝撃をうけた。

「すると、駒場野の鷹狩りは中止を願わねばならんな。至急にその手配をしてくれんか」

「そのことならご心配なく」

と杉江は言った。

「手配は一応済み申した。とりあえずお鷹匠支配にとどけ、またわれらはご老中にお目通りがかないませんので、われらの支配頭まで、そのことを申しあげてござる」

「さようか」

源次郎はほっとした。

「ご老中のお見込みは、まさに的を射ていたようだ。八嶽党の狙いは世子公にあるらしい。と、するとご老中の指図どおり……」

源次郎は杉江を注視した。

「一刻も早くあの寺に斬りこみをかける方がよいと思われるが、佐五が死んで、貴公らはそうもいかぬか」

「べつに」

と杉江は無表情に源次郎を見返した。

「支配頭からはいずれ、松崎にかわる指図人が送られて来るか、新たに人数が加えられるか、何かの手配はあると存ずるが、それまでは、すでに決まっておることをつづけるのが、われらの勤めでござる。それに、いま申されたことだが……」

「……」

「寺を襲うなら、早い方がいいかと思われますぞ」

「なにか、変ったことでもあったか」

「いや、あるいは気のせいかも知れませんが、どうも見張りを気づかれた気配がござる」

「それが確かなら、猶予は出来んな」

と源次郎は言った。気づかれて、また姿を消されたりすれば、四月《よつき》にわたる探索が水の泡になる。杉江は決心をうながすように言った。

「もし、すぐに決行するおつもりなら、松崎についていた三名も、こちらに集めますが……」

「それが出来れば貴公らが八人、それがしと九人ということになるな」

源次郎は、動坂の寺にいる敵の人数を胸の中で数えた。夕刻になると、どこからともなく集まって来る人数は五、六名。ほかに、源次郎もまだ見かけておらず、杉江たちの報告にもないが、伊能甚内が加わっていることを勘定に入れなければならぬ。

「やるとすると、そちらの手配はいつつくかの」

「散らばってはおりますが、明日の昼までには、すべて連絡がつきましょう」

「では、決行は明日夜と定めよう。集まる時刻は六ツ半（午後七時）、場所は石不動のそばといたそうか」

「心得ました」

「それがしの勘だが……」

と源次郎は言った。

「あの寺にひそんでいる連中が、おそらく八嶽党を牛耳る頭株だ。あのひげの男を、下渋谷の例の屋敷で見たときの感じがそのようだった」

佐五と二人で、塀を乗りこえて屋敷に入った夜、床下で聞いた話し声は数人だったが、その数人が、いま動坂の北にある寺に潜んでいるという感じがした。そしてその男たちは、その夜の乱闘に少し遅れて外に出て来たのである。

ひげのある五十がらみの男、伊能甚内、商人のような身なりで恰幅がよかった男。源次郎は、乱闘のわずかな休止の間に、月の光で見た男たちの姿を思いうかべていた。

すな」
「だとすると、うまく行けば、明日の襲撃で八嶽党の心ノ臓をとめることも出来ま
「そういうことになる。お手数でも、そちらの人数を集めて頂くぞ」
と源次郎は言った。杉江はうなずいて、では明日と言うと、一礼して立ち上がった。土間に降りて杉江を見送ると、源次郎は厳重に心張棒をかって、茶の間にもどった。杉江が裏店の木戸を出たとき、それまで軒下に貼りついていた黒い影が、音もなく羽目板をはなれて木戸の方に消えたのには、むろん気づかなかった。

公儀探索方の杉江作蔵は、松枝町の裏店を出ると、元誓願寺前の通りに出、さらに北に歩いて俗にけだもの店《だな》と呼ぶ町通りを抜けて柳原土手に出た。

杉江の隠れ家は、一石橋に近い品川町うちにある。松枝町からは主水河岸に出て、今川橋を渡るのが早い。だが杉江は、主水河岸とは逆の方角に歩いていた。筋違御門まで神田川に沿って歩き、そこからぐるりと、三河町を迂回して家にもどるつもりになっていた。

そういうやり方は、もともと自分の足跡をくらますための心得であるはずだが、杉江にとってはすでに一種の習性になっている。人の通いもない深夜で、しかも月もない暗い夜空の下で、杉江はやはりいつものように遠く暗い道を選んだ。

だがその夜は、いつものその習性が災いしたというべきだった。土手沿いの河岸道に出るまでは、それでも一人、二人の提灯《ちょうちん》をさげた人影を遠くに見かけたのだが、河岸に出ると、人の気配はばったりと絶えた。

もう少し早い時刻なら、茣蓙《ござ》を胸にかかえた夜鷹が出没する場所だが、夜鷹も巣に帰って、道には籾蔵《もみぐら》の細長い建物がぼんやりと浮き上がっているだけである。

杉江が手前の籾蔵の横を通りすぎ、次の籾蔵の陰に入ったとき、二つの建物の間から滑るように道に出て来た黒い人影が、杉江の背後から襲いかかった。うしろから抱きつくように、杉江の腹に手を回したときには、敵の右手に匕首《あいくち》が躍っていた。のがれるひまもなく、杉江は脇腹を刺されていた。

杉江は敵の手をふりほどくと、すばやく離れて懐から匕首を取り出し、鞘《さや》を捨てた。にらみ合った二つの影が、吸い寄せられるように踏みこんだ一瞬、触れ合った匕首が闇に火花をこぼした。二人はすれ違ってまた睨み合った。

次に仕かけて行ったのは、杉江の方からだった。だが踏みこむと同時に、杉江の身体は自分から大きくよろめいた。敵はやすやすと身をかわした。杉江はすぐに身体を立て直したが、荒い息を吐いて、刺された脇腹をおさえた。すぐにまた杉江が踏みこんで斬りかかった。

しかし匕首は闇を裂いただけだった。杉江は体勢を崩して、どっと膝をついた。

その横を、風のようにすり抜けながら、敵が杉江の胸に匕首を突き立てて行った。突き立てた匕首をそのままに残して、三間ほど走り抜けると、敵は佇立《ちょりつ》したまま、杉江の様子を見まもった。

杉江作蔵は声を立てなかった。膝を折って地面に坐りながら、胸に刺さっている匕首を抜こうとしている。そうしながらも、杉江の息は次第にか細くなっていった。杉江は胸の匕首を抜いたが、同時に前にのめって、そのまま動かなくなった。

杉江を刺した敵は、なおもじっと立って様子を窺っていたが、やがて足音もなく近づくと、跪《ひざまず》いて杉江が握りしめている匕首を、ゆっくりもぎ取った。立ち上がって、またしばらく敵は杉江を見おろしていたが、急に背をむけると、足早にそこを離れた。闇にまぎらわしい黒装束の敵だった。

杉江を斃《たお》した敵は、さっき杉江が来た道を逆にたどっている。土手下の道からけだもの店の道筋に入り、元誓願寺前の通りを横切ると松枝町に入り、そして足音もなく鶴見源次郎が住む裏店の木戸に入った。町は眠っていて、誰もその姿を見咎《みとが》めた者はいなかった。

四

翌朝、源次郎は早く眼ざめると、手拭いをさげて路地の井戸端に行った。顔を洗っていると、木戸の外から人が入って来て、それが隣の助作夫婦と左官の手間取りの喜平だった。三人ともうそ寒いような顔をしている。

「どうした？　ずいぶんと朝早いではないか」

顔をふきながら源次郎が声をかけると、助作の女房おまつが、声をひそめて答えた。

「いま、死人を見て来たんですよ」

「死人？」

「この先の土手っぷちでさあ」

と助作が引きとって言った。

「死人が転がってると知らせる奴がいたもんで、見に行って来たとこですがね。いや無残なもんだ。こいつなんざ、もうちっと見ていたいって顔をしてたが、あんなもんは見るものじゃねえや」

「見ていたいなんて、あたしゃ言わないよ」

「言ったとは言ってねえよ。そういうつらしてたということよ。隠すよりあらわるるはなしってな。気の強えあまだから、おめえは」

「何だい、何が言いたいんだね」

「その死人というのは、男か、女か」

源次郎は、夫婦の言い合いに割って入った。

「まだ若え男さ。年は旦那ぐらいかな」

と、手間取りの喜平が言った。

「どっかのお店者だね。かわいそうに物盗りに襲われたらしいや」

源次郎の胸にぽつりと疑惑が湧いた。一たん打ち消して家の方へもどりかけたとき、その疑いは急に胸の中にひろがって、杉江作蔵の顔が浮かんで来た。

源次郎は、まだ井戸端でしゃべっている三人に、わしもちょっと見てくるかと言うと、何気なく木戸を出た。だが、通りへ出ると走った。

土手下の道には、黒山の人だかりがしていた。役人が来て、死骸のそばにうずくまったところだった。人垣の間から、源次郎は杉江作蔵の青白い死顔を見た。

源次郎は、思わず人をかきわけて前に出た。杉江の死骸はゆうべ裏店をたずねて来たときの姿のまま、顔を少し横にむけて横たわっている。源次郎は茫然と腕を組んだ。

「参蔵、ちょいとこいつをみな」

死骸のそばにうずくまった役人が、顔をあげて、うしろに声をかけた。黒羽織の裾をはしょって、細身の長脇差を一本腰にぶちこんでいるその男は、町回り方の同心らしかった。三十前後の小肥りの男で、まだ眠気が去らないように、腫れぼったたい顔をしている。

同心が声をかけると、それまでふえつづけるやじ馬をおさえていた四、五人の男たちの中から、四十恰好の男が死骸のそばに来て、同じようにしゃがんだ。十手を手にしているところをみると、岡っ引といった男なのだろう。

二人は額を寄せあうようにして小声で話しながら、十手で死骸をつついたり、襟《えり》を押しひろげて胸のあたりをのぞきこんだりした。

「いつごろやられたものでござろうな」

源次郎が声をかけると、同心と岡っ引は、顔をあげて源次郎を見た。

「知りあいかね」

眠そうな顔のままで、同心がそう言うと、顔の黒い岡っ引が、きらりと眼を光らせて源次郎を見た。

「いや、そうではないが」

「そうさな」

同心は源次郎を、刀は帯びていないが武家と見たらしく、死骸に眼をもどしながら答えた。

「血の乾きぐあいからみて、今朝じゃないな。昨夜遅くといった見当かな」

「傷は？」

「刺し傷だ。ま、匕首《あいくち》だろうな」

同心はもう一度顔をあげて、じろりと源次郎を見た。

「ほんとに知らない男かね」

「いやいや、知らん」

源次郎は首を振って、あとは口をつぐんだ。これ以上何か言うと、しつこく問いただされそうな気がした。黙ってみていると、やがて戸板とむしろが運ばれて来て、杉江の死骸は戸板に移された。近くの自身番に運ぶのだろう。

人垣が崩れたのをしおに、源次郎は、まだしばらくは動きそうにないやじ馬に背をむけて、その場を離れた。

——杉江はつけられていたのか。

と思った。つけられて、源次郎と会ったあと殺されたとすれば、動坂の寺に踏みこむのはいそがなければならないのだ。源次郎は、見張りを気づかれたかも知れないといった、杉江の言葉を思い出していた。

裏店にもどると、井戸端に四、五人の女たちが集まって話しこんでいた。おまつを囲んで、女たちが深刻そうな顔をしているのは、おまつが見て来た死人の話を聞かせているらしかった。

「旦那、見ました?」

木戸を入った源次郎に、目ざとく気づいたおまつが声をかけて来た。

「ああ、見て来た」

「あたしらも、ちょっと行って来ようか」

おふでという鋳かけ屋の女房が言ったのに、源次郎は手を振った。

「もうおしまいだ。役人が運んで行った」

それで女たちは見に行くのをあきらめたらしく、またおまつに向き直った。

源次郎は家に入って、朝飯の支度にかかった。昨夜は佐五の死を聞き、今朝は杉江作蔵の死骸を見た。そのせいか、さすがに胃の腑のあたりが重苦しかったが、今夜のことを考えると、飯は抜いたりしない方がよさそうだった。

ふと、源次郎は葱《ねぎ》をきざむ手をとめて、宙をにらんだ。あることに気づいて、愕然としていた。

——今夜？

杉江とかわした約束が頭の中にあって、今夜動坂の石不動に行けば、そこに杉江の仲間が集まって来るような気がしていたが、それは錯覚だった。杉江は、この裏店を出て間もなく殺されたとみるしかなく、そうであれば昨夜約束したことは、むろん仲間に伝わっていない。それは源次郎が、杉江にかわって伝えるしかないのだ。

——だが、どうして伝える？

源次郎は庖丁を置いて、茶の間に入った。そして机の前に坐って考えこんだ。

松平老中に言われて、佐五をはじめとする公儀探索方の者と一緒に働いて来たが、源次郎は、彼らがどこに住んでいるか知らなかった。ただ一カ所、赤坂の表伝馬町にある佐五の隠れ家を知らされていただけである。

死んだ杉江作蔵をふくめて、佐五の下で働いている者は、組屋敷を出てそれぞれ江戸の町に散らばっていると聞いていた。そう聞いただけで、源次郎は佐五の隠れ家のほかは、杉江の家すら知らされていないのだ。源次郎は、強いて聞かなかった。用があれば、佐五なり杉江なりが、むこうからたずねて来たし、またどことなく、佐五たちが源次郎にもそれを隠しているようにも思われたからである。

源次郎のその遠慮が、いま裏目に出ていた。杉江が今夜集めるといった佐五の配下が、いま市中のどこかに七人ひそんでいる。だがその場所はわからなかった。

杉江作蔵と相談したことを、伝える方法がまったくないわけではない。たとえば、もう一度松平老中に会って事情を告げ、佐五たちを支配している人間に連絡してもらって、そちらから人を回してもらえば、佐五の配下を集めることが出来るだろう。

——しかしそれでは、今夜の仕事は無理。明日のことにしても間にあうかどうか。

と源次郎は思った。そうかといって、組屋敷にじかに行ってそんな話をしても、おそらく相手にされまいという気がした。佐五や杉江のような男たちについて、源次郎は日比谷御門外と雉子《きじ》橋御門内に組屋敷があるぐらいのことしか知らなかった。そしてその中の人の暮らしとか、勤めの仕組みとかいうことになると、模糊として霧に包まれているものをみるように思うばかりである。

杉江の連絡が途絶えたのを知って、仲間がここをたずねあてて来るかも知れない、とも思ったが、その考えはすぐに消えた。あてに出来ることではなかった。そして、もし来ても、今日明日のことでなければ、おそらく役に立たないだろう。明後日では、多分遅すぎる。

源次郎は険しい顔になった。一人で斬りこむしかないかと、ふと思ったのである。敵の中に伊能甚内がいることを考えると、その考えは明らかに無謀だった。だが、杉江が敵に気づかれたかも知れぬと言い、その杉江が殺されたいま、人数をそろえるのに手間どってはいられないという気もして来る。判断に迷って、源次郎は頭を熱くした。

――待てよ。

源次郎は坐り直して、部屋の一点を見つめた。

動坂の寺の近くに行けば、今日も杉江の仲間が見張りをつづけているかも知れないと気づいたのである。

佐五は、寺を探索するために、杉江作蔵ほか四人を、源次郎につけてくれた。といっても、実際にはその男たちと一緒になって、寺を捜し回ったわけではなかった。手分けしてばらばらに動き、源次郎は杉江のほかの男たちとは杉江との打ち合わせを通してつながっていただけである。ほかの四人については、名前も知らされていない。

だが会えば顔はわかる。寺の探索にかかる前に、佐五の家に一度だけ寄りあつまって、打ち合わせをやっているからである。

寺の見張りは杉江にまかせておいたが、死んだ杉江がその手配を残していれば、その中の誰かが、今日も海尊寺の近くにいるはずだった。

その考えは、重苦しく閉ざされていた源次郎の胸に、一条の光をあてたようだった。その男が見つかれば、すぐにほかの者にもつながりがつくだろう。源次郎はあわただしく台所に入り、中断した飯の支度にかかった。

五

一刻後、源次郎は駒込を歩いていた。御成道から右に入って行くと、あたりは青物畑と植木の苗床になる。広い苗床には、まだ丈の低い松や黄楊《つげ》の苗木が、秋の日射しを浴びて行儀よく遠くまでならんでいた。左側の青物畑には、二、三人の百姓の男女が鍬《くわ》を使っていて、鍬をふるう合間にかわす声高な話し声が、道を行く源次郎の耳にとどいて来た。

左手には、畑越しに吉祥寺の裏塀が見えた。塀の上から突き出した寺の高い甍《いらか》が日を弾いている。右側は傾斜して千駄木山に続き、山の雑木林は黄ばみはじめていた。

おだやかな秋の昼景色がひろがっていて、かぶっている笠のうちが暑いほどの上天気だったが、源次郎は軽い緊張にとらえられていた。寺にたむろしている連中と、道のどこかですれ違ってもおかしくない場所に踏みこんでいる。

源次郎は油断のない眼を前方に配りながら、足ばやに畑の間を通りぬけ、御鷹匠屋敷の前にさしかかった。屋敷は、まだ門が閉じられたままでひっそりしている。長い塀が坂下まで続いていた。

御鷹匠屋敷の前を通りすぎると、道のそばに石不動の堂があった。ゆうべ杉江作蔵と落ち合う約束をした場所である。

石の不動尊像をまつる小さな堂だが、御成道そばの南谷寺にある目赤不動は、もともとここにあったのを移したもので、石の不動はその跡にまつったものだと聞いている。そのためか、南谷寺の不動にお参りに来た者がここまで足をのばすことがあるとみえ、堂の前には線香や供物の跡が散らばっている。そして堂のそばに乞食が一人、むしろを敷いて坐っていた。お参り客をあてにしているのだろうが、頬かぶりしてうなだれている姿は、こころよい日射しを浴びて、そこで日向ぼっこをしているように見えた。

坂をのぼりきると、また畑がひろがり、あちこちに、木立に囲まれた百姓家が見えて来た。その間から海尊寺の高い欅《けやき》と黒っぽい寺門がのぞいている。

足どりをゆるめて、源次郎はゆっくり寺に近づいて行った。百姓家の角を曲ったところで、歩きながら寺の門前に眼をくばったが、人影は見あたらなかった。百姓家の裏を通りすぎたところで、門前の畑で鍬を使っている百姓が一人眼に入って来た。その男に、源次郎は鋭い眼をそそいだ。寺の出入りがひと眼でわかる場所にいるその男が、佐五の配下の変装ではないかと疑ったのである。

男は心なしかゆっくり鍬を使っているように見える。頬かぶりをしていて、顔はよく見えなかったが、身体つきなどから三十半ばと思える男だった。ほかに人影はなかった。

源次郎は寺の門前を通りすぎた。開かれたままの門から境内が見えた。中は落葉が散り敷いているだけで、人影もなくひっそりしている。その静かすぎる門内が、源次郎の胸にまたかすかな焦りを呼び起こした。

杉江を刺したことから推して、八嶽党が、こちらの動きにある程度気づいていることは確かだと思われた。連中はすでにここを引きはらって、ほかに移ってしまったのか。
源次郎は寺の前を通り、その先に数軒の百姓家がかたまっている一角に行きつい
た。そこで振り返って、さっきの百姓男を見た。いつの間にか、男のそばに小さな
子供がいた。そして源次郎が見ているうちに、男は鍬の手を休め、手をのばして子
供を抱き上げると、そこからあまり離れていないところに、二軒ならんでいる百姓
家の方に歩き出した。
男はやはり近所の百姓だったようである。右手に鍬をさげて帰るところをみると、
飯刻になったので子供が呼びに来たというふうに見えた。男と子供が去ると、寺の
近くには人影が絶えた。まぶしいほどの真昼の光が、野に降りそそいでいるだけだ
った。
——杉江は見張りを残さなかったのか。
それらしい男がひそんでいるようでもない、がらんとして明るい村の中を通り抜
けて、坂の方にもどりながら、源次郎は眉をひそめた。
その考えは、どこか胸に馴染まなかった。ぴったり来ないところがある。杉江作
蔵という男と、そうひんぱんに会っていたわけではないが、数度顔をあわせる間に、
およその人物はのみこめたという気がしていたのだ。心利いた男だったのである。
その男が、見張りに穴をあけるような手抜かりをするだろうか。

「あ」

不意に、源次郎は立ちどまった。さっきの乞食が頭にうかんでいた。

見張りは、必ずしも寺の門前に貼りついているとは限らないのだ。杉江たちは、寺に出入りする人間一人一人の、顔から姿恰好までそらんじているはずだった。そしてその男たちが、市中への行き帰りに、石不動の前の道を通るとすれば、何もわざわざ危険な寺の門前をうろつく必要もない。石不動の堂のあたりで監視していれば、おおよその動きはつかめるに違いなかった。源次郎は足をいそがせて、坂にむかった。

堂の前まで来ると、あぐらの中に首を落としこむようにして、乞食が居眠りをしていた。あきらかに舟を漕いでいる。

源次郎の胸を落胆がかすめた。あらためて見直しても、眼の前にいるのはただの乞食のようだったからである。破れ、朽ちかけた着物を何枚も重ね着して、乞食男は蓑虫《みのむし》のように膨れ上がって坐っている。頬かぶりの下から、埃に汚れた蓬髪がのぞき、手足は苔《こけ》が生えたように垢にまみれ、ところどころに腫物が吹き出している。そばに寄ると、何ともいえない異臭が鼻先に押し寄せて来た。

思い違いだったらしいな、と源次郎は思った。第一、これが杉江の仲間だったら、こう気持よさそうに居眠りしているはずはない。

「おい」

それでも、念のために源次郎は声をかけた。乞食は眼をさまさなかった。

「これ、起きぬか」

源次郎は肩に手をやってゆすった。すると、やっと乞食が顔をあげた。その顔を見て、源次郎は眼をそむけた。垢だらけの顔には、すさまじい腫物が吹き出て、押さえた膏薬《こうやく》を下から押し上げている。乞食はじろりと源次郎を見上げた。

「や。眼をさまさせて悪かった」

源次郎は詫びると、いそいでその場を離れた。肩にさわった指先から、しばらくはむず痒《がゆ》いような感触が皮膚を伝って走るのを感じた。

「さて、どうする？」

御成道に出る畑中の道をたどりながら、源次郎は思わずひとりごとをつぶやいた。決断をせまられているという気がした。

佐五の配下との連絡が、ぷっつりと途絶えたことは間違いなかった。もう一度連絡をつけるためには、杉江の死を知って、むこうから連絡して来るのを待つか、松平老中に会って、しかるべく手配してもらうか、そのどちらかしかない。

だが、源次郎の勘は、それでは遅すぎると言っていた。その間に、八嶽党はあの寺から姿を消すだろう。

——やはり、一人で斬りこむしかないか。

と思った。せめて一人二人の助勢が欲しい気がしたが、いまはそれしか方法がないように思えて来た。

師の塚本喜惣のことを考えた。事情を打ち明ければ、塚本は助勢を惜しまないだろうが、事は幕府の秘事につながっている。かかわりのない人間を、八嶽党との暗闘に巻きこむのは慎むべきだ、という気がした。細田民之丞は事情をのみこんでいるが、剣術は下手で、助勢役という柄ではない。第一そういう話をしただけでおぞけをふるうだろう。

——おう。

一人いるぞ、と思ったのは御成道の往還に出て、急に人ごみの中に巻きこまれたときだった。源次郎は、不意に胸がひらけたような気がした。脳裏に、背が低く、小肥りの中年男の姿がうかんでいる。腹が出て、笑っているようなおだやかな眼をしているが、その男は一刀流の剣士だった。

松平上総介《かずさのすけ》の家臣で白井半兵衛。上総介は白井の腕が必要なときは、いつでも言えと言ったのである。

——白井がいてくれればいいが。

源次郎は、八丁堀の白河藩江戸屋敷を目ざしていそぎながら、そう念じた。

六

白河藩江戸屋敷の玄関で、源次郎は白井半兵衛に訪《おとな》いを入れた。

取次ぎの者は心得たふうにひっこんだが、すぐにはもどって来なかった。所在なく入口まで出て、源次郎は外を眺めた。そこから門の出入りが見えて、時どき武家や町人姿の者が門を出たり、入ったりしている。

しかしそのいずれもが、玄関を横に見て、迷う様子もなく、長屋がならんでいる横手の方に回って行くようである。源次郎がいる玄関は、いつまでも静かだった。

——訪いを入れる場所を間違えたか。

あるいはそうではなく、白井が留守なのかと、いささか心配になったころに、右手の廊下から足音がして、白井半兵衛自身が、ひょっこりと姿を現わした。

「やあ、しばらくでござった」

白井は源次郎を忘れていなかったらしく、細い眼を笑いにくずして、親しげに挨拶した。源次郎も挨拶を返して、さっそくだがと言った。

「貴公にお願いがあって参った」

「ま、ま、上がられい」

白井はにこにこしながら、身ぶりをそえて上がれとすすめた。

「緊急の願いごとゆえ、ここで申しあげたいが」

「若殿が会いたいと申されておる。暫時《ざんじ》よろしかろう」

「さようか」

源次郎はなんとなく億劫な気がしたが、仕方なく式台に上がった。もともとここへ来るつもりはなく、いつもの着流し姿で家を出ている。それも気になった。白井のうしろから廊下を歩きながら、そのことを言った。

「上がるつもりはなく、この恰好だが構わぬかの」

「いっこうに。気にされるな」

と白井は答えた。肥っているだけでなく、白井は背丈もない。歩きながら、ちらと仰ぎみるように源次郎を振りむいた。

「それがしにご用というのは、例の一件でござろうか」

「さよう。急な話で申しわけないが、進退きわまって、貴公の助けをもとめに参った」

「うけたまわる」

白井は前を向いたまま言った。

「で、いつ？」

「今夜」

「相手は……」

白井は、またちらと源次郎を振り返った。

「やはり八嶽党とか申す……？」

「さよう」

白井はうん、うんとうなずいた。そのままあとは無言で先に立って行く。

広い屋敷だった。ひと気のない部屋が西側につづいたかと思うと、執務部屋と思われる、人のざわめく大広間の横を通ったりする。そして二人は、渡り廊下を過ぎて別棟の建物の中に入った。

「ここでござる」

白井はひとつの部屋の前で立ちどまると、襖《ふすま》をあけて源次郎をまねき入れた。人はいなかったが、そこは松平上総介の居間らしかった。明るい午後の日が射しかけている丸窓のそばに、材は紫檀《したん》と思われる机が据えられ、その上に書物や硯箱《すずりばこ》がのっている。

書物は机のそばにも堆《うずたか》く積んであり、なお余って床の間の上までのせてある。その書物が一分の乱れもなく、きちんと重なっているのが、上総介というひとの性格を思わせるようだった。

「沢山のお書物でござるな」

坐りながら源次郎が言うと、白井は、は、はと笑った。

「どなたもそう言って驚かれる」

いまお呼びして参るゆえ、少しお待ちくだされと言って白井が出て行ったあと、源次郎はもう一度部屋を見回した。床の間の軸のほかは何の飾りもない、簡素な部屋だった。書物だけが目立った。

上総介というひとは、この書物をみな読むのかと、源次郎はいくぶんへきえきするような気分で書物を眺め、同時に、書き損じの反古《ほご》が散らばっている細田民之丞の部屋が、ちらと頭をかすめるのを感じた。

民之丞が上総介を嫌っている気配なのを、源次郎はいわれない反感のように思っていたのだが、なるほど合わないわけだという気がした。そのことを、会っているわずかの間に見抜いた民之丞を、見直す思いだった。

「や、待たせたの」

不意に襖が開いて、上総介が入って来た。あとから白井もつづいて、襖をしめた。上総介は、なにか武芸の稽古でもしていたらしく、紺の稽古着に粗末な袴《はかま》をつけていた。手拭いを握っている。

「鶴見と申したかの？」

顔に流れる汗を拭きおわると、上総介はそう言って、ひたと源次郎を見据えるような眼をした。源次郎はもう一度辞儀をした。

「は。突然におじゃまつかまつります」

「白井に用だそうだが、わしも一緒に聞かせてもらってよいか」

「むろんでござります」

「楽にせい。そうかしこまらんでよい」

上総介は鷹揚《おうよう》な口調で言った。

「じつは例の八嶽党の、頭株と思われる者の住処《すみか》を突きとめましてござります」

「ほう。それはよくやった」

「ご老中のお指図を仰ぎましたところ、即刻処分せよとのご命令でござりましたが、手が足りませぬ。そこでさきに仰せられたお言葉に甘え、白井どののご助勢を頂こうかと、こなたさまに参上いたした次第でござりますが」

「よろしい。半兵衛はいつでも貸してつかわす。この男は役に立つぞ」

「有難い仰せにござります」

「それはいつのことか？」

「は？」

「いや、連中を始末するのは、いつかと聞いておる」

「事情あって、今夜すぐにとりかかります」

「せわしないの」

上総介は源次郎と白井を見くらべるようにして言った。

「先方の人数は？」

「およそ数名と思われます」

「こちらは何人じゃ」

「白井どのにご助勢頂いて、二人でござります」

「や、あの者たちはいかがいたした」

上総介は驚いたようだった。

「右近将監が使っておった探索の人間は、助勢に加わらんのか」

「それが、手違いがござって、急には連絡がつきませぬ。一方今夜をのがせば、あの者たちがいずれかに住処を移すおそれがござります。二人ではいささか不十分という気もいたしますが、この際止むを得ぬことでござりまして」

「相わかった」

上総介はうなずいた。そのまま少し考えこむようにしたが、今度は半兵衛を見て口を開いた。

「二人か。半兵衛はどう思うな？」

「数名ということでござれば、何とか」

「屋敷から、ひそかに人数を添えるか」

「いや」

半兵衛はゆったりした口調で答えた。

「ほかに洩れてはならぬ秘事とうけたまわっております。鶴見どのが申されるとおり、われらだけで立ちむかうほうが、よろしいかと存じまする」

「よし。二人にまかせよう」

上総介は、自分が命令をくだした者のような言い方をした。

「右近どのは、八嶽党が、世子公にむけて何ごとか画策しておると、穏やかならぬことを申していたが、まことかの」

「しかとした証拠はございませぬ。しかしそれらしい動きが二、三見えておりまして、油断はならぬと存じます」

「明後日の駒場野の鷹狩りが急にお取りやめになったのは、そのこととかかわりがあるかの？」

「や、もはやご存じで？」

「その鷹狩りには、わしも招かれておっての。昼前に、中止という使いが参った」

「これでひと安堵つかまつりました。じつは世子公の鷹狩りにそなえて、下見をしておりました公儀探索の者が、駒場野の内で殺害されました」

「ほほう、やはり八嶽党のしわざか」

「さようにござります。これには確かな証拠がござります」

「不思議なことだの」

上総介は眉をひそめた。怜悧《れいり》さが表に出ている顔に、めずらしく困惑した表情がうかんでいる。

「そなたたちも知っておるように、八嶽党は連綿、将軍職の継承に邪魔をいれて来た徒党だ。だから世子公に何ごとか仕かけようとしておるとしても、一見理屈には叶《かな》うようにみえる」

「…………」

「しかしじゃ。これまでの例をみると、八嶽党の暗躍は、いずれも将軍家の交代の時期に限られておる。しかるにいまはどうかといえば、お上も世子公もいたってご壮健、将軍職交代の動きもない。そういう時期《か》に、いえば平地に波乱を呼ぶ形で八嶽党が動いているというのは、これまでの彼の党のやり方と異なる。ここがひとつ不思議じゃな」

「いかにも、仰せのとおりでござります」

と源次郎は言った。

「不思議の二は、記録によれば、これまではちらとも姿を見せなんだ八嶽党が、そなたや公儀探索の者のはたらきがあるとは言え、派手に姿をあらわして動き回っておることじゃな。さながら自滅をいそぐような、彼の党らしからぬ……」

上総介は言葉を切って源次郎をじっと見た。

「意図するところを探り取られ、いままた本拠とも言うべきところに、そなたらに踏みこまれようとしておる。彼の党らしからぬ拙《つたな》い動きといえば、そなたらの探索の苦心を知らぬ者の言い方のようじゃが、わしには不審が残る」

「……」

「やはり踊らされておるのかも知れんな」

上総介はぽつんと言い、さっきから頭にあったらしい人物の名前を口にした。

「八嶽党が田沼に働きかけたという考えは間違いで、田沼が彼の党を操っておるのかも知れん。しかしそれでは狙いが世子公というのは辻つまが合わぬ。はて、あの男何を考えておるのかの」

七

源次郎と白井半兵衛が、松枝町の源次郎の家を出たのは六ツ（午後六時）過ぎだった。半兵衛は馬乗り袴の下にはばきをつけ、草鞋《わらじ》をはいていた。羽織の下には襷《たすき》をかけていて、厳重な身支度だった。源次郎も見習って袴をつけ、足もとは足袋に草鞋で固めた。

裏店を出たとき、もう日は落ちていて、わずかに暮れ残る空も、二人が湯島から加賀宰相屋敷前のあたりにかかったころには、光を失って鋼色《はがね》に変った。

「上総介さまのお話によると、八嶽党の動きにはいろいろと裏があるようでござるな」

源次郎が言うと、白井はちらと振りむいて答えた。

「そのようでござる」

「田沼老中が黒幕とにらんでおいでのようですな」

「さよう」

白井はゆっくりしゃべった。

「右近将監さまが、病弱で時おりお休みになるようになってから、幕閣は田沼さまが一手に牛耳る形に変って来ておるらしく、若殿は、そのことをつねに気遣っておられる。たびたび右近将監さまに会われるのも、そういうお話合いをなさるためらしゅうござるが、若殿は、田沼さまには油断ならぬ野望があると申される」

二人は追分を過ぎて、中仙道から御成道にかかっていた。道にはまだ提灯をさげた人の往き来があり、白井の声は低い。

「それがしなどにはくわしくはわからぬが、若殿が申されるには、幕政にはおのずから動かすべからざる規矩《きく》がある、しかるに田沼さまはそこを無遠慮に破って、私《わたくし》に幕政を動かそうとしている、と、そのようなことらしゅうござるな」

「八嶽党も、その野望とやらの手先に使われているということでござろうか」

「でなければ、そこにつけこんで、彼の党から田沼さまに何ごとか働きかけておるかでござろう」

道は次第に人通りが少なくなり、湯島を通るころにはまだ道の両側に物売りの店の灯があったのが、灯の色も絶えた。町はすっかり暗くなって、歩いている道だけが、わずかに仄白《ほのじろ》くうかび上がっている。二人はしばらく無言で歩いた。

「ここでござる」

南谷寺の前まで来ると、源次郎は道を右に折れながら、そう言った。白井がそのあとにつづいた。畑道に入ると、かしましいほどの虫の声が二人を包んで来た。

「手ごわいのがおるかの」

と白井が言った。

「柳生流の遣い手がひとり。ほかはよくわからんが、その男はそれがしにまかせて頂こうか」

と源次郎は言った。二人は足ばやに御鷹匠屋敷の前を抜け、坂にかかった。

白井はむろん、源次郎も何気なくその前を通りすぎたのだが、二人の足音が通りすぎると、石不動の堂前からのっそり立ち上がった人影がある。黒い人影は、足音もなく道にすべり出ると二人を見送った。そしてしばらく思案するように立っていたが、やがて二人のあとを追って、軽い足どりで歩き出した。すれ違えば、闇の中でもそれとわかったに違いない異臭をまとうその男は、源次郎が昼に見かけた乞食だった。

　源次郎と白井は、後をつけて来る者がいるとは気づきもしないで、村に入り、やがて海尊寺の前に来た。二人は顔を見合わせて、暗い中でうなずき合った。

　寺の門は閉じられている。だが試みに潜り戸を押してみると、かすかに軋《きし》る音をたてて、戸が内側に開いた。二人は開いた戸の向うをしばらく見まもったが、人の気配はなかった。白井がゆっくりと羽織をぬいで捨てた。

　源次郎が先に立って、門の中にしのびこむと、白井もすぐ後につづいた。庭は暗かったが、星明りで石畳、木のあり場所などは、おぼろに見てとれる。源次郎は庭を横切って、灯が洩れている庫裡《くり》の方に回った。

　低い石の段をのぼると、庫裡の入口があったが、源次郎はその横にある、台所と思われる格子窓の方に近づいて行った。わずかにのび上がると、障子の破れ目から家の中が見えた。

広い炉に火が燃えている。炉のわきに頭の丸い僧形の男が一人いた。膝を抱いて、横顔をこちらにみせたまま、じっと動かないのは、居眠ってでもいる様子だった。眼を動かしたが、ほかに人がいる様子はなかった。火だけが赤赤と燃えている。

源次郎は、白井をふりむいて首を振ると、窓を離れた。石の段を降りて本堂にむかう。その間にも、庭は鳴ききそう虫の声で満たされ、暗い境内は人声ひとつ聞こえず静かだった。

——ひょっとすると、移ったあとか。

ちらとそう思った。

本堂の前にも低い石の段があった。そこをのぼって、さらに木の階段をのぼって行く。白井が黙黙と後からついて来た。

縁に立って、源次郎はひと息入れ、もう一度白井と眼を見かわしたあとで、本堂の扉に手をかけた。開かなければ、庫裡にもどってさっきの男に問いただすしかないと思った。

だが、扉は音もなく源次郎の力に引かれて開いた。中に暗黒がつめこまれているのを、二人はしばらく凝然と見つめた。本堂に隣り合うあたりに、部屋があるはずだが、そこにも灯の色ひとつ見えない。

「どうするかの？」

源次郎がささやくと、白井も首をかしげたが、ともかく踏みこんでみようと言った。

二人はほとんど同時に刀を抜いて右手にさげると、本堂の中に踏みこんだ。闇を手さぐりしながら、中ほどまで来たと思ったとき、すさまじい音を立てて、入って来た扉が閉まった。はっと振りかえったとき、二人はいきなり、眼のくらむような強い光芒《こうぼう》に照らし出されていた。

龕燈《がんどう》の光だった。避ける間もなく、二人は正面から走って来た光に照らし出されていた。その二人にむかって、光の背後の闇から、黒いものが飛んで来る。半弓の矢だった。

——待ち伏せだ。

見さだめるひまはなかった。源次郎は身をかわしながら、無意識の刀遣いで三本まで打ち落としたが、防ぎ切れなかった最後の矢が、右肩に食いこんだのを感じた。焼けるような痛みが肩に疼《うず》いた。

「気をつけろ」

源次郎がどなると、横に出て来た白井半兵衛が、鋭く右手を振った。がちゃと音がして龕燈の灯が消えた。白井が、機敏に小柄《こづか》をとばしたのだ。本堂の中はふたたび闇にとざされた。だが、すぐにその闇の中に、あわただしく動き回るものの気配がした。微かにすばやく動きまわるものの気配……。

「やられたか」

白井がささやいた。源次郎は手さぐりで、肩の矢を抜き取っていた。激痛が指先まで走った。矢は抜けたが、鏃《やじり》が肉に残ったようでもある。

「肩をやられた」

「どうする？　出直すか」

「いや、勝負をつけよう」

源次郎がそう言うと、白井はちょっと黙ったが、すぐに、よしと言った。

不意に本堂の中が昼のように明るくなった。廊下にならべた燭台《しょくだい》に、敵が一斉に灯を点じたのだとわかった。そして太い柱の陰から、黒衣に身を包んだ敵が七、八人、刀をひらめかせて殺到して来るのが見えた。

だが源次郎は、べつの人影を見つめていた。本堂の奥の須弥壇《しゅみだん》の前に、男が三人腕組みして立って、こちらを凝視している。一人は伊能甚内だった。そしてあとの二人は、品のいい商人姿の白髪の男、広い肩幅を持ち、ひげをたくわえている中年の男だった。三人は身じろぎもせず、こちらを見つめている。

「あれだ」

源次郎は、刀を青眼に上げて敵をむかえ討つ構えになっている白井に、低く注意をうながした。白井も気づいていたらしい。ちらと須弥壇の方に眼を走らせると、うんと言った。だがその声は、殺到して来た敵と斬りあう気合いと一緒になった。

丸っこく背丈の低い身体に似合わず、白井は豪快な剣を遣った。すばやく構えを下段に移すと、斬りこんで来た敵の剣を下からはねあげ、とび違えたときにはするどく胴を一撃していた。刀を取り落としてたたらを踏む敵を、瞬時白井は後楯にとるように体を回し、次の敵と斬りむすんでいる。やわらかく、敏捷な動きにみえながら、白井の足の裏はひたと床に吸いついていた。

白井の動きを眼に入れたのは一瞬のことだった。源次郎も四人の敵に囲まれていた。三人が前方をふさぎ、一人がうしろに回っている。源次郎は少しずつ柱の方に身体を移した。うしろに執拗に離れない敵の気配がある。

正面の敵が斬りこんで来た。だがそれは擬態だった。あと半歩の踏みこみを残して、敵は風のように横に走り抜けた。同時に背後の風が動いた。

源次郎は振りむきもせず、刀を背後に突き出したが、次の瞬間膝を折って宙を斬った。軽捷な敵だった。軽がると源次郎の頭上を越えながら、一閃の剣を振りおろしたが、前方に落ちると、顚倒《てんとう》したまま起き上がれずに、板の間を這った。源次郎の剣が足を切り放ったのである。

はね起きた源次郎に、三方から敵が殺到した。颶風《ぐふう》が起きた。敵は剣を水平に構え、刺突する姿勢で突っこんで来る。声も立てない、粘っこく執拗な攻撃だった。

床を踏みならす音だけをひびかせて、化鳥《けちょう》のように右に左にとび違えながら、攻撃をかけて来る。刺突の構えから仕かけて来る剣には、尋常でない鋭さが秘められていて、源次郎は息を抜けなかった。だがめまぐるしい動きの中にも、一瞬の静止があらわれる。油断なくかわし受け流しながら、源次郎はその一瞬の静止をとらえて、必殺の剣をふるった。声もなく一人が倒れ、また一人が床にのめった。

仲間がことごとく倒れたのをみて、最後の敵がはじめて間合いをあけた。だがひるんだわけではなかった。剣を構え直すと、敵は無声のまま真直ぐ突っこんで来た。捨身とみえる刺突の攻撃だった。あけただけの距離を疾走にのせて、剣は矢のように源次郎を襲って来た。だが同時に源次郎も踏みこんで、速い剣を振りおろしていた。

敵の剣は、源次郎の脾腹《ひばら》すれすれにかすめてとまった。その剣をまだ握りしめたまま、敵は源次郎の前にどっと膝をついた。そのまま、静かに前に身体が傾いて行く。額から唇の上まで割れた顔に、ぷっと血が噴き出した。

男が刀を握りしめたまま前にのめってくるのを、飛んで避けながら、ほっとひと息ついたとき、源次郎は軽い目まいに襲われた。一瞬のことだったが、視界が斜めにかしいだようである。

頭を振って、源次郎は白井の姿を探した。白井は、まだ三人の敵を相手に戦っていた。場所は須弥壇に近い隅のほうに移っている。須弥壇の前には、さっきの商人ふうの男が、凝然と立っているだけである。そちらへ行こうと足を踏み出したとき、源次郎はまた目まいに襲われた。

今度の目まいは長かった。本堂の光景は傾いたままで、白井をかこむ斬り合いの物音が、すっと耳から消えた。影絵をみるようだった。

——これは、いかん。

源次郎は総身が冷えるのを感じた。はっと気づいて、矢傷に手をやると、肩から二の腕にかけて、袖がぐっしょりと血を吸っているのがわかった。そのうえに、斬り合っている間はわからなかったが、右腕がいつの間にか石のように重くなっていた。呼吸は荒くはずみ、額にはべっとりと脂汗が浮いている。矢傷が争闘の疲れを倍加して、目まいはそのせいだと思われた。

だが斬り合いは、まだ終っていない。乾いた唇をなめながら、源次郎が須弥壇の前の男にむかって踏み出したとき、音もなく黒い人影が前をふさいだ。伊能甚内だった。

八

源次郎が反射的に刀を構えると、伊能はその動きを制するように手をあげ、もの憂げな声で言った。

「場所を変えぬか。貴公とは人をまじえずに斬りあいたい」

「よかろう」

と源次郎は言った。

すると伊能は、無造作に源次郎に背をむけた。そのままますたすたと本堂の入口の方に歩いて行く。源次郎も刀を下げたまま後を追った。

そのとき背後に、腹にひびくような気合いが聞こえた。ちらと振りむくと、白井が黒衣の男を一人斬ったところだった。絵に描いたような残心の構えをとっている白井の正面で、斬られた男が、白刃を握った手を高くさし上げたまま、二、三歩うしろによろけ、どっと尻から崩れ落ちたのが見えた。

まだ二人の敵が白井の隙をうかがっている。一人はひげの男だったが、構えを青眼にもどした白井の姿にはゆとりが見えた。中の連中は白井にまかせておけばよい、と源次郎は思いながら、本堂を出た。背後で、ふたたび白井の気合いがひびいた。

いつの間にか遅い月がのぼって、境内が明るくなっていた。地面に落ちている木立の影も、石畳の上に立っている痩身の伊能の姿も、くっきりと黒い。

木の階段を降り、低い石の段を降りながら、源次郎は、ふと最後の段をひとつ踏みはずしてよろめいた。眼をあげて、伊能がいまの姿をじっと見つめていたのに気づくと、源次郎はもう一度身体が冷たくなるのを感じた。

悪いときに伊能と斬りあうことになったらしい、とちらと思ったが、源次郎はすぐにその考えを捨てた。いつも万全の構えで戦えるとはかぎらなかった。よしんば不利な態勢で立ち合って敗れたとしても、それは剣士の宿命というものだろうと思い直したのである。死力をつくすしかなかった。

そう思ったとき源次郎は、右近将監の指図で八嶽党の巣に切りこんだことを忘れた。一個の剣士にもどっていた。斬り合いの中で、柳生流の正統を伝える伊能甚内の太刀筋を見きわめ、その幾手かを破ることが出来れば、たとえ負けても本望ではないかという気がした。

興津新五左衛門と赤石道玄。剣友とも言え、宿命的な敵とも言えるその二人の剣脈を受けついだ者同士が、生死をかけて斬りあう立場にいることも縁だと思った。伊能は、源次郎が無眼流を遣うことは知っているが、そこまでの事情は知るまい。

そう思いながら、源次郎は伊能に近づいて行った。

そして六、七間の距離まで近づいて、伊能が刀を抜いたのをみると立ちどまった。伊能の刀がゆっくり上がって、霞ノ太刀の位置にとまった。同時に左足を踏み出し、伊能の構えは花車《かしや》になった。

源次郎は天心に構えた。腕も身体も、一本の剣の陰にひそみ、剣身一如となりながら、獣が耳をそばだてるように、吹いて来る風を聞こうとする。その構えから、猿臂《えんぴ》、波乱、風声、曲水、天鼓の変化が生まれるのだが、どう変るかは伊能の剣次第だった。

「無眼流天心の構えか」

伊能がつぶやいたのが聞こえた。その自分の声に闘志をそそられたように、伊能がじりっと間合いをつめた。一度足を止め、またじりっと間合いをつめて来た。

源次郎の眼は半眼に細まっている。口もとはゆるみ、少し小首をかしげるようにしていた。すでに背後の本堂の中の争闘は心から消えて、源次郎の心気は野に棲む獣にひとしく、孤独にとぎすまされている。不用意にうしろから近づく者があれば、一閃の剣に倒されるだろう。

だがいまは、ものの気配は前から寄せて来ていた。その最初の風がどちらから来るかを、源次郎は嗅ぎとろうとしている。また静かに伊能が間合いをつめる。が、源次郎は微動もせず、佇立《ちょりつ》したままだった。

伊能の左足の爪先が、空打ちをくれるように、ひたひたと地面を打ったと思った次の瞬間、花車の構えのまま、伊能は一挙に間合いをちぢめて来た。黒い影が、源次郎の視野を埋めて迫る。

「やーッ」

気合いをのせて、伊能の剣が高い霞の位置から振りおろされた。源次郎はわずかに膝を屈して横に動くと、剣を斜めに合わせて受け流した。勢いに逆らわず、構えを崩さずに受ける風声の守り太刀。

だが伊能は軽捷な動きを示した。すばやく剣を引くと、右の軸足に残していた力を一挙に解き放って、二撃目を打ちおろして来た。迅速な剣さばきで、源次郎は辛うじてはね上げる剣で応じると、うしろに跳んだ。伊能もほとんど同時にうしろに跳んだ。跳んだとき源次郎は、切先がほとんど地を擦るほど低い下段に構えている。すさまじい攻撃力を秘める波乱の太刀に変化していた。

今度は源次郎がじりと間合いをつめた。伊能は依然として花車に構えている。源次郎は、爪先でまたわずかに間合いを詰めた。

そのとき不意に風景が傾いた。同時に後頭部から地に引きこまれるような感覚が起こり、その感じに抗《あらが》ったとき、源次郎は大きくよろめいた。

伊能が、するすると四、五歩うしろにさがった。そして構えはそのままにして、訝しむように声をかけて来た。

「どうした？」

「いや」

源次郎は答えたが、視野は傾いたままだった。そして嘔気《はきけ》がつき上げて来た。いま撃ちこまれたら斬られるな、とちらと思ったとき、伊能の陰気な声が聞こえた。

「勝負はあずかりといたそう」

「いや、構わぬ」

「無理するな。ぐあい悪そうだ」

「……」

「肩をやられたな？」

刀をおさめる音がひびいたが、伊能はそのままこちらを見まもっている様子だった。その姿が、まだ黒く傾いている。

源次郎はひどくふるえる手で刀をおさめた。そして地面に膝をついた。すると月明りの風景がもとにもどった。額に、またねっとりと脂汗が浮いて来ている。

「矢傷だ」

と源次郎は言った。息が切れて、肩で息をついた。

「矢傷？」

伊能は呟くように言って、そのまましばらく沈黙した。何か考えているように見えたが、ようやく口を開いた。

「早くもどって、手当てしたらよかろう。あの矢には毒が仕込んであったかも知れぬ」

そう言うと伊能は本堂の方に歩き出していた。そのうしろ姿に、源次郎は待てと言った。伊能に話すことがあったと思ったのだが、それが何なのか思い出せなかった。

立ち上がると、また目まいが襲って来た。伊能の言ったことが本当なら、家にもどらなければならないのだ、と思っていたが、歩き出そうとすると、足は考えた方向とはべつの方にむかうようだった。数歩門の方に歩いたところで、源次郎は嘔気に襲われてまた膝をつき、しばらく肩で息をした。全身が火に包まれたように熱くなっているのにも気づいていた。背を曲げて吐いてみたが、何も出なかった。地面に膝をついたまま、源次郎は門を見た。門の内側は、木立にさえぎられて暗い影になっているが、外には明るい月の光が溢《あふ》れている。門前の道までつづいている玉砂利の道が光って見えた。

——家までは、もどれまい。

そう思いながら、四肢に力をあつめて立ち上がろうとしたとき、門の下にちらと動いたものを見た。動いたのは人のようでもあり、犬か何かのようでもあった。源次郎は、跪いたまま、もう一度刀の鯉口を切った。

動いたものは、外の明るみから門の内側に走りこむと、そのまま暗がりにまぎれて見えなくなったが、不意に二間ほど左手にある松の陰から声をかけて来た。

「鶴見どのですな？」

「……」

「手傷を負われましたか？」

「貴公は？」

「杉江と組んでいる者でござる」

「おお」

源次郎は立ち上がった。救われたと思った。心もとなくよろめいたその姿を見たらしく、松の陰から走り出て来た人影が、腋の下に手を入れてささえた。とたんに異臭が襲ってきて、源次郎は嘔吐《おうと》の声をあげた。

「これは失礼」

落ちついた声で言ったのは、まぎれもなく石不動前にいた乞食男だった。だが月に照らされた顔に、あのときの腫物はなく、頬かぶりの下から若い男の顔がのぞいている。

「布施と申す者です。介抱つかまつる」

声は落ちついていたが、動作は機敏な男だった。いきなり跪いて源次郎を背にのせると、軽がると門外へ走り出た。鼻をつままずにはいられないほど、異臭がただよう身体だったが、布施の背は磐石のように安定している。決して小柄ではない源次郎を背負って、すべるように月の光に照らされた野を走り抜けて行く。速かった。布施の背の上で、源次郎はうつらうつらと眠りに誘われた。白井はどうしたか、と思ったが、その懸念も襲ってくる睡気に消された。

——町に入ったな。

と思った。布施は、ほとんど身体の揺れを感じさせない走り方をしている。源次郎の眼に、暗く寝静まった町家の軒がしばらく流れるように映ったが、意識はそこでとぎれた。

九

気づくと、源次郎は自分の家の夜具の上に寝かされていて、そばに白井と布施がいた。そして、二人のうしろに背をむけていた男が、こちらを振りむいた。黒くしなびたような顔をしている総髪の男は医者らしかった。

「無事だったか」

と、源次郎は白井に言った。

「うむ、どうにか斬り抜けて来た」

「失敗だった。待ち伏せをかけられた」

と、源次郎は言ったが、肩から全身にひろがる激痛に、思わずうめいた。

「しゃべらん方がいい。いまから手当てする」

白井はそう言うと、うしろを振りむいて、では、やっていただこうかと言った。するとと色の黒い医者が前に出て来た。襷がけで手に細身の小柄《こづか》を握っている。医者が前に出ると、白井と乞食姿の布施がわかれて源次郎の頭と足の方に回った。布施は腿を押さえつけ、白井は源次郎の頭を膝の間にはさみこみ、羽がいじめの形に肩をつかんだ。そうしてから白井が言った。

「肩の傷の中に何か入っておるらしい。取り出さんことには、命にかかわると医者が申す。しばらく痛むが、辛抱なされ」

「鏃だ」

と源次郎は言った。自分の声がひどく遠くに聞こえた。口が乾き、喉の奥に強い嘔吐感がある。吐く息が荒く、火のように熱くなっているのがわかった。もう一度言った。

「鏃が残っておる」

医者は源次郎の眼を見て、黙ってうなずいた。そしてぼそぼそした低い声で白井に何か言うと、二人で源次郎の袖を裂きはじめた。痛む方の肩がむき出しになった。

医者は、むっつりした顔で、しばらく冷たく乾いた手で傷のまわりを撫でたり、軽く押したりしていたが、急に無造作に腕の付け根を握った。思いがけない強い力だった。

そして医者の身体が胸に覆いかぶさって来たと思うと、すさまじい痛みが襲って来た。源次郎は歯を食いしばって洩れ出る声を殺したが、身体が痛みにたえかねてはねる。はらわたがちぎれるかと思う痛みだった。

「腫れと色が、気にいらんと思ったが……、はて、何の毒か」

医者の声が、とぎれとぎれに耳に入って来る。これか、と言ったのは、鏃を取り出したところらしかった。

ほっとしかけたとき、今度は五体が焼けるような痛みが来た。一瞬身体が火に包まれた感覚の中で、源次郎はおうと声をあげた。切りひらいた傷口の中に、医者が何かそそぎこんだらしい。手荒い療治だった。

だが、それがすむと源次郎の身体は、急に楽になった。白井と布施が手を放したのである。医者はそのあと白井に手伝わせて傷口を縫い、丁寧に洗ったあと薬を塗り、布で肩を縛った。それから白井と布施を部屋の隅に呼んで、長い間話しこんだ。

源次郎は、夜具の上から三人を見ていた。全身にひろがっていた痛みが、少しずつ縛った傷口にあつまり、そこに重たく沈澱して行く感じがあり、また睡気が兆しはじめていた。額をあつめて話しこんでいる三人の姿が、時どきぼんやりとかすむ。

やがて薬籠《やくろう》をさげた医者と、乞食姿の布施が部屋を出て行き、白井だけが床のそばにもどって来た。

「いまのは殿村という医者でな。わが藩の江戸屋敷に出入りしておるが、住居《すまい》はついそこの油町だ。近くで助かった」

「……」

「表看板は本道（内科）だが、蘭方の外科の心得もあって、腕は確かだ。万全の手当てをしたと申したから、あとは心配あるまい」

白井は腕組みして微笑した。

「どなたか、お家の方から看病にござるようなおひとはおられるか」

「いや」

源次郎は首を振った。大げさなことを言うと思った。

「その手配りはご無用。ひと眠りすればなおろう」

「さようか」

白井は、やはり微笑したまま言った。

「眠そうだな。今夜は、それがしが貴公の様子を見ながらそばに泊めていただく。お気遣いなく、ひと眠りされたらよかろう」

言われるまでもなかった。源次郎は白井のおしまいの声を、半ばうつらうつらしながら遠くに聞いた。肩から腕、胸のあたりが、何かにしっかと押さえつけられたように重く、その重みの下に、とどろくように脈打つ痛みがあったが、それとはべつに、抗いがたい睡気が源次郎を圧倒して来る。

源次郎は眼をつむった。すぐにぐいぐいと引きこむような眠りがやって来た。その中に引きこまれながら、源次郎はこれまで見たこともない、暗く深い眠りの底のようなものを見た。その奥底に、木の葉のように宙にひるがえりながら、落ちて行った。

十

目ざめると、部屋の中に白っぽい光がただよっていて、襷をかけた女のうしろ姿が眼に入って来た。

女は源次郎に背をむけて、机の上を片づけている。それが終ると立って、今度は足音をぬすむように部屋を横切り、窓のところに行った。静かに窓をあけたてしながら、しきいを拭いている。白い二の腕がみえた。

窓をしめようとしている女の横顔がみえて来た。源次郎はぼんやりと女を眺めている。きっと口をむすんだ横顔が、津留だった。

源次郎の視線を感じとったらしく、津留がふっと振りむいた。そして手にしていた布を取り落とすと、あ、と口に手をあてた。だが津留はすぐに源次郎のそばに来ると、のぞきこむように坐りながらささやいた。

「お気がつかれましたか」

「うむ、よく眠った」

と、源次郎は言った。笑いかけて向き直ろうとしたとき、肩から胸にかけて、身体をひき裂くような痛みが走った。

顔をしかめ、息をつめて源次郎は痛みをやりすごした。津留が、その様子をじっと見まもっている。ようやく源次郎は言った。

「白井は帰ったか」

「はい。昨夜も様子を見においででしたが、また来ると申されました」

「昨夜？」

源次郎は聞きとがめた。

「そなたは、いつここへ来られた？」

「四日前になります。なにも知らずに参りましたら、この有様でおどろきました」

源次郎は沈黙した。津留の言葉は、昏睡に落ちたまま、四、五日経ったと言っているようだった。不覚だと思った。それは、伊能も言い、殿村という医者も洩らしていたように、鏃についていた毒のせいだったのだろうか。

「すると、寝こんでから四、五日経っているわけか」

「はい」

「わしはただ、夜が明けたとばかり思った」

緊張していた津留の顔がほころんだ。

「お怪我をなさいましたのは、私が参りました前の日のことでございます。今日は、五日目になります」

「さようか。そんなに寝たか」

「ご気分はいかがですか」

「頭が痛む」

「まだ熱があるのでございます」

「胸が重い。だが気分はそう悪くない」

あの不快な嘔吐感が消えていた。額にのせてある濡れ手拭いをかえはじめた津留を見ながら、源次郎は、するとあれは何だったのかと思っていた。

夢ともうつつとも知れない記憶が残っている。暗い行燈の光の中で、女が二人争っている。一人は津留で、もう一人は裏店の斜《はす》むかいの家に住むお芳だった。女二人は短剣を握っていて、それが光ったようでもある。記憶はそこまでだった。

次に源次郎は、おそろしい寒気に襲われていた。こみあげて来る寒さに、全身がこまかく顫《ふる》えつづけ、嚙みしめた歯が鳴った。すると、どこからともなく女がひとり現われて、床の中に入って来たのである。

女は源次郎の着物の前をおしひらき、自分も同じにすると、上から覆いかぶさるように肌をあわせて来た。顫えつづける源次郎の身体を、手を回してしっかり抱きかかえると、女はそのまま動かなくなった。胸から腹、足まで、ぴったりとからめている女の肌から、快い温みが伝わって来たのをおぼえている。やわらかい乳房の感触もわかった。

——織江だな。

源次郎はそう思い、淫らな夢をみるものだと思ったのである。

だが、それが一夜の夢でないとすると、あるいは昏睡から目ざめた、つかの間のうつつの出来事だったのかも知れないという気がして来た。源次郎はあらためて津留を見直したが、津留の素ぶりに、いつもと変ったところはみえなかった。

源次郎の額に冷たい手拭いをのせると、津留は立ち上がった。

「これから粥《かゆ》を煮ます」

「待て」

と、源次郎は言った。

「四日前に来たと申すと、そなたそれからずっとここに泊っておるのか」

「はい」

「それはいかんな」

源次郎は、思わず沈痛な声を出した。津留の父親、江口新兵衛の怒り狂った顔がうかんで来たのである。

娘がことわりもなしに外に泊ることがすでに勘当ものである。まして泊り先がこの家だとわかったら、事はただではすむまい。新兵衛は温厚な人物だが、織江のことでは、源次郎を許しがたい人間と思っているはずだった。

「そなた、勘当されるぞ」

「そのことなら、ご心配におよびません」

津留は微笑した。落ちついた表情をしている。

「私しか、看病する者はいないと存じました。それで、一度家にもどって、父の許しを得て参りました」

「新兵衛どのが、よいと申されたのか」

「はい」

「はて、叱られたであろうが」

「はじめは、ひどいご立腹でございました。でも、私が姉のことを申しますと、しばらく考えてから、許してくれました」

「織江のことをな？」

源次郎は、注意深く津留をみた。

「あのことを申したのか」

「はい。打ち明けるよりほかに、許しをもらう方法はないと考えましたゆえ」

津留はそう言ってうつむいた。

すると江口新兵衛は、娘の死の真相を知ってしまったのだと源次郎は思った。真相を知って驚愕すると同時に、新兵衛は源次郎に対して、娘の不始末を恥じる気持を抱いたかも知れなかった。だから津留の唐突な願いを許したとも思える。

——だが、親というものは……。

と源次郎は思った。世の親の気持が、源次郎にわかるわけではないが、不始末を犯した子ほど、親の憐れみはつのるものではないのだろうか。その気持を圧《お》し殺して、津留を看病にむけてよこした江口新兵衛の気持は、複雑だったはずだ。

源次郎は小さくため息をついた。間違いを犯して、ついには死をえらんだ織江もあわれなら、娘の秘事を知らされた父親もあわれだと思ったのだが、そのため息を、津留がどう受けとったかはわからない。津留は小さく頭をさげて、台所に立って行った。

粥をたべ、津留に手伝わせてまた横になると、源次郎はしばらく喘《あえ》ぐ息をととのえた。傷の痛みはもうさほどでなくなっている。だが助け起こされて、床の上に起き上がると、上体が鉛のように重く、源次郎はしばしば箸をとめて肩で息をついた。だがそのたびに、津留が心配そうに顔をのぞきこむので、たべるだけはたべたが、それだけで疲労困憊《こんぱい》してしまったようだった。

白井半兵衛が来たのは、ようやく呼吸が静まったときだった。

「や、ぐあいがよさそうでなにより」

津留にみちびかれて部屋に入ると、白井はそう言いながら源次郎のそばに坐った。そしてすぐに傷を拝見と言った。津留が手伝って、二人で源次郎の肩から布をはずすと、白井は顔を寄せて丁寧に傷口をあらためた。

「うむ。うまくふさがった。腫れもよほどひいておる。殿村は名医じゃな」

殿村という医者が置いて行ったらしい、冷たい薬を塗り、また二人で布を巻き直し、白井はやわらかい微笑をうかべて言った。

「いまだから申すが、殿村は、やるだけのことはやったが、助かるかどうかは保証しかねると申したのだ」

津留が、まあと言った。白井は津留にもうなずいてみせた。

「傷口から、毒がまわりはじめていたらしい。八嶽党というやからは、こわい手を遣う。だが殿村の解毒の手当てがうまく効いたらしく、もはや心配はなさそうだ」

白井はそう言うと、懐に手を入れ、袱紗《ふくさ》包みを取り出して、畳の上にひろげた。

中に奉書紙に包んだものが二つ入っている。

「こちらがご老中からのお見舞いで、こちらが若殿からのお見舞い」

白井はひとつずつ手にのせて源次郎に見せてから、袱紗ごと津留の方に押しやった。

「お見舞いとは恐縮な」

と、源次郎は言った。

「命ぜられたことを、果たしておらぬ」

「遠慮はご無用になされ。まだ息の長い話でな。かの連中が、ひと筋なわでいかぬ徒党だということは、ご老中も十分ご承知であられる」

「………」

「一日も早く癒えて、あとを頼むと、若殿にご老中から伝言があった由にござる」

「うけたまわった」

と源次郎は言った。白髪の町人風の男、ひげの男、伊能甚内の姿がうかんで来た。尻尾はつかんだのだが、男たちは巧みに手の中からすり抜けて行ったようだった。

「連中、もはやあの寺にはおるまいの」

「姿を消した。しかし布施と申すあの男は、連中の行方に心あたりがあると申しておる。貴公が起き上がるころには、新しい住処《すみか》をつきとめるかも知れんな」

二人はしばらくそのことで話し合ったが、やがて白井が驚いたように顔をあげ、日が暮れるらしいと言った。

「つい長居して、病人を疲れさせたか」

「いや」

立ち上がった白井に、源次郎は、上総介さまによしなに伝えてくだされと言った。

「そう、そう」

部屋の出口で、白井が振りむいた。

「連中が待ち伏せていたわけが、相わかった」

「ほう」

「お芳という女のことを、津留どのに聞かれたか」

白井は意外なことを言い出した。

源次郎を看取って、白井が一夜を明かしたところに、津留が来た。屋敷にもどらねばならない白井は、そこで津留と看取り役を代ったのだが、津留も家の許しを得ねばならなかった。

夕刻前の一とき、津留は隣の助作の女房にあとを頼み、走るようにして家にもどった。そして帰って来ると、隣の女房のかわりにお芳がいた。それはいいが、お芳は津留をみると、いきなり隠し持っていた短剣を抜いて、襲いかかって来たという。

とっさに津留が応酬すると、お芳は外に逃げ、そのまま家にもどらなかった。

「そう聞いて、それがしもあとで改めに行ったが、簞笥《たんす》ひとつない家じゃ。おそらくその女は、八嶽党の一味で、はじめからこの家を見張るために、ここに住んでおった模様だ」

白井の言葉を聞いて、源次郎が思い出したのは死んだ杉江作蔵の顔だった。お芳かと思った。お芳が一味なら、あの夜源次郎と杉江の話を盗み聞き、杉江を刺して手はずを狂わせることもできたし、寺に知らせることもできたろう。

白井が帰ったあと、源次郎は津留に助けてもらって小用に立った。日が落ちたらしく、空の半ばを夕焼けが染めていたが、路地は薄暗く人の姿はみえなかった。一歩ごとに目がくらみ、源次郎は津留の肩につかまって、ようやく路地の奥の厠《かわや》まで歩いた。

津留の肩から身体の温味《ぬくみ》が伝わって来る。お芳のことが事実なら、悪寒に襲われたおれを、津留が肌であたためたのも、うつつのことらしいと源次郎は思った。

――この娘と結ばれるのか。

予感のようにそう思った。こうなることを知って、織江がこの娘を身代りにさしむけて来たのか。

「津留、もうしばらくいてくれるか」

源次郎がささやくと、津留は無言で、源次郎をささえた腕に力をこめて来た。

春の雷鳴

一

御用部屋のなかで、松平右近将監は、書見から顔をあげた。ふと背筋にさむ気をおぼえたようだった。廊下から射しこんでいた日がかげり、障子が白くなっているが、さむ気はそのせいではなく、この間ひいた風邪が、まだ残っているためのような気がした。

部屋を見まわした眼に、こちらに横顔をむけて書類を読んでいる、板倉佐渡守の姿が映った。ほかの老中の姿は、見えない。

月番を勤めている田沼主殿頭《とのものかみ》のほか、松平周防守、松平右京大夫の二人も、まだ溜ノ間か、竹ノ間にいるらしかった。竹ノ間は、将軍家のご機嫌伺いに登城する大名が、そこで老中に挨拶して帰る部屋だが、右近将監は近ごろ、板倉はともかく周防守康福と右京大夫輝高が、田沼とともにその部屋に籠ることが多くなっていることに気づいている。

理由を聞けば、政務繁多と答えるに決まっている。実際に老中はいそがしかった。訴訟の決裁、膨大な書類の処理、将軍家拝謁の斡旋と陪席、増上寺や上野寛永寺へ、将軍家にかわっての代参など、席あたたまるひまもないのである。

だがこうして、白髪の板倉と二人だけのがらんとした御用部屋にいると、右近将監は幕政の中心が、自分の手を離れて、すでに田沼主殿頭の手に移ってしまったのを痛感しないではいられない。

月番老中は、日を決めて登城前に役宅で客に会い、政務にかかわる意見具申や、さまざまな陳情を聞く慣わしである。田沼の対客日には門前市《いち》をなすという噂を耳にしていた。

かつては右近将監の役宅に、ひとが蝟集《いしゆう》したものである。朝起きて外を眺めると、まだ開かない門の前に、ひとが列をなしていて、うんざりもしたがひそかに心をくすぐられる思いもした。権力を一手に掌握している者だけが知る、隠微な喜びだった。

だがいま、右近将監の役宅を訪れる者は、稀である。月番もゆるしてもらい、ただ城に登るだけにして、身体をいたわっている身には、気楽だと言えないこともないが、やはりどこかに寂寥《せきりょう》の思いがあった。

暮の十二日に、将軍家の代参で増上寺に行き、惇信院殿（家重）の御霊屋《おたまや》に詣でたのが、右近将監の公の仕事の最後だった。そのあとは、城に登っても、御用部屋の自分の場所に、じっと坐っているばかりである。それでも冬の寒さが身体《からだ》にこたえた。炉に赤赤と炭火が焚かれ、ほかの火桶をもらっても、寒さは耐え難かった。

そして用心に用心を重ねたのに、年が明けてから風邪をひいた。風邪のあと瘦せたと、家人にも言われ、御用部屋の同僚にも言われた。だが右近将監は、わが身の瘦容が、風邪のせいばかりでないのを承知している。胃の奥底に、たえず不快な鈍い痛みがあり、ただじっと坐っているだけなのに、不意に部屋が斜めにかしぐ感覚に襲われることがあった。だが、そのことはまだ誰にも言っていない。

――田沼に人が集まるのは、無理もないことだ。

と右近将監は思う。権力の動向ほど、ひとを敏感にするものはない。ひとびとは、いまは幕閣の権力が、灰色の顔をした老人のものでなく、同じく瘦せてはいても、どこかに脂ぎった精気をみなぎらせている、幕閣ではもっとも新参の老中の手に移ってしまったことを、とっくにさとっているに違いなかった。

それは同僚の右京大夫輝高や、周防守康福を見ていてもわかるし、田沼と親しい御側御用人水野出羽守忠友、御側御用取次稲葉越中守正明の顔色や、声音からもわかることだった。田沼は城中にも城の外にも、着着と自分の信奉者をあつめているようだった。

寂寥に堪えかねて、右近将監は佐渡守勝清に声をかけた。

「佐渡どの、少し手伝おうか」

佐渡守は驚いたように顔をあげた。

「あ、いや」

佐渡守はおだやかな笑顔をむけ、ついで膝を回して右近将監に向き直った。

「お手伝いいただくほどのことではござらん。じきに済み申す書類で」

「寒うはござらんか。少少さむ気がするが……」

「はて」

佐渡守は妙な顔をして、炉の方を振りむいた。赤い火がみえている。

「それがしは寒くはござらんが、やはり何でござろう。お風邪のせいでござろう。お大事になされ」

「風邪かの」

右近将監はつぶやいた。そしてふと膝の上の掌を見た。白っぽく、生気が失せた皮膚だった。右近将監は、近ごろ日に何度となく掌を眺める癖がついた。

「風邪がうつるのを恐れてか、ほかの方方はなかなかもどりませんな」

右近将監の言葉に佐渡守勝清はまたちらと笑顔をみせた。佐渡守は右近将監より七つも年長の七十四歳で、髪は真白だが、面長で品のある顔は日焼けしたように黒い。齢に似ない白い歯をのぞかせて言った。

「いや、さようではありますまい。大方は例のごとく、主殿どのを囲んで政策でも案じておるわけでござろう」

佐渡守勝清は安中三万石の藩主である。祖は周防守重宗の次男重形で、譜代の中の名門といえる。佐渡守は宝暦十年、まだ西丸にいた家治の御側御用人となり、ほどなく家治が将軍職を継ぐと、そのまま本丸に移って御側御用人を勤めた。

明和四年に田沼が御側御用人に登るのと入れ違いに西丸老中に転じたが、その間いわゆる君側第一の権力者だったわけである。二年後の明和六年に本丸老中に転じ、以来その職にある。

右近将監とは別の形で、権力の頂上をきわめた人物といえるが、佐渡守は権力に拘泥しない鷹揚《おうよう》な性格だった。そのうえ御用部屋ではどちらかといえば寡黙で、周防守康福や右京大夫輝高のように主殿頭意次《おきつぐ》に迎合もしないかわりに、目立って右近将監に接近するようなこともない。

佐渡守は、右近将監とはまた違った意味で閣内で孤立していたが、見るべきものは見ていることが、いまの言葉にあらわれていた。

右近将監は、ふだん無口な佐渡守という人物の腹をさぐってみたい気がして来た。やがては幕政の中心に坐って、思うさま天下を仕置きしようという気構えが、顔にも声音にも出ている男のことを、練達の政治家である佐渡守がどう見ているのか。一人右近将監が、佐渡守を見まもっていると、御用部屋坊主が二人入って来た。一人は佐渡守に茶を運び、右近将監のところに来た坊主は、うやうやしい手つきで薬湯をささげた。つつましい身ごなしで、坊主が部屋を出て行くのを見送ってから、右近将監は苦い薬湯をすすった。

障子にまた早春の日が射しかけている。日の色は力強く活気に溢れていた。寒さが去れば、身体にも少し力がもどるかも知れない、と思いながら右近将監は、あまさずに薬湯をすすった。

「近ごろの主殿どののことだが……」

茶碗を置いて、右近将監がそこまで言いかけたとき、また襖《ふすま》が開いて、同朋頭《どうほうがしら》の達阿弥が部屋に入って来た。剃りあげた頭が大きく、いかつい身体をした男である。達阿弥は襖ぎわの一礼から立つと、佐渡守に目礼しながら、小腰をかがめて右近将監のそばに来た。

「恐れながら……」

さらに膝行《しっこう》して、右近将監に覆いかぶさるように身を寄せると、達阿弥は低い声で飛驒守さまがお待ちでござります、とささやいた。その様子を見て、佐渡守はまた書類の閲覧にもどった。われ関せずという顔になっている。

「佐渡どの」

達阿弥に助けられて立ちながら、右近将監は声をかけた。

「向かい部屋の飛驒守が急用だと申す。行ってまいる」

「お気をつけなされ」

佐渡守は立って来た。そして部屋の出口まで、右近将監に手をそえて送り出した。そうせずにいられないほど、右近将監の歩行があぶなげにみえたのだろう。

二

襖を閉めて廊下に出ると、右近将監は低い声でたずねた。

「どこにおられる？」

「羽目ノ間でござりまする」

「よし」

御用部屋坊主があわてて寄って来たが、右近将監はそちらには手をふり、達阿弥に言った。

「その方の肩を貸せ」

城中でも、近ごろは長い距離を歩くことがない。歩き出すと、足が宙を踏むようだった。同朋頭のいかつい肩に半ばかつがれるようにして、そろそろと歩いて行く右近将監を見て、廊下で行きあう者が、目礼したあといたいたしげに見送った。

羽目ノ間に入ると、うす暗い部屋の中ほどに、若年寄の酒井飛驒守忠香が坐っていたが、右近将監の姿をみると、いそいで入口まで立って来た。

達阿弥と二人で、右近将監を部屋の中まで運ぶと、飛驒守は、あとで迎えに来るようにと言って、達阿弥を帰らせた。そして近ぢかと右近将監のそばに坐ると、ささやき声で言った。

「このような場所までお運びいただいて、申しわけございませぬ」

「いや、かまわん」

「お屋敷をたずねるよりは、城中の方が何かと目立たぬと存じましてな。かたがた一刻もはやくお知らせ申したいことがございました」

「例のことかの？　わかったか」

「相わかりました。お加減は？　よろしゅうございますか」

「かまわんぞ。話せ」

「では、申しあげます。目付の報告では、大納言さまに狩りをすすめられたのは、主殿頭どのということでございます」

「やはり、そうか」

と右近将監は言った。強い緊張にとらえられていた。

十日ほど前に、世子家基は、急に思い立ったように鷹狩りの用意を命じ、目黒の鷹場に行った。世子の鷹狩りについて、右近将監は西丸の老中を通じて、日があたたかくなる春まで延期という手を打っていた。八嶽党が、鷹場のあたりに蠢動《しゅんどう》していることは疑い得ない事実だったし、右近将監はそのことに強い危惧を抱いていたのである。

だがその危惧は、誰にでも打ち明けられるというものではなかった。八嶽党と田沼主殿頭につながりがあることは確かめられていたし、またその徒党の蠢動が意味するところのものを、正確につかんだとも言いがたい。

ただ右近将監の胸を、絶えずまがまがしい予感のようなものが、圧迫して来る。八嶽党を、ひそかに始末するにしかずという考えは、人には言えないそのまがまがしい予感からみちびかれた結論だった。八嶽党が、徳川に益することは、万にひとつもあり得ないという確信が、その背後にある。ひそかに、あますところなく刈り取らねばならない徒党だった。

冬の間に、右近将監は八嶽党を一掃するつもりだった。かの徒党を、世子のそばに近づけてはならないという気がしたのである。だがその意図は、手持ちの探索の者を何名か失い、頼りにした剣客鶴見源次郎が、矢傷をうけて倒れたことで、頓挫《とんざ》したままだった。八嶽党もかなりの手傷を負いはしたものの、徒党を指図し、動かしている人間は無傷だという報告をうけている。

その焦燥の中で、家基が鷹狩りに出かけたという知らせを聞いたのである。右近将監は色を失った。たしかに日は春めいて来たが、まだ二月である。早すぎないかという気がした。右近将監は、世子が鷹狩りに出かけた前後の事情を知りたいと思った。飛騨守に依頼したのは、そういう調べだった。

世子自身が思い立ったことであれば、やむを得なかった。西丸の老中にああ言ってはあるが、深い事情を知らない西丸の老職たちが、右近将監の要請をどれほど重くみたかは疑問だった。二月に入り、戸外に春めいた日射しが照りわたるのをみて、右近将監に要請された時期は終ったと考えたかも知れない。

そうも思ったが、田沼主殿頭がすすめたとなると、そこには見過し出来ない符合が立ちあらわれて来るようでもあった。

「なるほど、主殿どのがすすめられたか」

それを悪いと咎《とが》めることは出来ない、と右近将監は思った。なぜかと反問されれば答えに窮することだった。また、新しく人数を加えた探索の者が、いま必死に八嶽党の頭株の住処を探ってはいるが、間にあう話ではない。世子はまた鷹狩りに出かけるだろう。

——田沼と対決すべき時が、迫っているようだの。

しかしどこまでしっぽを押さえられるか。右近将監は暗い気持で、そう思った。

「やむを得まい」

右近将監はぽつりと言って、軽い浮腫が出ている瞼の下から、じっと飛騨守を見つめた。

「かねて申しつけてあるとおり、鷹狩りのときの世子公の身辺警固は、抜からぬようにたのむ。ことに御鳥見組頭《くみがしら》と御鷹匠組頭には厳重に申して、狩場周辺の巡察、また狩りの間の警固に気を許さぬようにいたせ。場合によっては、御鳥見、御鷹匠支配の同心の人数をふやしてでも、手落ちない警固を心がけるように」

「……」

「お手前の支配うちにまで口をはさむようで心苦しいが、万一のことがあってはならぬ。挙動あやしい者を見かけたら、一人といえども見のがさず捕え、糾問《きゅうもん》してもらいたい」

「かしこまってござる」

飛騨守は、右近将監のきびしい表情におどろいたようだったが、緊張した声で答えた。世子公の身辺に、胡乱《うろん》なものの影がつきまとっているとだけ話し、八嶽党のことまでは打ち明けていないが、飛騨守は右近将監のこれまでの様子から、指図の陰に複雑な事情が介在していることを、のみこんではいる表情だった。

「いまひとつ、主殿頭どののことで、お耳に入れておく方がよろしいかと思われることがござります」

と飛騨守が言った。

「何かの？」

「主殿頭どのと一橋民部卿のご交際のことは、お聞きおよびでござりますか」

「あの男は、誰とでも親しくつきあう。ことに近年はな」

「そういうことではござりませぬ」

飛騨守は、目付を指図するときのような、鋭い眼つきをした。

「なみのご交際ではござりませんぞ。そのおつき合いが近ごろ頻繁で、しかも夜中女乗物で、かのお邸をたずねるなどということになると、尋常のことではござりますまい」

「………」

右近将監は、飛騨守の顔をじっと見た。

「それも、目付に調べさせたか」

「いいえ、命じて探索させたことではござりませぬ。さる確かな筋よりの伝聞と申しあげておきましょうか」

「さもあろう。職掌をはずれた調べは許されんぞ。しかし、いまの言葉はたしかに聞いた。飛騨守、ごくろうであった」

達阿弥をお迎えによこすまで、お待ちあれと言って、酒井飛騨守が出て行ったあと、右近将監はうす暗い羽目ノ間に身じろぎもせずに坐っていた。

――一橋民部卿か。

右近将監は、長身で恰幅のよい貴公子の姿を思い描いていた。八代将軍吉宗の第四子で一橋家を立てた、権中納言宗尹《むねただ》の四男。一橋家をつぎ、民部卿と呼びならわしているが、官位は明和元年に従三位左近衛権中将にすすんでいる。

一橋治済《はるさだ》。年はまだ三十になったかならずと若いはずである。城中で時おり顔をあわせる程度だが、年に似あわず老成した印象をうけるのは、大柄な身体と、どこか人を刺す趣がある鋭い眼光のせいだと思っていた。その眼が、人と談笑するとき極端に柔和に笑みくずれることも記憶にある。

そういう型の人間に、長い間幕閣の中枢に坐って来た右近将監は心あたりがある。政治好きな人間である。例外なくそうだった。

しかしその観察は御三卿の当主にはあてはまるまいと思って来たが、田沼とそこまで親しくつき合っているとなると、話は別になるかも知れぬ。

——民部卿と田沼か。

その組合せに、ふと戦慄すべきものを垣間見《かいま》た気がして、右近将監は眼をつむった。達阿弥の足音はまだ聞こえなかった。

三

そのころ鶴見源次郎は、日影町の塚本道場で木刀を握っていた。相手をしているのはかつての弟弟子で、いまは高弟の筆頭にすすんでいる戸田雄之助だった。

青眼にかまえて凝然と立っている源次郎に、戸田雄之助が、少しずつ間合いをつめていた。半歩じりっとつめて構えを固め、またわずかに爪先でにじり寄っては木剣の握りを確かめる。

二人の立ち合いを、離れたところから、師の塚本喜惣と細田民之丞が、立ったまま身じろぎもせず眺めている。

動いているのは戸田だけだった。わずかにまた爪先をすすめた。そのつど、ずいとのびる木剣の先に、さすがに道場筆頭の剣士らしい迫力が生まれる。細田民之丞は、いつの間にか握った掌の中に汗をかいていた。

源次郎はまだひと足も動いていなかった。戸田の木剣が近づいて来るのを迎え、わずかに源次郎の木剣の先が上向くように見えただけである。眼は木剣を通り越して、茫洋と戸田の顔にあてられている。

戸田の足がとまった。と思った瞬間、戸田は一瞬の停止に溜めた力を四肢に放って跳躍していた。道場の静寂を裂いて戸田の気合いがひびき、木剣は源次郎の肩を打ったと見えた。

源次郎は動かなかった。後にひいていた右足を、音もなく右横に移しただけである。そのわずかな身動きとともに、源次郎の腰が沈み、同時に手中の木剣が吸いつくように戸田の木剣を巻きこんだ。から、からと乾いた音がしたようである。

戸田の剣は高く、ほとんど道場の天井近くまで飛んでいた。飛びのく戸田に、間をおかせずに迫った源次郎の木剣が、ひたと面前を押さえてとまった。そのとき、床に落ちた戸田の木剣がはげしい音を立てた。

しりぞいて木剣を拾った戸田が、丁寧に一礼して源次郎に寄って来たのに、源次郎は礼を返して木剣を渡した。

「いまのが峯ノ風という太刀だ。よく見たか」

と塚本が戸田に声をかけた。

「はあ、拝見しました。いや、驚きました。あっという間に巻きとられました」

戸田雄之助は、源次郎よりひとつ年下である。敬意をこめた眼で源次郎を見ると、もう一度軽い辞儀を残して道場の控え部屋の方に去った。

「もう腕は何ともないようだの」

塚本は、今度は源次郎に顔をむけた。

「は、おかげさまで」

と源次郎は言って、頭をさげた。

傷はひと月ほど前に癒えて、立ち居には不自由しなくなったが、矢傷を受けた肩につづく右腕に軽い痛みとしびれが残った。時どき腕がひきつるような感覚もあった。

源次郎は、執拗なその傷の痕跡を消すために、ここひと月ばかり、三日に一度日影町の塚本道場を訪れて、昔を思い出すような激しい稽古を積んで来たのである。

「もはや病み上がりとは見えん。たくましくなった」

「戸田には厄介をかけました」

「なに、雄之助は喜んでおるさ。しばらくそなたの稽古をうけたことがなかったからの」

稽古は、ほとんど戸田雄之助が相手をした。今日は道場の稽古休みの日だったが、仕上げをしたいという源次郎ののぞみをきいて、ただ一人道場に出て来ている。

ひさしぶりに細田も来たことだから、茶を一服進ぜようという塚本の言葉で、源次郎と民之丞は母屋の方にむかった。

半刻ほど、昔の稽古話や、細田民之丞の絵の話などをしてから、源次郎と民之丞は道場を出た。

「ほんとに、もう何ともないのか」

と民之丞が言った。

「うむ、大丈夫らしい。貴公にはわからんかも知れんが……」

源次郎は苦笑した顔を、民之丞にむけた。

「さっき、戸田に使った太刀は、右腕を強くひねらんと決まらぬ。それをやって、痛みもひきつれも感じなかったから、もういい」

「ふむ」

民之丞は鼻を鳴らした。

「先生との話は、そういう意味か。それにしても貴公の腕は凄いな」

「いや、それほどでもない」

「いやいや。おれに剣のことはわからんと思っているだろうが、そういうものじゃない。おれにも、こいつはうまく描けたと、身顫いが出るようなことがたまにあるが、貴公の剣にはそれがある」

「おほめいただいて恐縮だ」

「おれは旗本だが、剣はからっ下手で、絵ばかり描いている。貴公は城勤めにはかかわりない浪人暮らしだが、暮らしの助けにはなりそうもない剣が達者だとは世の中はちぐはぐだな」

「それだから面白いとも言えるんじゃないか」

「それもそうだが……。ところで」

民之丞は、急にあたりの雑踏に眼をくばって、小声になった。二人は日本橋を渡って、魚河岸にかかっていた。あたりには魚臭が満ち、いそがしげに人が立ち働いている。

魚河岸に働く人間に特有の、威勢のよい塩から声がひびいて、誰も民之丞の口もとに眼をむける者などはいないが、民之丞の顔には、かすかな緊張が浮き出ている。

「八の字の消息は、わかったか」

「まだだ」

松平右近将監は、八嶽党の探索に新しい人数を投入していた。死んだ佐五のかわりに、鹿間弥六という、一見して老練な探索人とわかる、五十年配の男を据えて指揮をとらせ、欠けた人数も補った。

源次郎は、ひそかにたずねて来た鹿間にも会ったし、また源次郎を動坂上の寺から救い出した布施重助から、その後の探索の模様も聞いている。

だが動坂上の襲撃があったあと、八嶽党はふっつりと消息を絶ってしまったのである。新しく探索の人数を指図している鹿間は、八嶽党が立ちまわりそうな場所、青山の田沼家下屋敷、下渋谷のもと名主屋敷、動坂上の海尊寺、江戸周辺の鷹場などに、抜かりなく人数を配っていた。

たとえば鷹場では、御鳥見の役人の中に加わった探索の者が、常時鷹場の周辺を監視しているし、田沼屋敷には中間《ちゆうげん》に化けた人間が入りこみ、屋敷を内と外の両側から見張っている。だが、そのどこにも八嶽党の者らしい人影は現われなかった。

暮の追跡のときに、女が姿を消した馬喰町の木賃宿のあたりも、ひそかに洗ったが何も出なかったし、海尊寺には京の延暦寺から新しい住職が着任している。八嶽党は地にもぐったように、姿を消したままだった。

「こういうわけで、いまのところは手がかりなしだが、それでは連中を探し出すのはもう望みないかというと、そうでもないらしい」

「ほう」

「布施重助という男が、寺からよそに移る八嶽党の連中を眼にしておる」

布施は、あの夜手傷を負った源次郎を松枝町まで運び、手当てがすむのを見届けたあと、長駆して海尊寺までもどった。そしてまだ八嶽党の者が中にいるのを確かめると、そのまま門前に貼りついて動きを見まもったのである。

黒い人影が四、五人、寺を出ていそぎ足に東にむかったのは、まだ夜明けには間がある八ツ半（午前三時）過ぎだった。布施が、ぴったりと後をつけたのは言うまでもない。

闇にまぎらわしい人影は、深夜の千駄木山に入りこみ、ためらいのない足どりで小道を抜けると、世尊院の前に出て、千駄木坂下から根津に出た。夜は歓楽を買う人でにぎわう根津の町も、その時刻にはひっそりと寝静まっている。黒い人影は、足音もなくその町を通り過ぎた。

不忍ノ池から上野山下へ、そして浅草へと休みない足どりがつづく。布施は八嶽党のおそらく頭株と思われるその人影を、大川橋を渡るところまで跟《つ》けた。だが、橋を渡り切ったところで、姿を見失っている。

橋を渡るとき、布施は黒黒と動くその一団から少し距離を置いた。夜はまだ明けていないが、闇のいろにかすかな光がまじりはじめていた。それは前を行く人影を、跟けやすくなっていることでもわかる。

八嶽党が尋常の徒党でないことを、布施は十分にのみこんでいた。紛れる物のない橋の上で、追跡を気づかれたりすれば、それまでの苦心が水の泡になる。布施は十分に距離を置き、足音に気を配って橋を渡って行った。

視界から黒い人影がふっと消えたとき、布施は、まだ橋の半ばにいた。八嶽党が橋を渡り切ったのである。右に行くか、左に行くか。布施は歩きながら、橋の欄干越しに河岸に眼をこらした。だが動くものは見えなかった。

布施は、不安に胸をわしづかみにされた。足音を殺して橋の上を疾走したが、橋を渡り切ったところで茫然と立ちすくんだ。眼の前に高く立ちはだかる武家屋敷の塀があるばかりで、少しずつ明るみを加えて来る河岸のどこにも、物の気配はなかったのである。

「いずれにせよ、中ノ郷から北本所にかけて、連中の隠れ家があるに違いないという見込みで、布施たちはいまそのあたりを、しらみつぶしに探っているはずだ」

と源次郎が言った。

「場所さえわかれば、今度こそ決着をつける」

「厄介な仕事だな」

民之丞は顔をしかめた。

「えらい仕事に貴公を引っぱりこんだものだと思っておるが、ご老中もしきりに貴公を頼りにしておるからの。このあたりで手を引きます、というぐあいにはいかんだろうな」

「そんなわけにはいかんさ」

源次郎は、民之丞の責任のない言い方に苦笑した。

「ご老中には見舞いの金子も頂いておる。それに、近ごろはあの方のご心配が的を射ておることを疑い得なくなった」

「この前貴公が申した、八嶽党が世子公を狙っておるとかいうことか」

「そうだ」

源次郎は短く言った。その確信は動かないものになっている。

「ふうむ」

民之丞は首をかしげた。

「わからんな。世子に危害を加えて、連中に何の益がある？」

「そこまではわからんよ」

と源次郎は言った。

「ただ、見えている事だけを言えば、連中の狙いは間違いなく世子公にある。ご老中の焦慮は無理ないのだ」

「この間、城中でご老中をお見かけしたが、かなり窶《やつ》れておられる。ぐあいがよろしくないのに、その心配をかかえておられるせいだな」

「公に出来んたちの事だからの。確かな証拠を挙げねば、誰も信用せん話だ。ご老中のそのお気持がわかるから、早急にけりをつけねばと、こちらも内心焦ってはおるが、なにせ相手が相手。骨が折れる」

「住処も知れなくては、焦っても仕方あるまい」

と民之丞は言った。そして立ちどまった。ちょうど油町を過ぎて、浜町堀の河岸に出ていた。別れ道である。

「どうだ？　屋敷に来ないか」

と民之丞が誘った。

「さっきは貴公が日影町に行くというから、おれもついて行ったが、じつは見せたいものがあった。ちょっと寄れ」

「見せたいものとは、絵か？」

「そうだが、おれの絵じゃない。めずらしいものが手に入ったのだ」

「妙な笑い方をするではないか」

「祐信の肉筆秘画を手に入れた。これは一見の価値があるぞ。ひとりで眺めておってはもったいないから、貴公にも拝ませてやろうかと思ってな」

「枕絵か」

源次郎は、民之丞の秘密めかした笑顔の意味をさとった。枕絵か、それも悪くないなと思ったとき、堀の向う岸を歩いている女に眼を吸いつけられた。目立つほどきれいな足運びで、少しうつむき加減に歩いている女が、お芳だった。八嶽党の一味と疑われている女である。

見ているうちに、お芳は河岸から通塩《とおりしお》町の方に曲って姿を消した。

四

「細田、その絵はまたにするぞ」

源次郎は足早に、民之丞のそばを離れた。

「おい、どうした？」

民之丞が、あっけにとられた顔で呼びかけた。

「凄い絵だぞ。見たくないのか」

「見たいが、急用を思い出した」

源次郎は言い捨てると、小走りに橋を渡った。日暮れ近い道には人が混んでいたが、いそぎ足にその間を縫って行くと、間もなくお芳のうしろ姿が見えてきた。ほどのよい撫で肩、豊かな腰、女らしさが匂い立つようなうしろ姿だが、その女は杉江を刺し、さらに津留が家をあけた間に、源次郎の命まで狙った形跡がある。

源次郎は慎重に後を跟けた。お芳はあたりの店に眼をくれる様子もなく、早い足どりで歩いて、やがて横山町を通り抜けると右に曲った。その方角に真直ぐに行けば橋袂の火除け地から両国橋に出る。

——それにしても、大胆な女だ。

と源次郎は思った。

あとで隣の女房おまつに聞くと、お芳は留守番で源次郎の様子を見まもっているおまつに、ちょっとの間かわりましょう、その間に家のことをしていらっしゃいなと、親切そうに声をかけて上がりこんで来たという。おそらくおまつがもどるまでに、源次郎を刺して裏店《うらだな》を立ちのくつもりだったのだろうが、その前に津留がもどって来て、お芳が懐剣を隠しているのを見咎めたので、斬り合いになったのである。

それだけのことをした女が、まだ神田界隈をうろついているとは思いもしなかったことだが、お芳は悪びれたようすもなく、胸を起こして歩いていた。

足は火除け地から橋に向かっている。橋を渡れば、本所である。本所か、と源次郎は思った。布施重助は、八嶽党の新しい隠れ家が、北本所かその北側一帯の中ノ郷とみて、必死に探索している。このままお芳を跟けて行けば、ひょっとしたら思いがけなく八嶽党の巣にたどりつくことになるかも知れない。源次郎は胸が躍るのを感じた。

お芳は橋を渡った。陽気があたたかくなったせいか、橋の上を歩く人の足どりも、いくらかのんびりしているように感じられる。かすかな汐《しお》の香が漂っているのは、橋の下に汐が動いているのだろう。

お芳は橋を渡り切った。そして迷いのない足どりで広場を右に横切って行く。源次郎は首をかしげた。お芳が行く方角には、見世物の小屋掛けが幾つか並んでいて、その前に人が群れている。

——まさか、この時刻から見世物見物というわけでもあるまい。

そう思ったとき、源次郎はふと息をのんだ。お芳の姿が、大きな小屋掛けのうしろに回ったと思うと、垂れ幕をたくし上げて、するりと中に消えたのである。

源次郎は足早に、その小屋掛けの前に回ってみた。そこは軽業の小屋で、だみ声の呼び込みが、高いところから客を呼んでいた。踵《きびす》を返して、源次郎は裏手に回った。そこには小屋掛けの粗末な背が、大川の流れを前にならんでいるだけで、人影はなかった。

表には幕をひいても、裏側は葭簀《よしず》を巻いただけの小屋もあり、立てかけた板を上から荒縄で押さえてあるだけの小屋もある。桶に入れた喰い物の屑《くず》とか、汚れた衣裳をつめこんだ籠などがそのあたりに置かれていて、そうしたものが、大川を渡って来る日暮れ近い日射しに照らされ、わびしい風景にみえた。

源次郎は、さっきお芳が入りこんだ場所の垂れ幕を、そっと引き上げてみた。そこは葭簀が少し片寄せてあって、入口のようになっていたが、その奥には暗がりが立ちこめているだけだった。舞台の木組みの下らしく、頭の上の方から、なにか大きな物音がひびき、客の笑い声がひびいて来る。

その奈落から、客がいる見物席ではなく、小屋の者がいる場所に通じる道があって、お芳はそこに行ったに違いないと思ったが、その暗がりに踏みこむことには、さすがにためらいがあった。

源次郎は橋の方に引き返した。お芳があの小屋の芸人なら、いそぐことはないと思っていた。松枝町の家にもどると、客がいた。

うす暗い土間に立ち上がった人影をみて、源次郎は布施が来ているのかと思ったが、違った。身体が小さい。

「や、満之助どのか」

と源次郎は言った。客は津留の弟、江口満之助だった。姉妹のあとに生まれた男子で、江口家の跡とりである。年は津留より二つ三つ下のはずで、骨格も顔もまだ少年のものだった。

「上がって休んでいてくれればよかったのだ。さ、まず上がられい」

「いえ、ここで失礼します」

と満之助が言った。硬い口調だった。真直ぐ源次郎を見つめたまま、満之助は言葉をつづけた。

「姉が参ってはおりませんか」

「津留どのか。はて」

源次郎はまぶしそうに満之助を見返した。津留は、源次郎の傷が癒えると、少し足が遠のいた。数日に一度ぐらい来て、それも源次郎がいなければ、その間に夜食の支度をととのえてひっそり帰ってしまったりする。

源次郎が手傷を負って寝こんだとき、津留は泊りこみで看病したが、それで源次郎の家に通うことを、正式に親に認められたわけではなかったろう。そしてまた、その間に源次郎と夫婦約束が出来たわけでもない。

そういう事情から来る家の者に対するうしろめたさから、津留は少し源次郎から足を遠ざけているように思われた。源次郎の看病の一件では、津留はあきらかに武家の娘の作法を越えて、自分の言い分を通している。そのことで、家の者に非難されたかも知れなかった。

そして源次郎にも、津留とはまた別に、江口家の人びとに対するうしろめたい気持がある。病んで枕も上がらなかったとはいえ、憚《はばか》らねばならないはずの江口家の娘を、親にことわりもなしに家に泊めている。それだけで、早速に親の新兵衛に会い、しかるべき挨拶がいるところだったが、源次郎はそれをしていない。

どう挨拶したらいいのだ、と源次郎は思ったのである。津留が寝もやらず看病するほどの仲になっている男として、このあたりで名乗りをあげ、津留どのを妻に申しうけたいとでも言うかと思いながら、源次郎は苦い笑いがこみあげるのを感じたのだった。

それは出来なかった。理非はどうあれ、女一人を自裁に追いこんでしまった自責の思いが、源次郎の胸の中に暗く巣喰っている。江口家の者も、口にこそ言わね、内心ではそう思っているに違いなかった。姉を自裁させた男が、今度は同じ家の妹を頂きたいと言えるわけがない。

そして津留とのこれまでのつき合いは、外側からみてどうあれ、そういう中身のものではなかった、と源次郎は思うのである。

源次郎と津留を結びつけているのは、死んだ織江だった。そしてほかならぬその織江の思い出が、二人がじかに結びつくのを強く妨げていることを感じるのである。病気の間、源次郎は津留の心をこめた看護をうけた。だがその看護の中にさえ、時どき織江の影を感じないでいられなかったのは、津留の方にも、姉の身がわりという気持があったからではなかったのか。

ままよ、と源次郎は思ったのだ。どうせいったん武家の規矩《きく》からはみ出した人間である。津留とのことは成行きにまかせよう。

そう思った矢先に、少年とはいえ、江口家の人間と顔を合わせるのは面映ゆいことだった。

「今日は来ておらんが、どうかいたしたか?」

「姉は、昨日は参りましたか」

満之助は源次郎が聞いたことには答えずに、詰問するようにそう言った。

「昨日も参らなんだな」

「おかしい」

満之助は大人びた口調でそう言った。眉根にも大人のような皺《しわ》をつくって、源次郎を見上げた。

「姉は昨日こちらに参ると申して家を出て、そのまま家にもどっておりません」

「なに?」

源次郎ははっとした。急に胸がとどろいた。

「家を出たのは何刻ごろかの?」

「それがしが道場からもどるとすぐでござりましたゆえ、七ツ(午後四時)ごろかと思います」

「おそい」

と源次郎は言った。悪い予感が動いている。その不安を打ち消すように、いそいで言った。

「ほかに、津留どのが行かれるような場所は? たずねてみられたか?」

「いや、姉は鶴見さまのところへ参ると申して出たのです」

「なるほど」

源次郎は唇を嚙んだ。

「だが、こちらには来ておらん。すぐに心あたりを探してみるが、そちらも、津留どのが立ち回りそうなところをすぐにあたってみてくれんか」

「はい、わかりました」

満之助は素直に言った。村松町にいる伯母の家に寄ってみるという満之助を、入口で見送りながら、源次郎はその背に声をかけた。

「見つかったらご造作ながら知らせてくれぬか。だが見当らなんでも、あまり心配せぬようにと親御に伝えてくだされ」

源次郎は土間にもどると、上がり框《かまち》に静かに腰をおろした。昨日の夕方、こちらに来ると言って家を出て、そのまま姿を見せていないというのはどういうことだと思った。思い立ってよそに行ったか、それとも途中で誰かに連れ去られたかだろう。しかし、昨夜無断で家をあけ、いまだに家にもどっていないということは、気が変ってよそに行ったということではない。何者かに連れ去られたと考えるしかないようだった。

明けて十八になった津留を、子供を拐《かどわか》すように、どこかに連れ去るような人間がいるだろうか。

——いる。

と、源次郎は思った。立ち上がると、源次郎はしきいをまたいでいた。さっきから強いて眼をそらそうとしていたものと、正面から顔をつき合わせた気持になっていた。もし津留を路上から連れ去るような者がいるとすれば、それは八嶽党しかないという気がした。おれとのつながりから、津留はさらわれたのだ。

源次郎は松枝町の裏店を出ると、真直ぐ両国橋を目ざした。さっき偶然に見かけたお芳の顔が頭の中にあった。お芳は津留の顔をよく知っている。そして津留と源次郎の仲がどういうものかも、見ているはずだった。お芳が姿を消した軽業の小屋掛けがある場所は、津留の通り道である。津留はそのあたりで八嶽党に襲われたのではなかろうか。

——何のために？

むろんおれに対する威嚇か、あるいはおびき寄せるための罠《わな》のつもりだろうと、源次郎は思った。ひっそりと消息を絶ったようにみえた八嶽党が、また動きはじめたのか。

町にたそがれのいろが濃くなっていた。その暗さが、源次郎の胸を不安に染めた。道ばたに並ぶ店が灯をともし、空気は冷えはじめている。源次郎はいそぎ足に町を抜け、火除け地から橋にむかった。

橋を渡ったところで、源次郎は茫然と立ちどまった。軽業の小屋掛けは、暗がりの中にわずかに木組みを残すだけで、葭簀も幕も取りはらわれている。ほかの小屋も同じだった。今日の興行が終って、小屋の者は宿に引き揚げたのだとわかった。

――さっき、引き返すのではなかった。

と思った。あのまま小屋のそばで待っていたら、お芳が出て来るのが確かめられたに違いなかった。そうせずに家にもどったのは、跡を追う仕事は、今夜にもたずねて来るはずの布施重助にまかせるのがいいという考えがあったからである。素人が跡をつけて、途中で勘づかれでもすれば、大きな魚を釣り落とすことになる。

――しかし、待てよ。

もし津留が八嶽党にさらわれたのだとしたら、事情は異なって来る、という気がした。威嚇か罠かと考えたが、威嚇を示すようなおとずれは何もなく、眼の前に不意にお芳が現われたのである。

偶然だとばかり思ったが、そうではなくあれは誘いだったかも知れない、と源次郎は思いはじめていた。少し離れた場所にある木組みだけの小屋の前で、人が動いている。その黒い人影の前に、源次郎は近づいて行った。

五

小さな車に荷をくくりつけているのは、曲独楽使《ごま》いの一座だとわかった。荷の一番上に、傘ほどもある大きな独楽が乗せてある。男二人、若い女一人が、車の前後から小さく声をかけ合って、荷をしばる縄をしめていた。

ほかに人の姿は見えず、昼は混雑する広場が、ひっそりしている。裸の木組みが、焼けあとのように黒く立っていて、その向うに、熟した木苺《きいちご》の実のように黄ばんだ西空が透けている。

「ちと、物をたずねる」

源次郎が声をかけると、荷車の前にしゃがんで、縄をくくっていた男が顔をあげた。顔にまだ白粉が残っている。中年男だった。上には綿入れ半天をはおっているが、下に派手な模様のたっつけ袴をはいているのは、この男が独楽を使うのかも知れなかった。

男は、うす闇の中から突然声をかけてきた源次郎を警戒するように、無言で立ち上がった。源次郎はかまわずにたずねた。

「一番はずれの軽業小屋のことだが、あそこの連中の宿を知らぬか」

「知りませんね」

男はそっけなく答えた。もっと何か言うかと思ったがそれっきりで、また荷づくりにもどりそうな身ぶりをする。

「はて、困った」

と源次郎は言った。

「ちょっと頼まれごとをしておって軽業の中にいる人間に会いたいのだが……」

「明日になれば、また出て来ますよ、旦那」

男は車のうしろにいる二人に声をかけて、縄を投げさせると、それをひっぱった。源次郎を、べつに怪しい人間でもなさそうだとみて、やりかけの仕事にもどったようにみえた。声もいくぶんやわらかくなっている。

「明日出直しなすったらどうですかい」

「ところが、いそぎの用なのだ」

源次郎はねばった。

「宿はそう遠くはあるまいと思うが、どっちの方角に帰るかもわからんかの」

「荷は橋を渡るようだね」

「すると、宿は神田あたりかな」

男は源次郎には答えずに、うしろの二人と声をあわせて、二度、三度縄をしめつけると、手早く車に結んだ。そして、やっとまともに源次郎に向き直った。うす闇にうかぶのっぺりと白い顔が、無気味に見えた。

「神田とは限りませんよ、旦那」

と男は言った。

「鳥越へんから来るのもいるし、浅草から来る連中もいますからな」

「お前さんたちは、これからどこまで帰る？」

「あっしらは……」

男は手をあげて、広場の北にある駒止橋の方を指さした。そしてついでに車の梶棒《かじぼう》をにぎった。

「ついそこに家があるからね。軽業のように所帯が大きくないから、楽なもんですよ」

独楽使いの車が、人気のない広場を横切って、駒止橋の方に消えるのを見送ってから、源次郎はゆっくり両国橋にむかった。逢魔《おうま》が時とでもいうのだろう、人足《ひとあし》がばったりと絶えていた。橋の中ほどまで来て、ようやく二人ほど、人にすれ違っただけである。

さっきまで黄ばんでいた西空は、わずかな間にいろ青ざめて暮れかけていた。橋も欄干がぼんやりと見えるだけで、人影はにじみ出るようにその間から現われて、すれ違って行った。

――津留。

源次郎は、路上から拉致《らち》され、どこかで灯もない部屋に閉じこめられているかも知れない津留のことを思った。

はきはきした物言いや、翳《かげ》りのない明るい笑顔などが、思いがけないあざやかさで思い出されて来た。同時に、そういう津留からなんとなく眼をそむけるようにして来た自分にも、あらためて気づくようでもあった。

源次郎をそうさせたのは、織江の妹だという意識なのだが、考えてみると、津留は江口と鶴見という二軒の家のまじわりの中で、ずっとむかしから、なんとなく源次郎にまつわりついていたのである。そういうかかわりあいが、途切れずにつづいていただけのようにも思われて来る。

――しかし、津留はもう子供ではない。

悪寒に襲われた源次郎を、熱い肌で包んだことを、津留は源次郎に話していない。ぴったりと口をつぐんでいるのは、津留が大人になったということだった。あるいはそのとき津留は、自分が一人の女であることをさとりはしなかっただろうか。

そこまで思ったとき、源次郎は拉致されて行った先で、津留がひっそりと自分の助けを待っているのを感じた。それは源次郎の胸を強く揺り動かして来た想像だった。津留はほかの誰の助けもあてにせず、おれが救い出しに行くのを待っているだろう。

そう思いながら、源次郎はいま、津留が血を分けた者のように、おどろくほど自分の身近にいるのを感じた。行方が知れなくなったいまになって、はじめてそのことに気づいたようだった。

「待っておれ」

思わず源次郎は、津留に呼びかけるひとりごとをつぶやき、おどろいてあたりを見回した。いつの間にか橋を渡り切って、火除けの広場に出ていた。提灯がいくつか、闇がおとずれている広場を横切ってゆっくり動いている。

手がかりはあるという考えが、源次郎をいくらか不安から救っていた。津留は子供のころから、同じ組屋敷にいる保科という老人から小太刀を習い、武術の心得がある。その津留が、見ず知らずの町の無頼漢か何かにさらわれたとは思えなかった。通りかかった軽業小屋のあたりで、八嶽党に拉致されたという考えが、やはり一番腑に落ちるのだ。

その考えを裏書きするのは、突然に姿を現わしたお芳である。

——あれは、やはり誘いだったのだろう。

手に入れた津留を好餌にして、おれを誘い出しにかかったのではないか、と源次郎は疑っている。そうであるかどうかは、明日あらためて軽業小屋をたずねてみればわかることだった。

そういう小細工を弄して、なぜおれをおびき寄せようとするのか、という疑問が、はじめて頭にうかび上がって来たが、その答えは思いうかばなかった。

——敵にどういう思惑があれ……。

誘いに乗ってみるしかないのだ、と源次郎は思った。

家にもどると、源次郎は夜食を支度して喰い、机にむかって筆耕の仕事にかかった。右近将監と松平上総介《かずさのすけ》から見舞い金をもらったが、それは医者のかかりを支払うと残り少なくなった。

永寿堂が回してくれる筆耕の仕事が、暮らしの頼りだった。怠けることはできない。

だが、途中で源次郎は筆を投げ出した。津留の顔がちらつき、二枚も書き損じをつくったあとである。源次郎は腕を組んで、じっと行燈の灯を見つめた。灯のむこうに、また津留の顔がうかんだ。

——江口の家では、どうしているか。

と思った。八嶽党の仕業という考えは動かなかったが、源次郎はやはり万一の僥倖《ぎょうこう》を頼んでいるのである。だが津留が見つかれば、津留本人か、満之助がそのことを知らせに来るはずだった。もはや深夜だというのに音沙汰がないのは、その望みも絶えたということらしかった。あるいは江口家では、まだ甲斐ない探索をつづけているのかも知れなかった。

源次郎が太い息を洩らしたとき、音もなく入口の戸が開いた気配がして、それから上がり框の板が、こつこつと鳴った。布施重助のいつものやり方だった。

「上がられい」

源次郎が声をかけると、布施の大きな身体がのっそりと部屋に入って来た。

「弥六が襲われました」

坐るなり、布施重助はそう言った。弥六というのは、新しく布施たち公儀探索人を指図している鹿間弥六のことだ。源次郎は布施を見つめた。時が時である。思わず鋭い眼になった。

「それはいつのことだ？」

「昨夜遅く。弥六は佐五郎がいた表伝馬町の隠れ家を使っていましたが、家に帰ったところで、待ち伏せを喰ったそうです」

「怪我したか？」

「いや、うまく切り抜けました。弥六は元来が伊賀者の出で、忍びにも長《た》け、一方竹内流の達者として組内で名のある人物です。手裏剣の名手で組打ちにも強い」

布施の顔に、ちらと誇らしげな表情がうかんだ。

「そうか」

「われわれは、八嶽党の連中は、古い武田忍びの業《わざ》を身につけているとみています。そういう相手ですから、決して油断はしていません。そこは弥六も十分心得ていましたので、かえってむこうに怪我人が出たらしい」

「それは重畳《ちようじよう》だった」

と源次郎は言った。ところが布施は、もうひとつ驚くべきことを言い出した。

「白井さまが、傷を負われたことをご存じでしたか」

「いや、知らんぞ」

源次郎は驚いて言った。布施が白井といえば、白河藩の剣士白井半兵衛のことに決まっている。

源次郎は思わず顔色が変るのを感じた。津留の失踪《しつそう》、鹿間弥六の危難、白井半兵衛の負傷。そこには、八嶽党の一貫した攻撃の意図があらわれている。直接に源次郎を襲って来た者はいないが、八嶽党は、津留をかどわかすことが、源次郎に対するもっとも有効な攻撃だと察知しているのである。

これまで鳴りを静めていた八嶽党の、この一連の反撃には、どういう意図が隠されているのか。まさか動坂上の寺に斬りこんだお返しということではあるまい。源次郎は不吉なものを感じた。

「白井の傷はひどいのか」

「いいえ、それほどでもありません。ただ足をやられました」

六

一昨日の午後、半兵衛は主人の松平上総介の使いで、長岡藩江戸屋敷に行った。上総介はその日「管子《かんし》」牧民篇を読んでいるうちに、不意に思い立って荻生徂徠《おぎゅうそらい》の政談を読みたくなったのである。

政談はもともと徂徠が将軍吉宗に献じた書で、一般には流布せず、わずかな書写本が世に伝わっているだけであった。上総介は五年ほど前に、牧野家にそれがあることを知り、借りて一読したことがある。

そのときは、さほど感銘したとも思えなかったが、管子を熟読しているうちに、徂徠の政談の中でうっかり読み過ごしたことがあったような気がして、急にいても立ってもいられなくなったのである。上総介が眼にしているのは、牧民篇の冒頭の文章である。

――およそ地をたもち、民を牧する者は、務、四時にあり、守り、倉廩《そうりん》にあり。国、財多ければすなわち遠き者来たり、地、辟挙《へききよ》すればすなわち民留処す。倉廩みつればすなわち礼節を知り、衣食足ればすなわち栄辱を知る。上、度を服すればすなわち六親固く、四維張ればすなわち君令行なわる。ゆえに刑を省くの要は、文巧を禁ずるにあり。国を守るの度は、四維を飾《ととのう》るにあり。民を順うるの経は、鬼神を明らかにし、山川を祇《つつし》み、宗廟をうやまい、祖旧を恭《うやうや》しくするにあり。天の時を務めざればすなわち財生せず、地の利を務めざれば、すなわち倉廩盈《み》たず。野蕪曠《ぶこう》なればすなわち民菅《いとな》む。上に量なければすなわち民乃ち妄に、文巧禁ぜざればすなわち民乃ち淫に……。

管子（管仲）は、春秋の昔、斉の桓公《かんこう》を補佐して諸侯の覇者たらしめた名宰相であるから、書かれてあることは経済を国の基においた政治論である。

徂徠の政談が、それに似ていたというのではない。もっと卑近な例を引いて、こまごまと政治の在りようを論じていたように記憶している。読んで、儒者というものは、政治のことになると小うるさいことを言うものだと思ったことをおぼえている。

だが、いま管子を読んでいると、徂徠の政談にあった「国天下ヲ治ルニハ、先富豊ナル様ニスルコト、是治ノ根本也」とか、「所詮ハ皆困窮ヨリ生ズ」とかいう文字が切れ切れに浮かんで来るようだった。そしてたしか徂徠は、「総ジテ天下国家ヲ治ル道ハ、古ノ聖人ノ道ニシクハナシ」と言い、「去バ上下ノ困窮ヲ救フ道トテ、別ニ奇妙ナル妙術モナシ。唯古ノ聖人ノ仕方ニハ有テ、今ノ世ニハ闕《か》ケタルコトドモアリ。是ヲ考テ改ムルニシクハナシ」と、制度について論じていたようである。

その政談は上総介の手もとにない。上総介は、白井半兵衛を呼び、ねんごろに言いふくめて牧野家に使いに出した。上総介は、近ごろ自分の気持がしきりに政治に向かっているのを感じる。

むろんいずれは養家の白河藩をつぐ身である。領内の仕置きにも関心を持たざるを得ないが、心は領国支配の政策を越えて、しばしば天下の仕置きにむかう。

松平右近将監に会い、田沼主殿頭とそのまわりの動きを聞いているうちに、勃然と、おれならそういう政策はとらない、と思うことがある。それは確かに一種の怒りだった。

田沼は、太平に狎《な》れて、上総介からみればここらで引き締めが必要だと思われる紀綱を、むしろさらにゆるやかに解きはなつ方向に、政治をみちびいて行こうとしているようにみえる。田沼が、対客日に公然と金品を受け取っていることを、上総介は耳にしていた。

そして右近将監の話によれば、右京大夫輝高、周防守康福の二老中は、田沼にすっかりまるめこまれており、老中並み、時にはそれ以上の権威をちらつかせることが出来る二人、御側御用人水野忠友、御側御用取次稲葉正明は、これまた田沼に牙を抜かれて、いまは汲汲《きゆうきゆう》として田沼に迎合する姿勢を示しているというではないか。

おそらくそこにも金が動いているのだ。

――いまに城中に、容易ならぬことが起こる。

そしてそうなれば、世の乱れは必至だろうと上総介は考えるのである。

徂徠の政談を読み返したいと思ったとき、矢も楯もたまらずいそぐ気持になったのは、背後にそういう心境があるせいだったろう。手紙も書き、音物《いんもつ》も持たせ、そのうえにぜひとも借りて来いと、半兵衛に言いふくめて屋敷から送り出したのは、七ツ（午後四時）ごろのことである。七ツごろから日が暮れるまで、上総介は武術の稽古にはげむ。いまは日置《へき》流の弓に凝っていた。夕食が済むと、また書物にもどる。

――日暮れまでにはもどるだろう。

的にむかって、弓を絞りながら、上総介は、半兵衛が書物を借りて来るのを楽しみにしていた。

上総介が予想したように、白井半兵衛は首尾よく書物を借り出して、日暮れどきの道を白河藩江戸屋敷にいそいでいた。

もっとも、風呂敷に包んだその書物が、大そうな荷だった。さほどかさばるものではないが桐の箱に納められている。牧野家でも貴重本として扱っているのがわかる。半兵衛はその箱をしっかりと脇の下に抱えていた。

藩屋敷の門まで、あと一町ほどのところまで来たときである。前方から歩いて来た六部《ろくぶ》姿の男が、すれ違いざまに半兵衛に物を投げつけた。それが刃唸りするほど、手練の業を秘めた手裏剣だった。

半兵衛は無意識のうちに上体をのけぞらして手裏剣を避けた。と、ほとんど同時に、うしろから来た者が、半兵衛の足を薙《な》いだ。高く跳び上がって、半兵衛はかわした。牧野家から借りて来た物を抱えていなかったら、即座に抜き合わせたに違いない。だが進退の自由を欠いた。一瞬、襲って来た者の狙いが、借り物を奪うことにあるのではないかと思ったせいもある。

襲撃は、前後から挟みうちにしたその一撃だけだった。半兵衛が立ち直ったとき、六部姿の男と、うしろから斬りつけた浪人ふうの男は、半兵衛を襲った場所で、通り魔のように瞬時にすれ違ったまま、遠くまで逃げていた。そしてすぐに藩屋敷の角を曲って、姿を消した。

腿に激痛があった。手をやると、袴が斬られていて、そこから突っこんで傷を確かめた手が、血で真赤になった。血は袴の下を伝って、足首まで流れ落ちていた。巧妙な攻撃だったのである。

かわさなかったら、脾腹《ひばら》をやられていたな、と半兵衛は思った。塀に手裏剣が刺さっている。抜こうとすると、それは両手をかけ、塀に足をかけてふんばらないと抜けないほど、深く突き刺さっていた。半兵衛を襲った二人は、尋常でない手練《てだ》れだったのだ。

——八嶽党か。

他におれを襲ってくるような者はいない。そう思いながら、半兵衛は思わずあたりを見回す気持になった。

（下巻に続く）

単行本　一九八〇年　文藝春秋刊

この本は一九八四年に小社より刊行された文庫の新装版です。
内容は「藤沢周平全集」第十五巻を底本としています。

DTP制作・ジェイ エスキューブ

文春文庫

闇《やみ》の傀《かい》儡《らい》師《し》　上

定価はカバーに
表示してあります

2011年1月10日　新装版第1刷

著　者　藤《ふじ》沢《さわ》周《しゅう》平《へい》
発行者　村上和宏
発行所　株式会社　文藝春秋

東京都千代田区紀尾井町 3-23　〒102-8008
TEL 03・3265・1211
文藝春秋ホームページ　http://www.bunshun.co.jp

落丁、乱丁本は、お手数ですが小社製作部宛お送り下さい。送料小社負担でお取替致します。

印刷・凸版印刷　製本・加藤製本

Printed in Japan
ISBN978-4-16-719248-8

（　）内は解説者。品切の節はご容赦下さい。

藤沢周平
喜多川歌麿女絵草紙
稀代の浮世絵師・喜多川歌麿。好色漢の代名詞とされるが、その実人生は意外にも愛妻家であったという。この作家ならではの独自の手法と構成とで描きだされる人間・歌麿の素顔。

ふ-1-3

藤沢周平
雲奔《くもはし》る
小説・雲井龍雄
薩摩討つべし。奥羽列藩を襲った、幕末狂乱の嵐のなかを、討薩ただひとすじに奔走し倒れた、悲憤の志士雲井龍雄。その短く激しい生涯を、熱気のこもった筆で描く異色の長篇歴史小説。
ふ-1-4

藤沢周平
闇の傀儡師《かいらいし》
（上下）
十代将軍・家治の治世、幕府を恨み連綿と暗躍をつづける謎の徒党があった。〝八嶽党〟と名乗るかれらは老中・田沼意次に通じ奇怪な策謀を開始する。伝奇時代小説の傑作。（清原康正）
ふ-1-8

藤沢周平
逆軍の旗
戦国武将のなかにあり、ひときわ異彩を放つ不可解な男・明智光秀。その性格と行動は、いまだ多くの謎につつまれている。時代小説の第一人者が初めててがけた歴史小説の異色作品。

ふ-1-11

藤沢周平
霧の果て
神谷玄次郎捕物控
北の定町回り同心・神谷玄次郎。直心影流の冴えた技、探索の腕も抜群だが、役所では自堕落者と見られている。玄次郎は、小料理屋の寡婦のおかみとねんごろ。さて、そこへ事件だ。
ふ-1-12

藤沢周平
回天の門
山師、策士と呼ばれ、いまなお誤解のなかにある清河八郎。しかし八郎は官途へ一片の野心さえ持たぬ草莽の志士でありつづけた。維新回天の夢を一途に追うて生きた清冽な男の生涯。

ふ-1-16

藤沢周平
闇の梯子
平穏無事な人の世にも、その一隅には闇へおりる梯子がかかっている。人間のはからいをこえ運命の糸にあやつられて奈落におちる男たち。この作家独自の色調でえがかれた人生絵図。

ふ-1-17

（　）内は解説者。品切の節はご容赦下さい。

藤沢周平
三屋清左衛門残日録
家督をゆずり隠居の身となった清左衛門の日記「残日録」。悔いと寂寥感にさいなまれつつ、なお命をいとおしみ、力尽くす男の残された日々の輝きを描き共感をよぶ連作長篇。（丸元淑生）
ふ-1-27

藤沢周平
玄鳥
武家の妻の淡い恋心をかえらぬ燕に託してえがく「玄鳥」をはじめ、円熟期の最上の果実と称賛された名品集である。他に「浦島」「三月の鮠《はや》」「闇討ち」「鷦鷯《みそさざい》」を収める。（中野孝次）
ふ-1-28

藤沢周平
夜消える
酒びたりの父をかかえる娘と母、市井のどこにでもある小さな不幸と厄介ごと。表題作の他「にがい再会」「永代橋」「踊る手」「消息」「初つばめ」「遠ざかる声」など市井短篇小説集。（駒田信二）
ふ-1-29

藤沢周平
秘太刀馬の骨
北国の藩、筆頭家老暗殺につかわれた幻の剣「馬の骨」。下手人不明のまま六年過ぎ、密命をおびた藩士と剣士は連れだって謎の秘剣をさがし歩く。オムニバスによる異色作。（出久根達郎）
ふ-1-30

藤沢周平
半生の記
自身を語ること稀だった含羞の作家が、初めて筆をとった来しかたの記。郷里山形、生家と家族、学校と恩師、戦中戦後、そして闘病。詳細な年譜も付した藤沢文学の源泉を語る一冊。
ふ-1-31

藤沢周平
漆《うるし》の実のみのる国（上下）
貧窮のどん底にあえぐ米沢藩。鷹山は自ら一汁一菜をもちい、藩政改革に心血をそそぐ。無私に殉じた人々の類なくうつくしいこの物語は、作者が最後の命をもやした名篇。（関川夏央）
ふ-1-32

藤沢周平
日暮れ竹河岸
作者秘愛の浮世絵から発想を得てつむぎだされた短篇名品集。市井のひとびとの、陰翳ゆたかな人生絵図を掌の小品に仕上げた極上品、全十九篇を収録。生前最後の作品集。（杉本章子）
ふ-1-34

（　）内は解説者。品切の節はご容赦下さい。

藤沢周平
長門守の陰謀
荘内藩主世継ぎをめぐる暗闘として史実に残る長門守事件。その空前の危機を描いた表題作ほか、「夢ぞ見し」「春の雪」「夕べの光」「遠い少女」など、初期短篇の秀作全五篇を収録。（磯田道史）
ふ-1-43

藤沢周平
無用の隠密
未刊行初期短篇
命令権者に忘れられた男の悲哀を描く表題作ほか、歴史短篇「上意討」、悪女もの「佐賀屋喜七」など、作家デビュー前に雑誌掲載された十五篇を収録。文庫版には「浮世絵師」を追加。（阿部達二）
ふ-1-44

藤沢周平
暗殺の年輪
武士の非情な掟の世界を、端正な文体と緻密な構成で描いた直木賞受賞作。ほかに晩年の北斎の暗澹たる心象を描く「溟い海」「黒い縄」「ただ一撃」「囮」を収めた記念碑的作品集。（駒田信二）
ふ-1-45

遠藤展子
藤沢周平　父の周辺
「オバQ音頭」に誘われていった夏の盆踊り、公園でブランコを押してもらった思い出……「この父の娘に生まれてよかった」という愛娘が、作家・藤沢周平と暮した日々を綴る。（杉本章子）
ふ-1-91

文藝春秋　編
藤沢周平の世界
城山三郎、丸谷才一、中野孝次、向井敏、井上ひさし、出久根達郎など藤沢文学を愛してやまぬ諸氏が綴った魅力の源泉。さらに対話とインタビュー、講演で構成した愛読者必携の書。

編-2-24

文藝春秋　編
藤沢周平のすべて
惜しんであまりあるこの作家。その生涯と作品、魅力のすべてを語り尽くす愛読者必携の藤沢周平文芸読本。弔辞から全作品リスト、年譜、未公開写真までを収録した完全編集版。

編-2-30

（　）内は解説者。品切の節はご容赦下さい。

秋山香乃
新選組藤堂平助
江戸の道場仲間と共に京へ上り、新選組八番隊長でありながら、新選組を離脱、御陵衛士として、その新選組に油小路で惨殺された北辰一刀流の遣い手・藤堂平助の短い半生を赤裸々に描く。
あ-44-2

秋山香乃
総司　炎《ほむら》の如く
新撰組最強の剣士といわれた沖田総司。芹沢鴨暗殺、池田屋事変など、幕末の京の町を疾走した、その短くも激しく燃焼し尽くした生涯を丹念な筆致で描いた新撰組三部作完結篇。
あ-44-3

荒山　徹
サラン・故郷忘じたく候
雑誌発表時に「中島敦を彷彿《ほうふつ》させつつ、より野太い才能の出現を私は思った」（関川夏央）と絶賛された「故郷忘じたく候」他、日本と朝鮮半島の関わりを斬新な切り口で描く短篇集。（末國善己）
あ-49-1

井上　靖
おろしや国酔夢譚
鎖国日本に大ロシア帝国の存在を知らせようと一途に帰国を願う漂民大黒屋光太夫は女帝に謁し、十年後故国に帰った。しかし幕府はこれに終身幽閉で酬いた。長篇歴史小説。（江藤　淳）
い-2-1

井上ひさし
手鎖心中
材木問屋の若旦那、栄次郎は、絵草紙の人気作者になりたいと願うあまり馬鹿馬鹿しい騒ぎを起こし……歌舞伎化もされた直木賞受賞作。表題作ほか「江戸の夕立ち」を収録。（中村勘三郎）
い-3-28

池波正太郎
おれの足音　大石内蔵助（上下）
吉良邸討入りの戦いの合間に、妻の肉づいた下腹を想う内蔵助。剣術はまるで下手、女の尻ばかり追っていた〝昼あんどん〟の青年時代からの人間的側面を描いた長篇。（佐藤隆介）
い-4-7

池波正太郎
鬼平犯科帳　一
「唖の十蔵」「本所・桜屋敷」「血頭の丹兵衛」「浅草・御厩河岸」「老盗の夢」「暗剣白梅香」「座頭と猿」「むかしの女」の八篇を収録。火付盗賊改方長官長谷川平蔵の登場。（植草甚一）
い-4-52

池波正太郎
乳房
不作の生大根みたいだと罵られ、逆上して男を殺した女が辿る数奇な運命。それと並行して平蔵の活躍を描く鬼平シリーズの番外篇。乳房が女を強くすると平蔵はいうが……。（常盤新平）
い-4-86

池波正太郎
忍者群像
陰謀と裏切りの戦国時代。情報作戦で暗躍する、無名の忍者たち。やがて世は平和な江戸へ——。世情と共に移り変わる彼らの葛藤と悲哀を、乾いた筆致で描き出した七篇。（ペリー荻野）
い-4-88

池宮彰一郎
受城異聞記
幕命により厳寒の北アルプスを越えて高山陣屋と城の接収に向かった加賀大聖寺藩士たちの運命は？　表題作ほか、「絶塵の将」「けだもの」など絶品の時代小説全五篇収録。（菊池　仁）
い-42-1

岩井三四二《みよじ》
月《つき》ノ《の》浦《うら》惣庄《そうしょう》公事置書《くじのおきがき》
室町時代の末、近江の湖北地方。隣村との土地をめぐる争いに公事（裁判）で決着をつけるべく京に上った月ノ浦の村民たち。その争いの行方は……。第十回松本清張賞受賞作。（縄田一男）
い-61-1

岩井三四二
十楽《じゅうらく》の夢
戦国時代末期、一向宗を信じ、独自に自治を貫いてきた地・伊勢長島は、尾張で急速に勢力を伸ばしてきた織田信長の猛烈な脅威に晒される。果たしてこの地を守り抜くことが出来るのか。
い-61-2

岩井三四二
大明国へ、参りまする
腕は立つが少し頼りない男が、遣明船のリーダーに大抜擢。その裏では、日本の根幹を揺るがす陰謀が進行していた。室町の遣明船を史実に基づいて描く壮大な歴史小説。（細谷正充）
い-61-3

宇江佐真理
さらば深川
髪結い伊三次捕物余話
伊三次と縒りを戻したお文に執着する伊勢屋忠兵衛。袖にされた意趣返しが事件を招き、お文の家は炎上した——。断ち切れぬしがらみ、名のりあえない母娘の切なさ……急展開の第三弾。
う-11-3

（　）内は解説者。品切の節はご容赦下さい。

宇江佐真理
余寒の雪

女剣士として身を立てることを夢見る知佐は、江戸で何かを見つけることができるのか。武士から町人まで人情を細やかに描く七篇。中山義秀文学賞受賞の傑作時代小説集。（中村彰彦）

う-11-4

宇江佐真理
黒く塗れ
髪結い伊三次捕物余話

お文は身重を隠し、お座敷を続けていた。伊三次は懐に余裕がなく、お文の子が逆子と分かり心配事が増えた。伊三次を巡る人々に幸あれと願わずにいられないシリーズ第五弾。（竹添敦子）

う-11-6

宇江佐真理
桜花《さくら》を見た

隠し子の英助が父に願い出たこととは。刺青判官遠山景元と落し胤《だね》との生涯一度の出会いを描いた表題作ほか、蠣崎波響など実在の人物に材をとった時代小説集。（山本博文）

う-11-7

宇江佐真理
蝦夷拾遺　たば風

幕末の激動期、蝦夷松前藩を舞台にし、探検家・最上徳内など蝦夷の地で懸命に生きる男と女の姿を描く。函館在住の著者が郷土愛を込めて描いた、珠玉の六つの短篇集。（蜂谷　涼）

う-11-9

宇江佐真理
雨を見たか
髪結い伊三次捕物余話

伊三次とお文の気がかりは、少々気弱なひとり息子、伊与太の成長。一方、不破友之進の長男・龍之進は、町方同心見習いとして「本所無頼派」の探索に奔走する。シリーズ最新作。（末國善己）

う-11-10

宇江佐真理
大江戸怪奇譚
ひとつ灯せ

ほんとうにあった怖い話を披露しあう「話の会」。その魅力に取り憑かれたご隠居の身辺に奇妙な出来事が……。老境の哀愁と世の奇怪が絡み合う、宇江佐真理版「百物語」。（細谷正充）

う-11-11

内館牧子
転がしお銀

公金横領の濡れ衣で切腹した兄の仇を探すため、東北の高代から江戸へ出て、町人になりすますお銀親子。住み着いた下町のオンボロ長屋に時ならぬ妖怪が現れ、上を下への大騒ぎ……。

う-16-2

鶴岡市立 藤沢周平記念館 のご案内

藤沢周平のふるさと、鶴岡・庄内。
その豊かな自然と歴史ある文化にふれ、作品を深く味わう拠点です。
数多くの作品を執筆した自宅書斎の再現、愛用品や肉筆原稿、
創作資料を展示し、藤沢周平の作品世界と生涯を紹介します。

利用案内

所 在 地　〒997-0035　山形県鶴岡市馬場町4番6号（鶴岡公園内）
TEL/FAX　0235-29-1880/0235-29-2997
入館時間　午前9時～午後4時30分（受付終了時間）
休 館 日　毎週月曜日（月曜日が休日の場合は翌日以降の平日）
　年末年始（12月29日から翌年の1月3日）
　※臨時に休館する場合もあります。
入 館 料　大人300円［240円］高校生・大学生200円［160円］
　※［　］内は20名以上の団体料金です。
　年間入館券1,000円（1年間有効、本人及び同伴者1名まで）

交通案内

・庄内空港から車で約25分
・JR新潟駅から羽越本線で
JR鶴岡駅（約100分）
駅からバスで約10分
市役所前バス停下車
徒歩3分

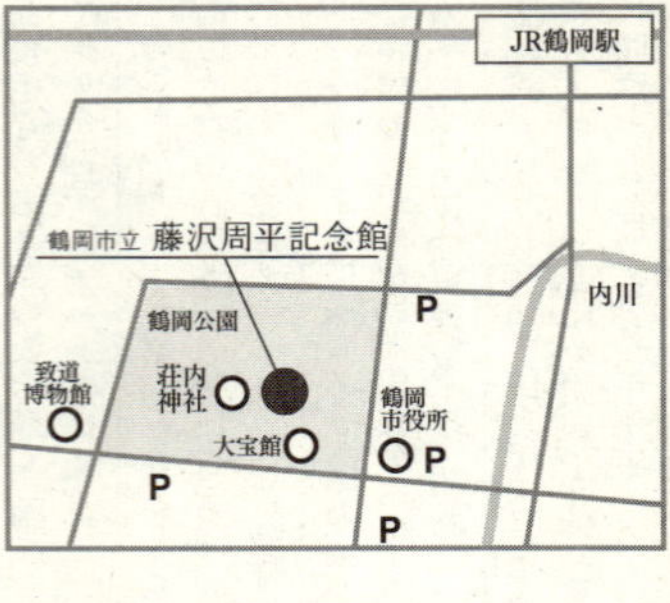

車でお越しの方は鶴岡公園周辺の公共駐車場をご利用ください。（右図「P」無料）

―― 皆様のご来館を心よりお待ちしております。――

鶴岡市立 藤沢周平記念館

http://www.city.tsuruoka.yamagata.jp/fujisawa_shuhei_memorial_museum/